# 渚の螢火

坂上泉

双葉文庫

目次

## 【主な登場人物】

**真栄田太一**
琉球警察本部・本土復帰特別対策室班長。成績優秀だったため東京の大学に留学したのち琉球警察に入る。二年間、警視庁捜査二課に出向するなど将来を嘱望されるが、組織になじめずにいる。

**玉城泰栄**
琉球警察本部・本土復帰特別対策室室長。戦後の民警察（ＣＰ）時代から奉職するベテラン刑事。真栄田をはじめ琉球警察の警察官からの信望篤い人物。

**与那覇清徳**
琉球警察本部・捜査一課班長。真栄田とは高校の同級生。なぜか真栄田のことを敵視している。

**新里愛子**
琉球警察本部・本土復帰特別対策室事務職員。幼い頃から刑事に憧れていた。トラック運転手の父から譲られたフォード車を乗り回している。

**比嘉雄二**
琉球警察・石川署捜査課捜査員。高校時代は不良だったが、与那覇に憧れて警察官になった。

**座間味喜福**
琉球警察本部長。戦前から警察に奉職する生き字引で、最後の琉球警察本部長であり、初代沖縄県警本部長。

**喜屋武幸勇**
琉球警察本部・刑事部長。座間味本部長の下で戦後、刑事事件を捜査してきた。

**ジャック・シンスケ・イケザワ**
米海兵隊で刑事事件の捜査を担当する犯罪捜査局ＣＩＤの憲兵大尉。日系二世。ベトナム戦争で負傷して沖縄のＣＩＤに配属された。

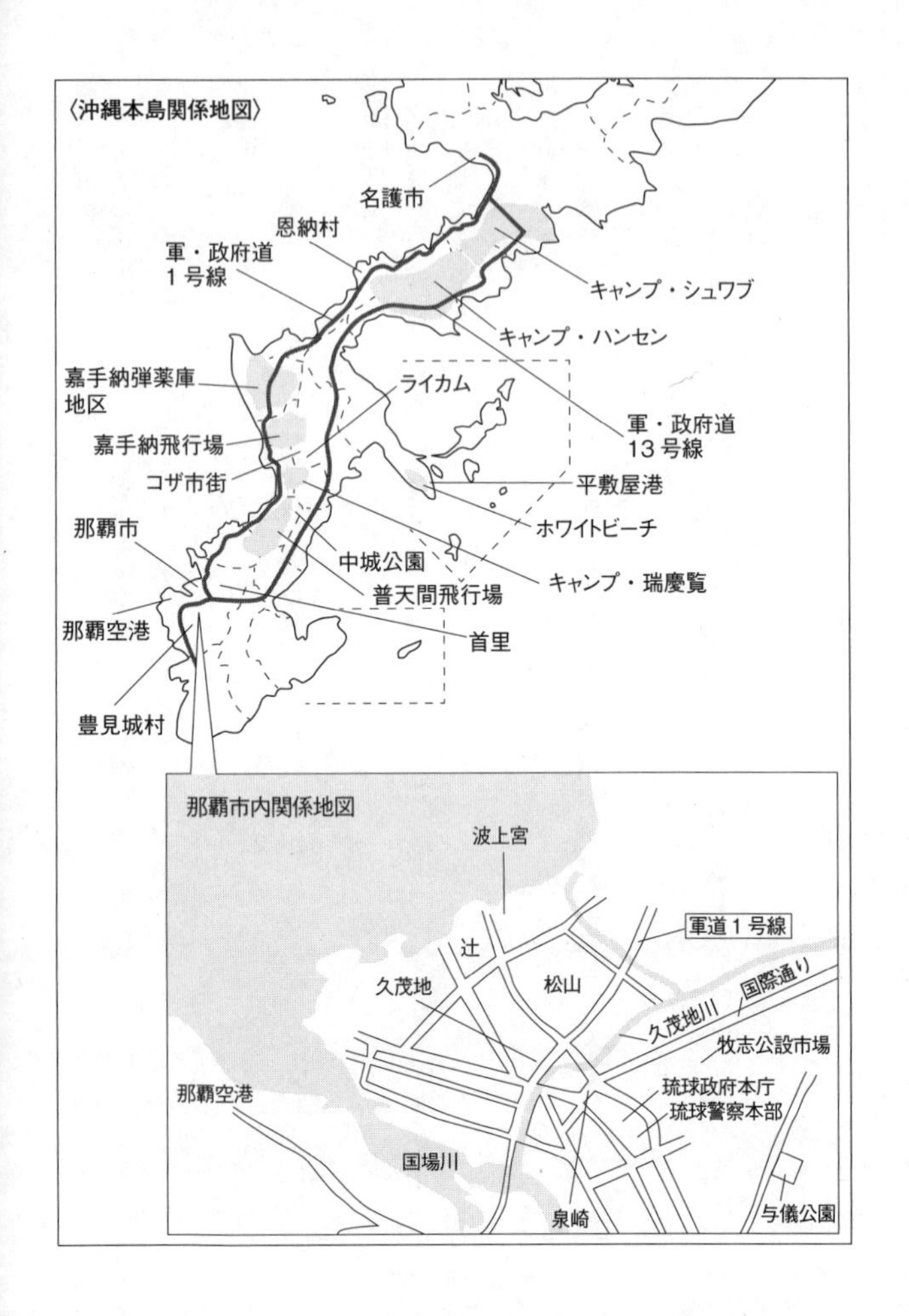
〈沖縄本島関係地図〉
名護市
恩納村
軍・政府道
1号線
キャンプ・シュワブ
キャンプ・ハンセン
嘉手納弾薬庫
地区
ライカム
軍・政府道
13号線
嘉手納飛行場
コザ市街
平敷屋港
ホワイトビーチ
那覇市
中城公園
キャンプ・瑞慶覧
普天間飛行場
那覇空港
首里
豊見城村
那覇市内関係地図
波上宮
軍道1号線
辻
久茂地
松山
国際通り
久茂地川
牧志公設市場
那覇空港
琉球政府本庁
琉球警察本部
国場川
泉崎
与儀公園

# 序章　赤い喪失

マーガリン二缶と濃緑色の綿布一反、そして紙袋に入った白砂糖。

その日の「戦果」の重量を両腕に感じながら俺は駆け出した。

敗戦数年も経つと、基地への侵入はめっきり難しくなった。それでもあれだけ広大な土地、特に朝鮮での戦争が激化すると物資も人員も出入りが激しくなり、監視網は隙だらけだ。あとは度胸ひとつで何とでもなる。

夜闇に乗じて忍び込んだはいいものの、すぐに見つかりそうになったので、ひと気がなくなるまでずっと息をひそめて隠れていたが、もうそろそろ日が昇る時間だ。明るくなる前にと慌てて逃げ出して来たら、途中で歩哨に見つかっちまったからさぁ大変、銃弾が飛び交う命がけの鬼ごっこになってしまった。

無論、そんなものに一々怖気づくタマじゃない。現にこうやって、右腕に丸めた綿布を、左腕に缶と紙袋をしっかり抱きかかえ、無事に逃げおおせた。一仕事を終えた充足感を額の汗に滲ませながら、夜通しの賑やかさがようやく過ぎ去った大通りを、ひとり堂々と目的地へと急いだ。

あいつはきっと、危ないことをするんじゃないと叱るだろう。それでも目の前に物資を置かれると口元が緩むのが常だ。特にマーガリンと砂糖は誰しもが欲しがる戦略物資だ。自分で食べるもよし、他人に譲って恩を売るもよし、闇屋に売って金にするもよし。だが、あいつはそれを惜しみなく、チビたちに分け与えてしまう。

あの地獄から生き残り、同じ収容所にぶち込まれて初めて出会ったときから、あいつは自分のものを惜しまず弟に分け与えていた。十一の娘が背中に負ぶった弟に笑いかけながら、小さな腕を精一杯伸ばして配給を受け取る姿に、気丈なガキだという印象を抱いていた。

ある夜、「本土（やまと）」の兵隊崩れが収容所を襲撃した。アメリカーの兵隊の誘導に従ってほかの民間人と共に逃げるとき、ふとあるテントのなかに目が止まった。

あいつを仰向けに組み伏せて、覆いかぶさる男の背中がそこにあった。奥では弟が大声で泣きながら小便をちびっていた。その泣き声に、周囲の誰も気づいていない。咄嗟（とっさ）に道端に転がっていた砲弾の欠片（かけら）を摑んで、男の顔めがけて斬りつけた。男はすぐに戦意を喪失したらしく、血まみれの顔を押さえて、逃げていった。

大丈夫か。そう声をかけると、あいつは華奢（きゃしゃ）な体を震わせながら、涙をぼろぼろと流して抱き付いてきた。たった十一歳で、誰にも頼れずに弟のためにずっと笑ってきたはずの女が、年相応の弱さを初めて見せた。

俺がこいつを守ってやらなきゃ。

あの時湧き上がった感情は、最初は妹分としての庇護欲だったのかもしれない。だが、あいつは五つ離れた歳の差以上に大人びていて、そしてじきに本当の大人になってきた。

あいつはよく笑うし、すぐに泣くし、そして急に怒る。この地に来襲する台風のような奴だ。一緒にいて振り回されたことは数えきれないが、それ以上に俺にとっては太陽のような存在になった。その小柄な身の柔らかな肌に、何度慰められたか。

その身を俺が独占することはできない。あいつは蹂躙され、いたぶられることで、日々の糧を得ているのだから。俺は、それが胸を掻きむしりたくなるほど悔しくて、堪らなく許せない。いつの日か連中を皆、機関銃で撃ち殺してやりたい。

だが、誰よりもあいつ自身がそんなことを望んではいない。いつも胸を張り、悔いることも嘆くこともなく堂々と生きるあいつの強さを、俺が否定することになってしまう。

だから、俺もお前の強さに見合う、強い男になる。そして何もかもをお前のためにくれてやる、そんな日がいつか来た暁には、俺はお前を花嫁として迎えてやる。

臆面もなくそう言ってのけるとあいつは頬を赤らめ、横から弟に茶化されて今度は怒るのだ。あの地獄の後に俺が掴み取った、ささやかな幸せというものがそこにあった。

俺は勝ったぞ。

「戦果」を持って軽快に階段を駆け上り、そしてドアを開けた。

いつも小綺麗にしているはずの部屋は、嵐の後のように荒れ果て、その真ん中に、俺には見せたこともないような苦悶の表情のまま、変わり果てた姿のあいつが倒れていた。

朝日が差し込み、部屋はまるで鮮血が飛び散ったかのような赤一色に染まっていた。

全身が粟立ち、力が抜けていった。

その日を境に、俺の世界から赤という色が消え去った。

# 第一章　灰色の帰還

四月初旬というのにすでに蒸し暑い風が、開け放たれた窓から会議室のなかに吹いた。机に置かれたガリ版刷りの資料が、パラパラと音を立ててめくれる。出席者の数だけ刷ったが、半分は手に取られることもなく放り出されている。

刑事部長以下、関係する主だった警察幹部が揃うなか、自分には関係ないと決めてかかっている幹部は気だるげに煙草を燻らせる。なかには、鬱陶しげにこちらを睨みつけてくる者もいる。

その視線に気づかぬふりをして、説明を始める。

「対策室捜査班長の真栄田太一警部補であります。お手元の資料にも記載しておりますが、本土では昨年、昭和四十六年（一九七一）の知能犯全体の検挙率は九割であるにもかかわらず、通貨偽造事犯は五割前後と低迷しております。高額紙幣をゼロックスで印刷するような手口は急減した一方で、偽造硬貨を自動販売機に投入し、商品や釣り銭を騙し取る手口が急増しております」

手元のノートには、本土の警察庁がまとめる『警察白書』の最新版、昭和四十六年版からの書き写しがある。一九七〇年（昭和四十五）に発見された偽造通貨六三〇枚に対し、被疑者が検挙されて解決されたものは三九〇枚と六割ほど。まだ正式に発表されていないが、四十六年に至っては警察庁の集計では解決数は三割ほどだという。

警備部の総務課長が島の訛りを丸だしにして冗談を放つ。

「相手が機械だから騙さりーさ。ここらの商店には、そんな立派なものはあらんから騙しようもないさあ。『対策室』とやらが、何をそんなに心配する必要あるかー？」

嘲りと茶化しの混ざった笑いが、四角く囲んだ机の向こう側、警備部の幹部の居座る一帯から上がる。室内の蒸し暑さが増したような気がした。

本土の警察庁が日本全土から集計した数字と、その結果警察庁官僚が抱いている危機感を、ここにいるほとんどの者は理解すらしていない。この「対策室」の設置を主導した刑事部長を正面切って批判せず、最若手のこちらに当てつけようという、みみっちい魂胆だけが明け透けに見えている。鼻で小さく溜息をつく。

「本土の人間はこれまで円の紙幣や硬貨に慣れ親しんでおり、少しの違いにも気づきやすいです。一方で我々――」

言いよどむ。

自分たちは今、己を何者だと名乗るべきなのか。

米軍機の切り裂くような爆音が上空から襲ってきた。轟音は衝撃波のように、開け放った窓ガラスを乱暴に震わせる。鉄筋コンクリート造りの三階建て庁舎は、軍用機の低空飛行でがたつくことはない。ベトナムでの戦争に米軍が出撃するようになって以来、以前にも増して空を覆い尽くすようになった爆音も、この島に生きる者にとっては慣れたものだ。

　ある者はうちなーと呼び、ある者は琉球、そして沖縄とも呼ぶ、この島の日常。

　轟音が遠ざかるのを待って、言葉を繋いだ。

「――我々沖縄人はこの十四年間米ドルを使い、それ以前のB円も含めると二十年以上、日本円に馴染(なじ)みがありません。それは捜査側、琉球警察も同様かと思われます」

琉球警察――間もなく沖縄県警察へと変わるその名も、あと何度口にするだろうか。

「それが今度の本土復帰に合わせて急に日本円を導入するのですから混乱は必至と見られます。稚拙(ちせつ)な技術で作られた偽札であっても、日本円を見慣れていない沖縄人が、いや、我々琉球警察も騙される可能性は大いにあります」

　あえて「稚拙」と強い言葉を使ったことで、馬鹿にされた気分になったのか、幹部陣に鼻白んだ空気が漂う。それでも、先ほどよりはまだ話を聞こうという気にはなったはずだ。

「それだけではなく、現在沖縄に流通する数億ドルもの通貨をこれから回収するわけですが、昨年のドル預貯金確認の際にも微量とはいえ一〇〇ドル、二十ドル、五ドル紙幣が各一枚、計一二五ドル分の偽札が確認されております。また、本土でも海外旅行の増加に伴い、米ドルの偽造件数が増加傾向にあります。今回の本土復帰での円ドル交換を好機と見た偽造団が、沖縄に偽札やその製造装置を持ち込む可能性は、大いに警戒すべきかと」

手元のノートに書き記してあった数字を、淡々と幹部陣の鼻先に突きつけ、念を押すように付け加えた。

「ただでさえ円ドル交換レートを巡って琉米の間で軋轢があったばかりです。万が一、偽の米ドル札をアメリカ側に引き渡せば、外交問題につながる恐れもあります。そうなると内地の警察庁はもちろん、米本国からＦＢＩがやってくるような渉外事件になるのは必至かと」

数人の眉間に皺が寄り、面白くないと言わんばかりに煙草を灰皿に押し付ける。

渉外事件――即ち米軍人・軍属の起こした犯罪として、米軍捜査機関との交渉を必要とする共同捜査事件は、広大な基地と数万の駐留軍人を抱えるこの島では、年間一〇〇〇件近く発生している。そこに日本警察庁と米ＦＢＩの双方が介入する事態になれば、どれほどの厄介事になるか。

刑事部長の喜屋武幸勇警視正が、撫でつけたごま塩頭に汗を浮かべながら、咳払いをして恰幅の良い体を震わせた。

「真栄田、警視庁に二年、君を出していたのは、そういう事態にならんようにするためさ。分かっとるか」

「もちろん、本土復帰でそのような事態を起こさないために我々『対策室』が、刑事部として通貨偽造事犯を監視・捜査いたします。そのためには内偵捜査や偽造鑑定を行える捜査員の数が必要ですが、現在の陣容では私ひとりで動くほかありません」

よく言ったものだ。警視庁への出向が終わって早々に配属された新設の「対策室」は、課長級の対策室長と捜査班長の自分、あとは事務員しか配属されなかったというのに。

「喜屋武刑事部長、復帰対策は元々、警備部が仕切っている話です。人手が足りんなら、刑事部で無理する必要はないんじゃないですかね」

会議に参加している警備課長の翁長が手を挙げた。この場の最上級者である刑事部長に対して礼を失さない言葉遣いを選び、四角い顔の口元に笑みを浮かべながらも、黒縁眼鏡の奥の目は笑っていない。

そもそも、本土復帰に向けた特別警戒は、すでに警察庁の企画立案の下、警備部が主導している。そこで琉球警察が独自の企画立案をすべきだと、復帰を前に実績作りを急ぐ本部長と、本部長と同郷でその命を受けた刑事部長が、横槍のような形で刑事部に「対策室」を今月から一年の期限で設置した。警備部との折り合いは当然のごとく悪い。

「捜査は刑事でやって、その分、警備部さんには本来業務に専念してもらうというのが、本部長のお考えやさ」

「それなら、もう少し人員を割いてやってもいいんじゃないですかね」

翁長は鼻で笑う。刑事部内部の足並みの乱れを見透かしているようだ。

「ただでさえドル回収の警備に全人員を割いている。何かが起きたときに捜査一課ないし二課の班を投入する。それで十分やさ」

「刑事部さんがそれで良いというなら、こっちは構いませんがね。そこの東京帰りの優秀な捜査班長の実力拝見ですな」

好ましからざる視線を浴びせかけてくるのは、対岸の警備部の連中だけではない。会議室のこちら側に座る刑事部の幹部からも、突き刺すように睨まれているのを背中で感じる。

通貨偽造事犯を本来所管するのは刑事部捜査二課だ。その業務を実質的に「対策室」に移管したところ、捜査二課をはじめとする刑事部全体から「縄張り荒らしだ」と猛烈に突き上げられた。本部長と刑事部長が旗を振って立ち上げた新部署にわずか三人しかいないのは、喜屋武が彼らに安易に譲歩した結果だ。

着任時、喜屋武は「君には将来の良い箔になるぞ」と恩着せがましく言ってきたが、結果こちらが「刑事部長の腰巾着」と警備部どころか刑事部内部からも後ろ指を指される羽目になった。

「真栄田、警備部からもこのように激励のお声がかかっている。警本（警察本部）全体の期待がかかっとる。全力を尽くすように」

そんなことを知ってか知らずか、パイプ椅子にふんぞり返った喜屋武は「警備部に余計な口実を与えるな」と言わんばかりの顔だ。

「……分かりました。警察庁や警視庁の協力を得つつ、円滑な本土復帰を実現すべく、過去の偽造事犯の手口や偽造グループの動向について順次まとめて参ります」

言い終えて頭を下げると、真栄田の横でそれまで黙って聞いていた男が立ち上がり、机に手をついて、黒々とした彫りの深い顔を下げる。

「そういうことでひとつ、皆さんのお力添えを頼みます。私からもこの通り」

すると、刑事部だけでなく翁長ら警備部の幹部らも恐縮したように静止する。

「あいー玉城さん、顔を上げて」

「ベテランの貴方の捌きに任せますよ」

玉城泰栄は右耳から頬にかけての古い切り傷を引きつらせながら、おどけたように髪の薄くなった頭を掻いて破顔する。

「あいやあ、責任重大ね。老骨に鞭打って頑張らんと」

厄介者扱いの「対策室」が何とか波風立てずにいられるのも、対策室長である玉城の人脈と人徳があってこそだ。沖縄戦で顔に負ったという痛々しい切り傷とは裏腹に温厚篤実な人柄で、刑事部と警備部が明確に分かれる前から琉球警察に奉職していた玉城は、この場にいる幹部の多くがかつて現場で同僚や部下であった者になる。

三十分ほどして会議が終わり、幹部陣がさっさと出ていく。自分のノートと残された会議用資料を片付けていると、

「真栄田君、久しぶり」

顔を上げると、捜査二課長の島袋(しまぶくろ)警視がいた。

「ご無沙汰しております、島袋さん」

本土への出向前、本部捜査二課に巡査部長として二年在籍していた際、島袋は捜査二課のふたりいる管理官のうちの汚職・選挙事犯担当だった。真栄田は企業事犯担当の管理官だった玉城の下にいたが、選挙の前後のひと月だけ島袋の指揮下にいた。

「遅くなりましたが、二課長就任おめでとうございます」

「なに、じきにお払い箱さ。偽造事犯も君らに取られてしまったからな」

島袋が口元を歪(ゆが)める。もともと皮肉屋の島袋は、以前から苦手なタイプだった。この島袋が「対策室」設立の反対派急先鋒であったことも、伝え聞いている。

「この時期だから、島袋さんが汚職捜査に専念するのが適任と思われたんでしょう」

「上手いこと言うな」

これまで本部長以下の幹部はすべて地元出身者が登用されてきた。だがこの先、上層部の人事は警察庁の送り込むキャリア組に置き換えられていく。特に汚職捜査を担う捜査二課の課長は必ずキャリア組だ。真っ先に地元出身者は排除される。

「聞いたぞ、内地で嫁さんをもらったそうだな。君、歳はいくつだったか」

「今年で満三十一になります」

「内地の水に馴染んだのか、すっかり肌が白くなったんじゃないか」

意図が掴めず「もともと色白でして」と小さく頭を下げる。

「君は内地の大学を出たんだったな」

「ええ、日大ですが」

中学すらろくに出ていない警官が珍しくないなか、真栄田は本土の大学に留学した大卒だ。琉球政府や教育機関、琉球の大手企業への就職の道も開けていながら琉球警察に入庁したことで、所轄署でも本部でも色眼鏡で見られてきた。そのことを知らぬはずはない。

「さすが学士様、道理で手元のノートもびっしり書き込まれている。琉大出たてのタイムスか新報の記者(ブンヤ)みたいさ」

「記者さんだなんて、光栄ですね」

反権力を気取るブンヤ扱いされることが警察官として光栄なはずなどないが、そう返答すると、島袋は面白くなかったのか、ひときわ口元を歪ませる。

「ますます内地人(ないちゃー)か沖縄人(うちなんちゅ)か分からんようになったな」

そう吐き捨てて部屋を後にした。

お前はどちらの側にいる、そう問われたような気がした。

肩をポンと叩かれる。

「戻って早々にご苦労だったな太一。今日の便でお前(やー)が戻ってくると言ったら、本部長が早速対策会議を開くとおっしゃってな。おまけに実質ふたりだけでやる羽目になってしまって」

　玉城の労いの言葉に深々と頭を下げる。

「おやっさんは色々と手を尽くしてくださったと伺っています。そもそも、『対策室』の室長だなんて、誰もなりたがらないのに引き受けて……」

「なに、俺も定年間際のお情けで役付きにしてもらったわけ。他所から人を引き抜いてこれるような政治力なんてなくてな」

「室長就任は、これまでの実績と人望のなせる業ですよ」

　玉城は今年で五十五を迎え、間もなく定年退官というタイミングで「対策室」の室長に指名された。琉球警察の黎明期から実績を残したベテラン捜査員として、捜査二課のみならず琉球警察全体での人望を見込まれたこと、そして多少無体な扱いをしても恨むことがないだろうという上からの信頼があってのことだ。貧乏くじと言ってもよいだろうが、本人は気にする様子もない。

「こんなヤクザみたいな面構えの俺が、定年前にいい土産貰ったもんやさ」

　古傷を引きつらせながらも終始にこやかな玉城が、ドアを開けながら真栄田の持つノートと資料に目を落とす。

「しかし、今年の趨勢が警察白書で出るのはまだ先だろうに、大した勉強家さ。ああやって数字を突きつけられると、さすがに皆文句も言えんさ。お前は昔から何でもかんでも帳面に書いて、勉強熱心でいつも感心してたさ」

「そのために二年も内地に出させてもらいました。東京の連中に田舎の半端者と侮られるわけにも、東京でただ飯食らいだったと叱られるわけにもいきませんし」

「お、その意気その意気。俺もお前と最後にまた仕事ができるのは心強い。お前を本土への出向に推した俺の目に狂いはなかったさ」

　廊下の向こうにある、捜査一課の入る部屋から六〜七人の男たちが駆け出てきた。何か事件が起きたのか、警邏車に分乗してこれから現場に急行するのだろう。

――コザ十字路近くのアパート？　女の素性は？

――Ａサインの大島人。首を絞められて、腹も刺されてる。多分、犯しながらよ
――そういう趣味持ちか
　コザは米空軍嘉手納基地のお膝元で、Ａサインバーと呼ばれる米軍公認の特飲店（特殊飲食店）街が広がっている。米軍要員による殺人や暴行、強姦が絶えない街だ。被害者はＡサイン従業員に多い大島人――奄美大島出身者で、また米軍要員による渉外事件の可能性が濃厚だ。当然のように米軍の捜査官も出張ってくるに違いない。

　一団の横を通り過ぎようとすると、そのうちのひとりが良く見知った顔だった。刑事らしい鋭い目つきの男はこちらを認めると、露骨に舌打ちする。

「内地面しやがって」

　真栄田にだけ聞こえるくらいの声で言い捨てて駆けて行った。顔を合わせるのは二年ぶりだが相変わらずの対応だ。

「今のは与那覇清徳か？」

　玉城が立ち去った一団を振り返る。

「今月から一課の班長になったと聞いています」

「そりゃ清徳も出世したなあ。お前たち、高校の同期で、そんで三十そこらで揃って班長就任とは、どっちも優秀優秀。ライバル同士の研鑽は健在やさ」

「そんなんじゃありませんよ」

　向こうが一方的にこちらを嫌っている、という言葉は喉元に留め置いた。かつて与那覇も一課と二課が分かれる前の本部捜査課時代に玉城の下にいたことがある。部下同士の悪口を聞いて喜ぶ人ではない。

　与那覇たちが飛び出ていった部屋を通り過ぎる。かつて真栄田や玉城も在籍した刑事部の主要部署が入っており、いつも誰かが慌ただしく出入りしている。廊下の突き当たりにある渡り廊下を通って、ひっそりとした通信部庁舎の奥の小さな部屋に辿り着く。

　ドアの磨りガラスには申し訳程度に半紙に書かれた部署名が掲げられている。

『刑事部沖縄県本土復帰特別対策室』

　名前の仰々しさに思わず笑いが漏れた。

「何度聞いても、名前だけはご立派ですね」

「こんな島流しのような所さ。貧乏くじで申し訳ない。それでも今はここが我らの城よ。琉球警察と俺（わん）の有終の美のためにも、ここはひとつ頑張（ちば）らんと」

「玉城のおやっさんのためなら頑張りますよ」

「はぁや、嬉しいこと言ってくれる」

大きな手で背中を叩かれる。駆け出しの頃から、何度もこの手に叩かれてきた。

真栄田はようやく沖縄に帰ってきたという心地がついた。


いつかはそうなるだろうと誰もが思っていた。一九六五年（昭和四十）に佐藤栄作総理が「沖縄の祖国復帰が実現しない限り、わが国の『戦後』は終わらない」と演説したときから予感はあった。そしてニクソン大統領との返還協定調印に至って、決定的になった。

二十七年前にアメリカのものとなったこの島は、一九七二年（昭和四十七）五月十五日、すなわち来月、日本に復帰する。米軍占領下の琉球ではなく、日本国の沖縄県になる。

琉球政府が沖縄県庁、立法院が沖縄県議会になるように、琉球警察は沖縄県警察になる。

琉球警察は、戦時中に沖縄県警察部が壮絶な地上戦の末に消滅した後、米軍が住民を住まわせた収容所ごとに任命した民警察（ＣＰ）がその起源となる。米軍と米国民政府（ユースカー）の指揮の下に置かれながら、アメリカ世（ゆー）の島の治安を守ってきた。本土の警察とはまったく異なる歴史を歩んできた。その歴史に来月幕を下ろし、復帰後は一県警として日本本土の警察庁の指揮下に入る。

支配者として君臨した米軍は、五月十五日以降は日米安保条約に基づく同盟国軍となる。沖縄での捜査権限は沖縄県警が持ち、米軍要員が罪を犯した場合も、地位協定に基づいて公務外での犯罪は日本側が身柄を拘束することになるはずだ。

琉球警察の一員として、復帰に思いを馳せる暇はない。幹部人事や組織改編だけでなく、復帰に伴う社会の混乱を最小限に留めるための任務が待っている。

「五十セントのおつりです。ありがとうございました」

ワシントンの肖像が刻まれた二十五セント硬貨を二枚、真栄田は受け取った。沖縄山形屋（やまかた）のロゴマークの入った大きな紙袋を提（さ）げて、少し離れた所にいる待ち人の許（もと）へ歩み寄る。

「不思議な気分よね。沖縄って日本語なのにドルで買い物するんだから。あなたのお給料だって百何ドルで渡されるのよ、まだ慣れないわ」

妻の真弓（まゆみ）が横に並んで、眉をしかめながら真栄田の方を見上げる。一五〇センチに満たない小柄な体は、今は腹部だけ丸々と膨れている。

予定日は六月中旬でまだしばらく先だが、そんな状態で沖縄までの引っ越しに真弓も同行することに、向こうの母親があまりいい顔をしなかったのも、無理からぬ話だ。

「復帰の日に即座に円に切り替わるから、どこの商店も保有現金の確認には細心の注意を払っている頃だと思うよ」

「すごいわねぇ。何億円って現金を一気に切り替えるんでしょ？」

「何百億だよ。正確には五四〇億円が本土から沖縄に持ち込まれる」

真弓が目を丸くする。

沖縄社会に、目に見える形で差し迫った最大の荒波が、通貨交換だ。

米ドルを日本円に切り替えるだけでも膨大な作業が必要なのに、昨年一九七一年（昭和四十六）八月十五日、ニクソン大統領が米ドル・金兌換停止を宣言し、ドルの固定相場制が一気に崩された「ニクソン・ショック」が、沖縄を飲み込む大津波になった。

円ドル為替は一ドル三六〇円から一気に三〇八円に変動し、ドルで築いた富の価値が円換算で十六パーセントも目減りしただけでなく、本土から輸入する生活必需品が突如高騰した。

復帰しても基地はなくならず、基地に関わる費用を巡る疑惑も払拭されないなかの経済的な打撃に対し、各地で抗議運動が起きた。復帰に対する沖縄人の幻滅が広がっては困ると、慌てた琉球政府と日本政府は、ドル資産を旧レートで補償する施策を実施した。昨年十月九日に全土で抜き打ち的に全金融機関の保有資産を確認する離れ業をやってのけ、軟着陸を図っている。

それでも、本土からの輸入品は相変わらず高騰している。強引な解決策に沖縄人の意見は十分反映されなかったという不信感も漂う。そして交換作業を好機と見た偽札や詐欺などの犯罪の可能性は膨らむばかり。

この紙切れの魔力に、沖縄も日本もアメリカも、誰もが踊らされている。

真弓はそんなことを知る由もなく、無邪気に笑う。

「おっかないわね。だって、三億円事件の二〇〇倍くらいよ？　それを一気に交換なんてできるの？」

「できるように、今俺たち警察が必死に準備してるんだよ」

四年前の一九六八年（昭和四十三）、東芝社員のボーナスを積んだ日本信託銀行の輸送車が、白バイ警官を装った男に呼び止められた末に車ごと現金二億九四三〇万円を強奪された三億円事件。現在も犯人が見つからず、警視庁では三年後に迫る公訴時効に向けて解明に全力を注いでいる。

現場となった東京の府中刑務所のあたりは真弓の実家のある国分寺からすぐ近くで、今も街中にはモンタージュ写真の人相書きがあちこちに貼られている。真弓にとってはよほど身近な事件なのだろう、ことあるごとに三億円事件を引き合いに出す。

山形屋の出入り口に歩み寄ると、ガラス戸の向こうは群衆で埋め尽くされていた。

――沖縄経済処分に断固抗議する！

――基地も核も要らない！

——不当な基地従業員解雇反対！

シュプレヒコールが響き、強い筆致(ひっち)の横断幕や幟(のぼり)が目に飛び込んでくる。沖縄社会に影響力を持つ教職員会や、基地従業員の解雇に反対する全軍労（全沖縄軍労働組合）、さらにはベトナム戦争反対を本土で訴える市民団体、べ平連の旗も見える。

「ずいぶんと大規模なデモをやってるのね」

山形屋の面する国際通りはデパートや映画館が立ち並ぶ那覇一番の繁華街で、西に行くと琉球政府本庁や那覇市役所、そして琉球警察本部庁舎の集中する泉崎(いずみざき)の官庁街もある。一般人の多い国際通りで示威(じい)行為をしてから官公庁まで練り歩くのだろう。

「今日は四月二十八日で、沖縄デーだからね」

「ああ、東京でもここ最近は激しいものね」

四階建ての山形屋の建物を出ると、拡声器で叫ぶ声が一層大きく響く。群衆に流されないように、小柄な真弓を守る形で歩道の端を進む。

一九五二年（昭和二十七）四月二十八日、日本本土がサンフランシスコ講和条約の発効によって主権回復を果たした一方、沖縄を含む北緯二十九度以南は日本の施政権から切り離され、米軍占領下に取り残された。この日は「沖縄デー」と呼ばれるようになった。

東京都心でも復帰を巡りデモが催されるようになったが、国分寺育ちで、短大でも政治への関心が薄かった真弓にとって、デモは縁遠いお祭りのようなものなのだろう。

「今年は大人しい方じゃないかな。俺が制服巡査だった頃はもっと激しかった」

「そうなの？　まあ確かに、もう日本に返還されるんだから、盛り上がりようがないものね」

　何気ない真弓の「返還」という言葉に、ざらりとした感触が走る。アメリカが主語であり、その善意で返してもらえた――そう突きつけられたような気がした。事実、沖縄の復帰は沖縄人の努力によって成し得たのではなく、日米両国の政治判断で頭越しに実現されたのだから。

　考え過ぎだ。真弓はごく自然な感想を口にしただけに過ぎない。

「貴方は警備に出なくて大丈夫なの？　そもそも平日の金曜に抜け出していいの？」

「玉城室長も今日は昼に財界主催の復帰祝賀会に出ていて、これじゃ仕事にならないから息抜きしてこいって言われた」

　玉城は昔から、昼夜構わず飲み歩く豪傑タイプだ。管理職の書類仕事は「大体（てーげー）で問題ない（なんくるない）さー」とうそぶいて街中に繰り出し、下の者が呆れた頃合いに誰も摑んでいない事件の端緒を引っ張ってくる。玉城の部下でそのおこぼれに与（あずか）った者は数知れず、検挙に至っても「お前（やー）の手柄にしとけ」と花を持たせてくれる。真栄田を含めて慕う者は枚挙にいとまがないのはそのためだ。

「引っ越して三週間、荷ほどきも手伝わずほとんど家を空けていて悪かったし、今日はこのまま食事でも一緒にしよう」

琉球警察本部に帰任し、すぐに会議に出席してから三週間、任務に忙殺される真栄田の代わりに真弓が引っ越しの荷ほどきをしてくれていた。

「じゃあ、ビフテキがいい。沖縄のビフテキって東京のより全然美味しいもの」

真弓は丸く膨れ上がったお腹を、スイカのようにポンと叩く。

「分かった、せっかくだし高級な所にしよう」

山形屋からほど近くにある、地元民でも比較的入りやすい店に入る。店によっては実質的に米兵御用達で沖縄人が入りづらいところもある。

「ステーキなんて脂っこいものを食べて大丈夫か？　飛行機に乗るんだし、あまり無理しない方がいいぞ」

「大丈夫よ、この子はいい子だから、悪阻もひどくなかったし」

通された席に座りながら、真弓はお腹を優しく撫でた。

「この子は、きっと夜泣きで寝不足にさせるようなことはないと思うの」

「何で分かるんだい？」

「警官の子ってそうらしいわよ。私もそうだったんだって」

真弓の父は、警視庁で定年間際の警部補で、三十数年間を所轄署一筋で歩んで来た人だ。真弓は大学時代のアルバイトで、高校受験の家庭教師として教えた生徒だった。授業後には真弓の父が、「うちは息子がいないから」と何度も酒に誘ってくれた。卒業後に沖縄で警察官になると伝えたときは、我がことのように喜んでくれた。

「私が赤ん坊だった頃にお父さん、池袋の警察署の刑事課にいて、帝銀事件だっけ？そういう事件も起きて、毎晩帰りが遅かったんだって。でも私、夜泣きも全然しないし、父が何時に帰ってもまったく起きないから楽だったたって」

「またお父さんにその頃の話を聞いてみたいな。俺たちからしたら、伝説の領域だ」

「はいはい、私よりもお父さんの息子みたいなんだから」

義父は自分が沖縄人であっても差別しなかった。義父自身、青森の下北半島の寒村の出身で、東京に出てから訛りで随分と差別されたと聞いた。結婚を報告したとき、義父は「君なら娘を任せてもいいと思ったんだ」と喜んでくれた。

嬉しそうに笑う義父の横に視線を移したとき、義母の方が複雑な表情をしていたのが、今でも忘れられない。渡航にもパスポートの要るような地に娘を嫁がせることに、いい感情を抱いていないことは明らかだった。

客人としては温かくもてなしてくれただけに、その生々しい本心が一瞬でも剝き出しになったのは、少なからずショックではあった。

「お義母さんにもよろしくな。無理しないで、ゆっくりしてきてくれ」

「分かった。ま、お母さんの小言を久々に楽しんでくるわ」

ちょうどステーキ定食が二人前運ばれてきた。

「やっぱり沖縄のビフテキは、そこらの食堂でも違うわね。さすがアメリカ」

何気ない一言が、また突き刺さる。

時折、ほんのわずかな、しかし決定的な意識の差が、自分にだけ突きつけられる。
振り払うように、意識的に明るい声を出した。
「もうアメリカじゃなくなる。君が帰ってくる頃には、パスポートは不要になってい
る」
「その方が楽でいいわ。きっと片手は赤ちゃんで埋まっているから」
真弓はそう言いながら、ステーキをナイフで切り刻み、子供のように嬉しそうに頬
張る。
最初に出会った頃は、本当に子供だと思っていた。彼女が高校受験に合格し、自分
も沖縄に戻ることで交流は数年間途絶えた。それが警視庁に出向し、六年ぶりに真弓
の父の招きで家を訪れたとき、はっと見違えるほど大人びた彼女に対し、教え子以上
の感情を抱き、そして交際するまで時間はかからなかった。
きっと真弓には何も悪気はない。朗らかで屈託のない彼女に、出会った当初から好
感を抱いていた。それは交際を始めて、そして結婚してからも変わらない。
「でもよかった。赤ちゃんもパスポートが必要だったら大変だったもの」
「そうだね。生まれてくる子は正真正銘、生まれたその日から日本人さ」
じゃあ、今の自分は何人なのだろう。日本人か、沖縄人か、はたまたアメリカ人か。
外に視線をやる。復帰条件見直しを訴えるシュプレヒコールを、通行人が一瞬立ち
止まって聞くが、すぐに立ち去って行った。

旭橋のバスターミナルで空港行のバスに真弓を乗せた。出発前に真弓がバスの窓を開けて手を振ってきた。

「手紙を送るよ」

真弓がにこりと笑う。

「そういえばあなた、警察官になってから父に欠かさず手紙を送ってたわよね。ほんと、筆まめよね」

「よく覚えてるな。そんなに筆まめかな？」

「何でもかんでもいつもメモしてるじゃない。沖縄の珍しい絵ハガキで送ってちょうだいよ。両親や友達に自慢するわ」

バスが出発するのを見送って琉球警察本部に戻ると、腕時計の針はもう二時を指そうという頃だった。

先ほど見かけたデモ隊がちょうど本部の前の通りを練り歩いている。本部の向かいは那覇市役所で、行政の中枢部分へ訴えかけようとこの地区を重点的に回っているようだ。警備の機動隊が隙間なく並んでいる正面から入るのは難しそうだし、そんなことをすれば真栄田が警官だとデモ隊にバレて袋叩きに遭うかもしれない。

本部第一庁舎と第二庁舎、そして通信部庁舎と警察共済会館、警察武道場である武徳殿に囲まれた裏の駐車場に回り込む。外から届くデモ隊のシュプレヒコールと雑踏音が耳鳴りのように響いている。

「あ、真栄田さんお帰りなさい」

通用口から通信部庁舎に入ろうとすると、駐車場の一角から、ブラウスを着た髪の短い女性に呼び止められる。

「新里さん、どうしたの」

「室長さん、十二時に帰るって言ってたんですけど戻ってこなくて。心配なのでお迎えに上がろうかと。パーティー自体は二時に終わるらしいので」

対策室に玉城と真栄田以外に唯一配属された、二十歳の事務職員の新里愛子が歩み寄ってきた。

「たぶん酔い潰れているな。沖縄人は時間に何かとルーズだが、二時間遅れることはなかなかない。俺もついていくよ。抱えて連れ帰る必要がありそうだ」

「分かりました。じゃあお願いしますね」

そう言って新里は、ずいぶんと年代物の車のドアを開ける。

「綺麗に磨いているね」

「好きなんですよね、休みの日に何も考えずにボディを拭くの」

新里の運転技術や車に対する造詣は、交通部のベテランでも舌を巻くほどだ。この車はフォード「フェアレーン500」の第二世代で、一九五〇年代らしい豪華な車体は琉球警察の職員用駐車場のなかでひと際目を引く。

毎朝コザの実家からフェアレーンで通勤している新里は、対策室の公用車代わりに玉城の送迎を時折請け負う。手当は特に出ないが「好きでやっているので」と気軽にハンドルを握ってくれる。

真栄田が右側の助手席に座ると、新里はキーを回してエンジンをかけ、右手で器用にギアを操りながら駐車場からスムーズに車を出し、表通りへ出る。

「真栄田さんは車持たないんですか」

「免許はあるけど、警視庁に行って内地の方に慣れちゃってね」

「あはは、それじゃおっかないですね」

沖縄はアメリカの交通方式で、車は本土と逆の左ハンドルの右側通行だ。車道にはフォード、キャデラック、シボレー、クライスラーなどの大きなアメ車が目立ち、その合間を縫うように小さな日本車が走る。逃走するアメ車に日本車の馬力では追いつけないので、琉球警察からしてパトカーはアメ車だ。

「遅かれ早かれ、左側通行に切り替えるだろうから、今さら右側通行に慣れてもね」

すでに交通部では、左側通行に切り替える準備を進めている。沖縄全土の信号や道路標識、バス停を一斉に切り替えるとなると、膨大な人員と予算が必要になるようで、本土復帰とともに警察庁との計画策定が本格始動するようだ。

「なら、左側通行になったタイミングでこの子は買い替えかな。最近は日本車も性能いいし、ボディが大きいから狭い道は入りづらいし」

新里は「この子」と呼んだ車のハンドルを軽く叩きながら、少し寂しそうな表情を見せた。

「愛着があるみたいだね、この車に。ずいぶん乗っているの？」

「父が基地出入りのトラック運転手で、十年前に馴染みのアメリカーが本国に帰るときに安く買ったものなんです。それを去年、就職祝いに譲ってもらったんです」

「就職祝いで車か。豪気なお父さんだな」

「一人前になったら車をやるってずっと言われてたんです。中学の頃にはこの子を空き地で運転させてもらってましたからね」

「なるほど、運転技術は親父さん譲りか」

琉球政府庁舎の前を通り過ぎ、軍道一号線に差しかかる。主要米軍基地を結ぶために米軍が整備した、沖縄本島を南北に貫く大動脈だ。軍用トラックが我が物顔で土ぼこりを立てる合間を、新里のフェアレーンが負けじと横切る。

「私、子供の頃から警察官になりたかったんです。テレビドラマの『FBIアメリカ連邦警察』とか『特別機動捜査隊』とか観るのが好きで、この子に乗って悪い犯人を追いかけて捕まえるのが憧れだったんです」

それぞれアメリカと本土の刑事ドラマだ。沖縄ではフジ系列のOTV、TBS系列のRBC、そしてNHK沖縄放送局に替わる予定のOHK、計三局がテレビ放送を行っている。東京五輪を境に本土との同時中継も始まり、ブラウン管では本土との差はあまりない。

「高校を出たら警察に入るつもりだったんですけど、琉警は婦警を採用していなくって。だから、職員で採用試験を受けたんです」

警察職員に捜査権限はなく、会計や備品管理などの事務を担う。琉球警察では過去二度ほど婦人警官を採用したことがあるが、それきり登用は進んでいない。

「でも父(おとー)には、警察官と警察職員の違いなんか分からなくって、警察(じゅんさー)になったんならアメリカーをこの車で捕まえろ(かちみろ)、って言ってこの子を譲ってくれたんです。本当のことは言いそびれちゃってます」

「そりゃ言いづらいな」

思わず苦笑いしてしまうが、新里本人からすれば良心の呵責(かしゃく)も覚えるだろう。

「真栄田さんはなんで警察に入ろうと思ったんですか？」

新里は、屈託もなく聞いてきた。

「だって、内地の大学出てるんですよね？　それなら琉球政府にも、給料のいい琉球銀行や琉球電力にだって就職できますよ？　なんでわざわざ警察なんですか？」

これまで何度も聞かれた問いに、何度も口にした建前で返事する。

「治安維持は、沖縄への立派なご奉公だと思ってね」

「なんかこう、もっとないんですか？　父親の背中を追ってとか、子供の頃に警官に助けられたとか、そういう理由は」

「うちの父親は学校の教師さ。ま、公務員という意味ではそうなのかもしれないね」

「面白くないなあ」

「世のなかそんなもんだよ」

話しているうちに、海に面した若狭（わかさ）の波上宮（なみのうえぐう）近くの、広々とした瀟洒（しょうしゃ）な建物に着く。アメリカ映画に出てきそうな白いコンクリート造りの二階建てで、米軍将校や財界人の社交場として用いられる施設だ。駐車場に停まっているのはどれも高級な最新のアメ車ばかり。建物の入り口に『琉米経済交流協会主催　琉球返還記念祝賀会』と日本語と英語で書かれた看板が掲げられている。

受付に用向きを伝えていると、なかから笑い声が響く。奥のホールから酔っぱらった初老の沖縄人が出てきて、米陸軍の白人将校と握手しながら英語で話している。

沖縄戦で一面の焦土と化した後、米軍基地から降り注ぐ米ドルを糧に復興した沖縄の経済界は、総じて親米的だ。たとえ沖縄戦で身内や知り合いを亡くしたとしても、その後二十数年を食べていくためにはアメリカとのパイプは不可欠だったし、何よりアメリカの経済的・文化的豊かさは純粋に魅力的に映ったことだろう。

経済人だけでなく琉球政府上層部や学者には、アメリカの資金援助を受けてアメリカに留学した「米留組（べいりゅう）」という派閥が存在しており、米軍や米系企業に対して非常に好意的だ。

――米軍と沖縄は一心同体です。この先も我々の友情は不滅ですよ、閣下初老の経営者は片言の英語で将校に言いながら、ふたりで外へ出ていった。パーティー自体はちょうど今終わったところなのだろう。三々五々と参加者たちが外へ出始めていた。

「マエダさん、お元気ですか」

やや癖のある日本語に振り返ると、精悍（せいかん）な日本人らしき顔つきの、米海兵隊将校の礼服に身を包んだ若い男が立っていた。

「ああ、イケザワ大尉」

ジャック・シンスケ・イケザワは日系二世で、在琉球米海兵隊に置かれた犯罪捜査局ＣＩＤ（Criminal Investigation Division）の憲兵大尉だ。ＣＩＤは米軍の治安維持を担う憲兵（ＭＰ）のなかでも特に刑事犯罪の捜査に特化した機関だ。陸海空軍でも独自の捜査機関を持つが、沖縄駐留米軍でもっとも大所帯で事件も多い海兵隊ＣＩＤとは、現場での接点は大きくなる。

二年前、真栄田が捜査二課にいた頃にイケザワ大尉が着任の挨拶で琉球警察に来たが、直後に警視庁へ出向したので、関わることはこれまでなかった。

「マエダさんもパーティーに出ていたんですか？　気づきませんでしたよ」

「いや、酔っぱらいの上司のお迎えです。そちらは」

「ボスの付き添い兼通訳です。お互い、宮仕えは大変ですね」

「復帰後は、イケザワ大尉は本国へ戻るんですか？」

「引き続き駐留ということになります。しかし、この先はあなたがたと仕事を一緒にすることはずいぶんと減るでしょう。残念です」

「あと半月ほどですが、何かあればよろしくお願いしますよ」

社交辞令を口にしたところで、

「あいー太一かー。迎えに来てくれたばー？」

顔を真っ赤にした玉城が大きなだみ声でこちらに呼びかけてきた。イケザワに別れを告げて玉城に歩み寄ると、息も体臭も酒臭い。

「おやっさん、新里さんの車で帰りますよ」

「いぇー、こうやって足つきなんて、でーじ果報(かふー)やさ」

なかなか動こうとしない玉城の背中を押して車まで連れて行く。後部ドアを開けて玉城をねじ込むと、新里も顔をしかめる。

「うわ、室長さん酒臭いですよ」

「愛子ちゃん、そんなこと言わんでくれよー」

真栄田が助手席に回って乗り込むと、新里がエンジンをかけて車を出す。駐車場の出口に並ぶ車列の最後尾に並んだとき、玉城が口を開いた。

「興味深い話をいくつか聞いてきたさ。ひとつは贈収賄(ぞうしゅうわい)でやれそうな話やさ」

バックミラーに映る玉城の目は、ベテラン二課捜査員の怜悧(れいり)さを取り戻していた。

「対策室でやるような事件ではないでしょう」

「だから二課の連中にくれてやって、向こうの面子も立ててやろう。こっちは偽造を向こうから奪ってるから、ギブアンドテイクってやつさー」

今日のパーティーは、元より二課への手土産を探しに来ていたのだろう。豪放磊落そうな見かけからは想像できない計算高さは刑事としての玉城の真骨頂だ。

「おやっさん、警察じゃなくて外務省に行くべきでしたね」

「復元費も肩代わりなんぞさせずに、俺が解決できたのにな」

本土復帰時にアメリカ側が基地地権者に払うべき復元費を、日本政府が肩代わりしたという疑惑は、この一年ばかり本土と沖縄の双方で大きな議論を呼んでいた。

玉城は愉快そうに笑いながら、新里の方に目をやった。

「ああ愛子ちゃん、この話は内緒やさ」

「はい、大丈夫ですよ。私も琉球警察の一員ですから」

「さすがやさ、若い男の刑事よりもよっぽど信頼できる」

車列が動き出したとき、施設から長身の男が出てきた。年の頃は四十くらい。整った顔立ちで、整髪剤で撫でつけた髪は若々しく、白いスーツと青いシャツを嫌味なく着こなしている。隣にいるスーツ姿の白人とにこやかに会話している。

「おやっさん、あの今出てきた男、知ってますか？」

「ん？　ああ、川平興業社長の川平朝雄さ」

道理で見覚えがあるはずだ。

「川平……二課で、立法院議員の収賄疑惑を探ったときに浮上した奴ですね」

四年前、沖縄では初となる琉球政府行政主席選挙、第八回立法院総選挙、そして那覇市長選が執り行われた。日本復帰が見えてきた頃で、今後の沖縄を左右する選挙として関心も高く、捜査一課から独立したばかりの捜査二課では過去に例のない選挙対策の捜査陣容を敷いた。真栄田も本部に連日泊まり込んで、所轄署から寄せられる疑惑情報をリストアップしていたときに、違法献金の疑いで名前の上がった人物だ。

「そりゃあ、川平は今でこそタクシーやトラック輸送を広く手がける若手企業家だが、戦後に嘉手納でアギヤーとして名を馳せたからなあ。さもありなんさ」

アギヤーとは、米軍への略奪行為のことだ。焦土と化した戦後の沖縄で誰もが極貧に晒されるなか、命知らずの男たちが米軍の警戒網を潜り抜けて、豊富な物資を略奪してきた。

何もかも失った沖縄人にとっては、米兵への痛快な復讐であり、豊かなアメリカ製の生活物資を調達する経済行為でもあり、何より弱き者の窮乏を救ってくれる英雄行為ですらあった。だから略奪物資は「戦果」と呼ばれた。「男は戦果、女は体当たり」、即ちアギヤーと売春のもたらす富で、この島の戦後復興は始まった。

荒くれ者のアギヤーたちはその後、「あしばー」と呼ばれるヤクザとなって暴力団を組織した者も多いが、戦果を元手に商売に身を投じ、沖縄経済界の礎となった者も数知れない。彼らの中には今では過去を忘れたように、親米に宗旨替えした者も多い。

親米と反米を、そのときどきで使い分けてきた沖縄経済界のひとりが、川平だ。

「過去の経歴や交際関係には不明点が多いんですよね」

「ああ、何せ、俺の調べにもなかなか引っかからん奴さ」

長らく経済事犯を担当し、那覇どころか沖縄全土の経営者に精通している玉城ですら、川平については調べきれなかったという。

「暴力団との間でカネの絡む交際が深く、政界に違法な献金をしているらしいと洗ったものの、結局追うのは諦めました」

政治の絡む汚職捜査は、表沙汰になっていない疑惑の端緒を拾い集めるところから始まるが、特に選挙が絡むと、対立陣営が相手を貶めるためにあることないことを喧伝するようになる。玉石混淆どころか、九割九分九厘が嘘と出まかせのなかから、いかに比較的信頼できそうな情報を探し当てるのかが勝負になる。そして嘘やでたらめ、あるいは完全にクロとは言い切れない有象無象の情報のひとつとして、川平の疑惑も立件を見送ったのだ。

「ああいう手合いは叩けばホコリのひとつやふたつ、絶対出てくるもんよ。だがあの歳でここまでのし上がった奴さ。用心に用心を重ねているに違いない。攻めるならじっくりやらにゃならん」

川平と白人が、駐車場の出口でフェアレーンの横を通り過ぎていった。そのとき、こちらに視線を向けてきた。

一瞬、目が合った。戦後の荒波を巧みに生き抜いた川平の瞳が、お前は何者なのかと、再び突きつけてきたような気がした。

# 第二章　黒い着火

薄明かりが灯（とも）る。

何も見えない闇のなか、その周囲にだけ分厚い布地のテントが浮かび上がる。すべてが死に絶えてしまったように不気味なほど静寂だ。

明かりの中心に誰かがいる。芭蕉布（ばしょうふ）の薄汚れた着物と草臥（くたび）れた帽子をまとった、白いあごひげを蓄えた老人だ。裸足を放り出して地面に座り、火に何かをくべている。

老人の枯れ枝のような指に握られているのは、本土（やまとう）の老人が描かれた、古い一円紙幣だ。老人の傍（かたわら）には紙幣が何枚も積まれている。

この地ではもはや紙切れ同然となった、本土の権力と富の象徴。

何もかもが無価値となった、限りない真空地帯（ブラックホール）で、古い時代と共に退場すべきこの老人は何を思うのか。

知ったことか、ざまぁみやがれ。薄暗い愉悦（ゆえつ）が全身を駆け巡る。

だが、なぜか口の奥からは泣き声が込み上げてきた。老人が声を聞きつけて、こちらに顔を向ける。

——肝苦りさぬや
「可哀そうに」という意味の琉球言葉を、なぜ投げかけてくる。俺はお前たちと違うんだ。老いぼれはとっとと退場しろ。その憤怒が全身を貫くが、喉元から湧き出る嗚咽は止まない。いったい俺はどうしたんだ。
——泣かないで、タケ
耳元に響く女の声が、布越しに伝わる温もりが、憤怒を一気に吹き飛ばす。
——ねぇねぇがいるから怖くないよ、いい子だね
慈しみに満ちた声は幼く、懐かしかった。なんでねぇねぇが。なんであんな目に。
——タケ、いい子いい子
ねぇねぇの顔を見せてくれ。頼む。もう一度でいいから。ねぇねぇ。

「タケオ兄貴、時間さ。起きんね」

頬を叩かれ、それまで暖かかった世界は急速に冷え込む。トラックの荷台の床が目の前に広がる。体を起こすと、硬い金属の上に横たわっていたからか、全身がきしんだ。寝汗で服は不快に湿りきっている。いったい何の夢を見ていたのか。

暗さに慣れた目で周囲を見回すと、四人の顔が浮かび上がる。殺気立った瞳が合わせて八、こちらをじっと見つめている。命令を待つ兵士のようだ。事実、四人は濃緑

の軍服に身を包み、それぞれの手にはカービン銃が握られている。

今は俺が指揮官だ。気を抜いている暇はない。

「行くで」

四人は頷くと、一斉に持ち場に着く。

それらを見渡し、俺はトラックの荷台から降り、満月の浮かんだ薄明かりを見渡す。

少し離れた所に停まっている車が目に入り、大きく舌打ちをする。俺たちを見張ってやがる。馬鹿にしやがって。何が監視役だ。

やがて頼りなげな明かりが近づいてきた。

——肝苦りさぬや
なぜか、古い言葉が脳裏に浮かび上がった。

だが、すぐに無視して、すべきことを始めた。

†

夜の八時になると、琉球警察本部庁舎の廊下は、ほとんど人通りがなくなる。

通信部庁舎に入る通信指令室は当直体制だが、主だった技官や事務職員は帰宅して静まり返っている。当直班の刑事が酒盛りをしているのか、刑事部のある第一庁舎から渡り廊下を通じて、賑やかな声が微かに伝わってくる。

「俺もあっち行って酒飲みたいなあ」

「勘弁してください。昼にあれだけ飲んだんですから」

「だいたい、何で明日までに出さなきゃならないんだ」

「刑事部長が週明けに部課長会議にかけたいって言うんですから、仕方ないですよ」

通信部庁舎の片隅で煌々と電気を点けている対策室は、十畳ほどの資料置き場を急遽改造した執務室で、資料用の棚にはそのまま過去の捜査資料が置かれている。棚に挟まれるような形で事務机が四つ、向かい合う形で中央に置かれていて、うち三つに玉城と真栄田、そして新里が座っている。

「日本円を積んだ自衛隊の護衛艦が昨日東京を出て、来月二日に那覇軍港に着くんです。週明け一日で決裁取れないと、その後は全土で特別警戒態勢に入って、部課長会議も開けないんですよ。だから早く裁可してくださいって言ってたじゃないですか」

「んなこと言ったってなあ、現場に出るのが刑事やあらんね」

「もう室長なんですから、大人しくしてください」

何枚もの書類に判子を押し続けていた玉城が心底嫌そうな顔をする。

「あと、あっちの酒盛りはやけ酒らしいので、気軽に交じるのはおススメしません」

「やけ酒？」

「聞いていませんか？　コザの売春婦殺しの捜査本部、今日畳んで所轄の継続捜査に移ったんですよ」

「まだ三週間やさ。まーた渉外がらみの横槍ばー?」

与那覇ら捜査一課が急行した売春婦殺人は、捜査本部がコザ署に置かれ、与那覇班が本部入りしていた。通常なら一か月は捜査本部体制で動くはずだ。

「それが、今回は特に米軍からの表立った横槍がないのに、撤収命令が出たから不思議なんですよ」

米軍は自分たちが正当な支配者だと信じてやまない。彼らが必要と判断したときは、堂々と無茶な強権を振りかざす。それがこの件に関しては一切見当たらなかった。

「それで、与那覇が喜屋武刑事部長のもとに怒鳴り込んで、殴りかかったらしいです」

「ああ、今日掲示されていたのはそれか」

今朝、一階廊下の掲示板に『刑事部捜査第一課　警部補　与那覇清徳　戒告処分』と公示文書が掲げられていたことで、警察本部内では早速、噂の種になっていた。

「まあ、清徳は昔から短気がよくない。一度アタマを冷やしたらいいさあ。解散の理由も、分からんもんは分からん、やめやめ」

考えるのが面倒になったのか、玉城は子供のように手足を放り出し、分厚い唇を突き出す。一連の仕草を見ていた新里が笑いながら立ち上がる。

「お疲れ様です。お茶かコーヒーでも入れましょうか」

「いい、いい、飲みたきゃ自分でウォーターサーバーで水入れるさ」

琉球警察は元々アメリカの影響で、自分の飲み物は自分で入れる慣習が根付いている。庁内にウォーターサーバーがあるのも、警視庁出向中に話すと、事務職員のお茶くみに慣れきっている警視庁や他府県警の警官は驚きを隠さなかった。

「それより愛子ちゃんはもう帰りな。夜遅くまで若い娘さんを残業させちゃあ親父さんに申し訳ないさ」

「私も溜まってる仕事があるので、大丈夫ですよ。明日の朝一番で会計課に持っていきたいんです」

そうは言うが、気を遣わせているのは間違いない。明朝早めに片付けたほうがよさそうだ。十分以内に玉城に最低限の判子を押させて、早く切り上げるか。腹も減った頃だ。誰もいない官舎に帰るのも味気ないので、どこかの店で一杯引っかけて帰ろう。

真栄田が手元の書類を整えていると、ふと違和感を抱いた。

「おやっさん、何か」

先ほどまで廊下から響いていた刑事部の酒盛りの声が途絶えている。

事件が起きたのかも知れない、と口にする前に、渡り廊下の向こうから駆け足の靴音が響いてきた。その靴音が対策室の前で止まり、ドアが唐突に開かれる。

「対策室、いるな」

汗を額に浮かべて入ってきたのは喜屋武刑事部長だった。

「はぁや！　幸勇さん」

「ふたりとも、いいから来い」

わざわざ刑事部長が呼びつけに来るとは、尋常ではない何かが起きている。

慌てて立ち上がって、喜屋武に促されるままに対策室から出る。喜屋武はそのまま第一庁舎へ向かい、そして最上階の三階へ向かう階段を上る。静まり返っている刑事部屋からは、何かの動向を探るとき特有の気配が漂ってきた。

三階廊下の警務部や総務部などの中枢部署を通り過ぎ、喜屋武は一番奥、本部長室まで足早に進む。ノックもせずに「連れてきました」とドアを開ける。

顔を強張らせながら踏み入ると、なかに置かれた机の前に、本部長の座間味喜福(ざまみきふく)が腕を組んで座っていた。

戦前の沖縄県警察部時代に巡査拝命し、沖縄戦で警察部が解体するまで県民保護に従事した座間味は、戦後に民警察が創設されると再び警察官の道を歩み始めた、琉球警察の生き字引だ。最後の琉球警察本部長、そして初代の沖縄県警本部長になる。厳格な皺深い顔に真栄田が対面するのは、警視庁出向からの帰還報告をして以来だ。

その机の周囲に、五人ほどの男たちがたむろしている。

ひとりは琉球政府行政主席の懐刀である知念(ちねん)官房長、さらには民営ながら沖縄の中央銀行の役割を担う琉球銀行の仲宗根(なかそね)副総裁、そして彼らの秘書や側近らしき官僚や銀行員たちだ。二課のときには散々捜査資料で顔を見た連中だ。

一様にただならぬ面持ちをしている。特に青い顔をしているのは痩せぎすの仲宗根で、一方で知念の肉付きの良い顔は湯気が出んばかりに赤みを帯びていた。

彼らがなぜここに。真栄田が口を開こうとしたのを察したのか、座間味が眉間の皺を一層深くした。

「君らには大至急やってもらうことがある」

への字に結んだ口から大きな溜息をついて、

「つい一時間前の午後七時すぎ、琉銀の現金輸送車が行方を絶った。この輸送車は琉銀名護支店から那覇本店に米ドルを輸送中で――」

意を決したように告げる。

「総額はちょうど一〇〇万ドル」

あがひゃあ。玉城がそう叫んだように聞こえた。

一〇〇万ドル。現在の相場が一ドル三〇八円だから三億八〇〇〇万円、いや、三六〇円の旧レートで補償されるのならば三億六〇〇〇万円か。

「アメックス銀の盗難事件だって、二十万そこそこね……」

玉城が口にしたのは、数年前にアメリカン・エキスプレス銀行の現金輸送車から、ドライバーらの手によって現金二十二万ドルが盗まれた事件のことだ。戦後の沖縄で最も被害額の大きい盗難事件だが、今回の額はその四倍以上だ。

「琉銀では今晩、本土復帰後の速やかなドル引き渡しに向けて、沖縄全土から那覇本店へドル移送作業を進めていた。名護支店は北部一帯の支店や出張所、さらには民間金融機関や郵便貯金も含めた膨大な額の現金の中間集積拠点になっていて、全土に六〇〇〇万ドルあるというドル資産のうち今朝までに一五〇〇万ドルが集まっている」

座間味は真栄田と玉城の動揺を無視して続ける。

「この一五〇〇万ドルのうち、一四〇〇万ドルがすでに専用の輸送車で那覇本店に運ばれていたが、離島や山岳地帯からの集積が遅れた一〇〇万ドルがあり、これを本店から名護に寄越した別の車両で追って運ぶことになった。午後六時半過ぎに名護支店を本店の行員とドライバーの二名で出発した三十分後、車載無線によって琉銀本店に恩納村(おんなそん)から入電があり、直後に無線が途絶えた。ここで琉銀はすぐさま琉警本部に通報した。たまたま近くを巡回していた所轄の石川(いしかわ)署員一名を急行させたところ、農道に乗り捨てられた輸送車と手足を縛られたドライバーを発見、現金は全て盗難され、行員一名も行方知れずだ。本件は石川署や名護署ではなく本部で引き取ることが早急に決まったため、現在捜査は一旦棚上げとなっている」

そこで仲宗根が額に汗を浮かべながら頭を下げる。慌てて続く秘書らしき行員。

「大変ご迷惑をおかけしており……私ども一同、深く陳謝致します所存で」

玉城が耐えきれずに口を開く。

「ちょ、ちょっと待ってください喜福さん、それと我々(わったー)が呼びだされたのと何が……これは紛うことなき強盗事犯やあらんね。なら本部当直か一課が急行してそれで」

「本件は、本部の正規部隊を一切動かさない」

いつになく早口の玉城を座間味が遮ると同時に、知念が口を挟んで来た。

「ことは君、単なる強盗じゃないんだ。これがどういう意味か分かるかね」

ふたりの答えを待つことなく知念が詰め寄ってくる。

「円ドル交換は新生沖縄県の幕開けを飾る一大事業だ。それをみすみすコソ泥に邪魔されて失敗したとあれば、我々琉球政府への信頼は地に落ちる。それだけじゃない。日本政府は沖縄返還交渉で、円と交換した米ドルを完全な状態で欠損なくアメリカ側に引き渡す約束をしている。これを履行できないとなれば、日米間の高度な外交紛争に発展しかねん」

知念はそこまで言い切ると、風船から空気が抜けるように深い溜息をつく。顔中に満ちていた怒気は萎み、手近にあったソファにもたれかかって項垂れる。

「本土はもちろん、沖縄でも一切漏らすわけにはいかん。主席以下の首は挿げ替えられ、内地の自治省か総理府から官僚が送り込まれてくるんだ。第二の琉球処分だ」

かつて独立国だった琉球王国の歴史に幕を下ろした、明治新政府の琉球処分。それに匹敵するような大嵐が吹き荒れるなどという話、これまでなら一笑に付していただろう。しかし、一〇〇万ドル強奪などというまるで現実味のない話をされた今、もはや笑い飛ばすことはできなかった。

「でも、琉銀さんはアメリカーが、米国民政府が株主じゃないですか……株主に対して隠し通すだなんて……」

終戦直後の米軍政府布令を根拠法令として設立された琉銀は、アメリカ当局の政策金融機関として機能してきた。今回も沖縄全土からのドル回収は琉銀が主導している。総裁以下の行員は沖縄人だが、琉銀の株主は米国民政府だ。アメリカや米軍に逆らうことなどできるはずがない。

「緘口令（かんこうれい）をすでに敷きました。総裁と私と一部の職員しか知りません。隠し通すしかないのです」

仲宗根は俯いたまま首を振る。

「我々はすでにユースカーと距離を置いて琉球政府、そして日本政府の施策に協力してきました。昨年のドル資産の抜き打ち確認も、ユースカーに無断で実施しました」

沖縄住民のドル資産が、直前のドル切り下げで目減りすることへの対策として、日本政府は一ドル三六〇円のレートで補償することを決定し、琉球政府は昨年に抜き打ちでドル資産の確認作業を沖縄全土で行った。

補償はアメリカ側に一切通告されず、アメリカ人の資産を対象にしなかったことから、アメリカからは猛烈に抗議され、ある英字紙は「第二のパールハーバー奇襲だ」と痛烈に非難したらしい。沖縄は本土復帰に向けて、確実にアメリカ離れしている。

「もはや我々は、株主であるユースカーとこれ以上揉めることなく、同時に介入させる余地を与えずに、復帰を迎えねばならないのです。そんなときにこんな不祥事が表に出てしまえば、介入の格好の理由になってしまう。独立した銀行として再出発しようという矢先に介入など……」

　琉銀はアメリカによる沖縄の経済支配の装置だった。反米的な政治家や企業には融資や口座を凍結し、一方で米軍基地向けの土木事業やサービス業には潤沢な資金を提供して成長させてきた。その琉銀が、最後の最後に自分たちの「主人」に歯向かおうとしていた。

「行内で知っているのは、総裁と私、そして無線を受け取った那覇本店のごく一部の行員のみです。無線を取った者にはしばらく自宅待機を命じております」

　座間味が目線を机に落としたまま、苦々しげに口を開く。

「我々琉警としても、本件を極秘としなければならない」

「本土（やまと）には……」

「警察庁にも、当然日本政府にも、一切を伝えない。琉警内でも当直はもちろん、一課も所轄も動かさん」

「じゃ、じゃあ捜査は」

　そこで座間味が顔を上げる。

「君らがやるんだよ」

「そんな無茶な」

　真栄田が堪らず声を上げる。

「一〇〇万ドルですよ。日本円でいえば、新旧どちらのレートにしても三億円以上です。三億円事件を超える額ですよ。警視庁ですら捜査に延べ数万人を投入して、四年経っても犯人が見つからないんです。それを我々ふたりだけでやれというんですか」

義父は酒の席でことあるごとに三億円事件当時の捜査一課と府中署の不手際をなじる。東京にいた当時は、首都警察である警視庁の抱える事件の重大さや組織の複雑さに他人事として同情したものだ。

今や、それ以上の重責が我が身に降りかかりつつある。三億円事件を超える被害額、そして日米間の外交問題の火種——一警官の背負えるものではない。

「通貨偽造など本土復帰にかかる刑事事犯はこれを所管する。本土復帰特別対策室の存在意義はそう明記してあるはずだ。これはまさに、本土復帰にかかる刑事事犯じゃないのかね」

「それは、そうですが……私も室長も、そりゃ刑事全般に携わった経験はありますが、二課の知能犯畑が専門です。いきなり強行の現金強盗を捜査しろだなんて……」

東京に辞令と共に郵送された文書には、確かにそのように書いてあった。だが、いくらなんでも拡大解釈ではないか。

座間味が真栄田をまっすぐ見据える。

「真栄田、君を警視庁に派遣したことが、どういうことか分かるかね」

「は……」

「本土(やまと)で四年、高等教育を受けて琉球警察に入った君を、警視庁に二年間派遣したのは、我々が将来の幹部として君に期待をかけているということだ。内地の警察庁キャリア組が沖縄県警を牛耳ることになる前に、君を沖縄生え抜きのエリートとして育て上げてきた。その期待に応えられる人材でなければならん」

何も言い返すことができない。

高校進学率ですら七割、大学に至ってはようやく四分の一を超えたこの島で、本土の大学卒はまだまだ貴重な存在だ。その自分が官費で警視庁に研修のため出向させてもらったのは、まぎれもない事実だ。来たる沖縄県警発足時に備え、生え抜きの準キャリアを養成しようとしている意図は、ありありと読み取れた。

その期待の大きさだけではない。

真栄田太一という、しがない公務員の息子が、沖縄本島そしてその先に広がる世界を見る機会を与えられた。その事実の重みを一番感じているのは、己自身なのだ。

「分かっているな」

真栄田の沈黙を同意と受け取った座間味は小さく頷く。

「知念氏を通じ、出入管理庁には今日以降、本島のすべての空港および港湾での身分確認および身体検査を厳格にするように要請した。名目は本土復帰に反対する過激派への牽制のためとしている。これで犯人(ホシ)を本島にある程度は閉じ込められるはずだ」

それが気休めに過ぎないと自分自身で気づいている顔だ。

「一課で手の空いている班からひとり、それと駆け付けた当直の石川署捜査課員、このふたりを君らの下につける。あとひとりふたりいれば、一個班として機能するはずだろう。私が話を通しておこう。それ以外も何かと都合をつける。それで頼む」

　座間味と、それ以外の面々の目線がふたりに集中する。

　ここで望まれている答えは、ひとつ。それを早く口にしろ、と促している顔だ。

「……分かりました。全力を尽くします」

　玉城が床に目を落としながら、重い口を開く。

「頼むぞ。何としても復帰当日の通貨交換開始までに、片をつけてくれ」

「もしもの場合は……」

　座間味が、頬を痙攣させるように口を歪ませて笑う。

「私（わん）は島田（しまだ）さんや荒井（あらい）さんの下で巡査しとったんやさ。遺書は二十七年前にもう書いている」

　沖縄戦のなかで殉職した、島田叡（あきら）県知事と荒井退造（たいぞう）沖縄県警察部長のことだ。沖縄戦でどのような地獄を見たのか語ることは滅多にない座間味の口から、ふたりの名前が出た意味の重さが、空っぽの胃袋に胃液を満たしていく。

　いったい、俺は何に巻き込まれたというのだ。

　沖縄本島の北部には山岳地帯が広がる。琉球が統一される前、十四～十五世紀の三（さん）

山時代は北山王国が支配したこの地域は、今も国頭、あるいは山原と呼ばれる。

国頭南部にある恩納村、金武町、そして宜野座村は、広大な内陸部をキャンプ・シュワブ、キャンプ・ハンセンなどの米海兵隊基地に占拠され、その北側にある沿岸部の集落を結ぶように琉球政府道一号線が本島北西の沿岸に延びている。満月とはいえ、夜の政府道一号線はろくな電灯もなく、わずかな人家に明かりが灯るほかは通る車のライトもまばらだ。

その道路を、四人を乗せたフォード・フェアレーン500が猛スピードで突っ走る。

「愛子ちゃん、こんな出して大丈夫ね？」

「警官が三人もいるんですから、大丈夫ってことにしてくださいよ。緊急事態でしょ？　パトランプでもあればよかったのに」

後部座席で速さに肝を冷やす玉城に対し、運転席の新里は平然とした顔だ。

対策室が事件捜査に当たることになったと新里に伝えたところ、新里は意を決したように立ち上がった。

「車、出します！　私も連れてってください！」

事が事だ、ここで関わらせるわけには、と真栄田が躊躇っていると、

「そうだな、この際、愛子ちゃんに加わってもらおう」と玉城が頷きながら答える。

「おやっさん、新里さんは事務員でしょう」

「愛子ちゃんはこう見えてなかなか切れ者なわけ。女の目線で何か気づきがあるかも

な。他を探すのは今からじゃあ骨ね。関わる人間は少ない方がいい。どうせ関わることになるなら、徹底的に関わってもらおう」

玉城の答えに、新里は頬を上気させて「ありがとうございます！」と勢いよく頭を下げ、駐車場へと駆け出して行った。警察官に憧れていた新里にとって、事件捜査に加われる最初で最後の絶好の機会なのだろう。事件のあらましを聞いたときはさすがに絶句していたが、いざ車の運転となると肝が据わっている。

「なんでこいつの下に入らんといけないんだ」

玉城の隣に座る与那覇清徳がそっぽを向く。真栄田と一切目を合わせない。喜屋武刑事部長が手配すると言った一課捜査員とはよりによって与那覇だった。

「清徳、俺がお前を指名したんやさ」

険悪な空気に玉城が割って入る。

「今回の一件については聞いとるばー？　非常にややこしいことになったが、俺と昔仕事して信頼できるモンで、今本部で動かせそうなのがお前やったんやさ。お前も幸勇さんを殴った咎で肩身が狭かろう？　それならこっちでお前の手腕を発揮して、汚名返上すれば万事問題ないさ」

「玉城さん、俺は刑事部長を殴っちゃいませんよ。詰め寄っただけですよ」

与那覇が、噂に尾ひれがついていることにうんざりした様子で、掌で顔を覆う。

「俺は貴方のためならいくらでも骨を折ります。喜屋武さんにも詫びは入れます。

でもね、こいつを認めたわけじゃあない」

与那覇とは、同じ沖縄高校に通っていた当時はさほど交流はなかった。与那覇が高卒で任官した四年後、真栄田が大学を卒業して入庁してから、やたらと剝き出しの敵意を向けてくるようになった。今の琉球警察で真栄田の味方は少ないが、ここまで露骨な者も他にいない。

真栄田が溜息をついて窓の外に目をやる。政府道は広大な弾薬庫や弾薬処理施設の広がる敷地の北側を横切っており、両側は万一の際に延焼を防ぐためのリュウキュウマツやスダジイに覆われた深い森林地帯となっている。この地区の南東にある知花弾薬庫では三年前に毒ガスの漏洩が明らかになった。住民の強烈な抗議運動の末に、昨年ようやく米領の島への移送が実施されたが、ウォール・ストリート・ジャーナルがスクープしなければ、今も知花には毒ガスが何食わぬ顔で配備されていたことだろう。そして、毒ガスが移管されたとしても、膨大な弾薬の恐怖は残ったままだ。

民家の明かりが絶え、暗闇が続くなかに、かすかなヘッドライトの光が見えた。

「あれじゃないか」

新里はその声を合図に、スムーズに速度を落として路肩に停車させる。

フォードのヘッドライトで照らした先には、二台の車が道端に停まっていた。一台はパトランプを屋根に載せた古びたシボレーのコルベアで、もう一台は左ハンドルではあるが最新鋭の日産セドリックだ。昨年発売された三代目で、東京でもなかなかお目にかかれない斬新なボディラインだ。

コルベアから丸刈りの筋肉質な男が出てきて、フォードの方に歩み寄ってくる。一般車両に警戒しているのか、ライトが眩しいのか、いかつい顔を一層険しくしている。四人が車から出て、真栄田が警察手帳を見せると、男の顔から険が多少取れた。

「石川署捜査課の比嘉巡査です」

声は若々しかった。武道を嗜んでいる者特有の落ち着きがあり、歳以上に見られるタイプだろう。耳が潰れていないところをみると、柔道ではなく空手だろうか。

「本部刑事部本土復帰特別対策室の真栄田です。これが輸送車？ 乗務員は？」

「乗務していたふたりのうち、琉銀那覇本店から派遣されてきた行員が賊に連れ去られました。こっちに残されていたのはドライバーで、猿ぐつわを嚙まされて車のなかに転がされていました。今、車の後ろに乗せています」

比嘉が目をやった方を見ると、憔悴しきった顔つきの中年男が項垂れて座っていた。比嘉が目線を真栄田に戻す。その目の奥に緊張の色が浮かんでいた。

「無線で喜屋武刑事部長から直々に、このまま本部指揮に入るようにと命じられました。石川署にも話はついているから一切報告無用と。所轄を一切動かさない、こんな事件は初めてです。一体なにが……？」

「実は……」

真栄田が説明すると、比嘉は驚愕の表情を浮かべた。

「まさか」

「本当だ。我々だけで解決するしかない」

「えらいことになっちまったさあ……」

与那覇が前に割り込んでくる。訝しげに比嘉を睨みつけたと思ったら、

「お前、どっかで見たことあると思ったら、名護で悪さしとった雄二やあらん？」

比嘉も目を丸くして驚く。

「あ、もしかして、名護署にいた清徳さんば？」

「お前警官になっとったば？」

「あひー、清徳さんには荒れてた頃に大変お世話になったさ。だから憧れて警官になったさ」

「学生連中と喧嘩してたお前を打ち投げたのに感謝されるとはなー」

盛り上がるふたりに、玉城がようやく割って入る。

「清徳、知り合いか？」

「玉城さん、こいつは俺が名護署の刑事課にいた頃に、名護高で『幹部』やっとって、街中でしょっちゅう乱闘やらかしとった奴さ。おいたが過ぎるってんで、一度署の道場に呼んでぶちのめして懲らしめたわけ」

本土でいう番長を、沖縄では「幹部」と呼ぶ。

「なかなか骨のある奴とは思ってたが、しかし警官になるとは思わなかった」

比嘉が照れたように頭を掻きながら尋ねる。

「一課で強行やってるとは聞いてましたが、今回は清徳さんが班長ですか？」

与那覇は露骨に眉をしかめて、真栄田を睨む。

「いや俺は応援さ。そこの本土人みたいな面した対策室班長さまが現場指揮官さ」

「清徳！　お前まだそんなことを！」

玉城が窘め、与那覇はそっぽを向く。後ろにいる新里は、初めての捜査現場での険悪なやり取りを、気まずそうな面持ちで黙って見ている。

その空気を振り払うように、真栄田が咳払いをする。

「とりあえず比嘉くん、ドライバーから話はもう聞いたのか」

「はあ、それが――」

比嘉がコルベアの後部席に座るドライバーに再び目をやる。

比嘉が聴取した証言は以下の通りだ。

ドライバーは平良健洋、四十二歳。琉銀本部の車両部所属で、普段はこの最新鋭のセドリックで行員や顧客の送迎を行いつつ、店舗間の現金輸送に携わることもあるという。車載無線は現金輸送の際の保安上の理由で取り付けられていたそうだ。

この日、本店公務部の西銘勉次長が名護支店を訪れる用事があり、平良は西銘から直々の指名を受けて、終日その送迎業務に当たっていた。朝九時に豊見城村の次長宅に直接迎えに上がり、二時間かけて名護へ送った後は、次長の業務が終わるまで名護支店で待機していたという。

　午後六時、西銘の業務が終わったので家へ送るのかと思いきや、那覇本店に小口現金の輸送を追加で行うと西銘から告げられた。

「警備員もなしで、急にか」真栄田が呆れたように問いかけると比嘉は頷く。

「急な現金輸送業務は時々あったそうです」

「不用心やさ」与那覇が、車のなかの平良に聞こえないよう声を潜めて吐き捨てた。

「ドライバーは運ぶ額をいちいち聞かされていなかったようです。後部座席に積み込んだジュラルミンのケースもひとつで、大した額じゃないと思っていたとか」

　一〇〇ドル札一〇〇枚の一万ドルの帯封付き札束がおおよそ一〇〇グラム、それを一〇〇個揃えた一〇〇万ドル分だと十キロほどだ。ケースに入れて運べば大した重さではない。

　帰りがけにちょっとした荷物が増えただけという心づもりで一号線を那覇方面へ南下していた午後七時すぎのことだ。

「米兵？」

「ええ、海兵隊の軍服に身を包んだ五、六人の男が、道に車止めを置いて検問をしていたそうです。車を停止すると、黒人風の男から車から出るよう言われ、英語が堪能な西銘が降りて応対したそうですが、平良は妙だと勘付いたそうです」

「何が変だったんだ」

「旧式のカービン銃を持っていた点です」

M1カービンという第二次大戦期の米軍主力小銃のことだ。ベトナムに出撃する沖縄駐留の海兵隊は最新鋭のM16自動小銃を配備されていることが多い。カービン銃は今でも空軍の警備部隊に配備されてはいるが、第一線部隊の持つ銃ではない。

「平良も英語は片言なら分かります。確かに『マリンコー』、海兵隊と名乗ったのは聞こえたそうです。付近のキャンプ・シュワブやキャンプ・ハンセンはいずれも海兵隊基地で、そこに駐屯する海兵隊がカービン銃とは古臭い、と思ったようです」

米軍基地が日常に当たり前の存在としてあるからこそ、軍と関わりのない一般人であってもそのわずかな違和感にも敏感だ。

「検問でどれだけ時間を取られるか分からないので、本店に遅くなる旨を伝えようと車載無線を稼働させたところ、それを見た米兵が突然、威嚇射撃をした後に平良に殴り掛かって押し倒し、猿ぐつわを噛ませてきたんだそうです」

窓越しに見える平良の項垂れた顔には、殴られた痕（あと）が複数の痣（あざ）となっていた。

「米兵風の男らはそのまま車のなかにあるケースを奪い去り、近くに停めてあったトラックに乗って逃走、西銘は恐らくそのまま連れ去られたとのことです」

「それで、無線の交信が途絶えたことで琉銀では異常事態を察知し、ということか」

そこから先は真栄田らも知っての通りだ。

比嘉の話を聞き終えた与那覇が車のドアを開け、平良の隣の座席に座る。

「平良さん、米兵らのことで覚えていることはないね？」

平良は取り乱してはいないものの、憔悴した様子で弱々しく答える。

「連中は米兵じゃないさ」

「なんでよ？」

「俺を襲った後、英語は一切喋らずに沖縄言葉を喋っていた」

与那覇の後ろから玉城も尋ねる。

「平良さん、私からも聞きたいんやがね、米兵の服着た沖縄人なら、顔を見ればすぐ分からんかね」

平良は、非難されたと取ったのか、苛立たしげにふんと息を吐く。

「ひとり、どうみても黒人のような奴がいたんさ。そいつがずっと西銘さんと英語で喋っていて、そいつ以外は顔があまり見えんかった」

「はぁや、黒人との混血児がおったんやあらん？」

米兵と沖縄人女性の間に生まれた子供は、沖縄では珍しくない。望んで結ばれた女性だけではない。売春婦たちが体を売った末に、あるいは一般女性が暴力によって子供を孕まされ、裏路地に捨てた孤児たちは、どれほどいるだろう。

彼らが道を踏み外した結果、暴力団の一党となっていく例は枚挙にいとまがない。元より根無し草の暴力団でも彼らは取り分けしがらみがないから、相手はもちろん自分の命すらも軽くゴミのように扱う。そしてこの島の暴力団というのは内地以上に血のつながりが濃いために、彼らを敵への尖兵として良心の呵責なく使い捨てる。

　平良が、襲われたときの情景を思い出しながら、はっとした表情をする。

「俺（わー）を殴った奴、ありゃあ空手をやっとるね……ああ、あと、ひとり偉そうな奴が、内地の大阪弁やったね」

「大阪弁？」

「ああ、『早よ行け』『もうええわ』って言ってたさ」

「じゃ、本土人（やまとんちゅ）か？」

「いや、沖縄人（うちなんちゅ）さ。『たっくるす』とも言ってた」

「大阪に出稼ぎに行った奴らか」

　沖縄との航路が戦前から整備されていた大阪には、伝統的に集団就職や出稼ぎで行く者が多く、工業地帯には古い沖縄人集落もあるという。何年か大阪にいて大阪弁が移ってしまったというのは、珍しい話ではない。

「黒人混血児と空手の使い手と大阪帰り……なんね、すぐ分かりそうなもんさ」

　与那覇の表情に余裕が滲む。

「コザの不良（あしばー）にそんな連中がいないか、コザ署の刑事課に聞けば一発やさ」

　真栄田が小声で与那覇を止める。

「これは極秘捜査だ。コザ署に照会はかけられない」

「はっ、なんでわざわざ上を通して馬鹿正直に聞かんといかんのや。お前（やー）はコザ署に知り合いいないわけ？　昔の同僚のひとりやふたり、聞けばいいだろうに」

「そもそもコザかどうかなんて分からない。不良かどうかもだ。極左ゲリラの可能性だってあるんだ。むやみに情報を広げすぎるわけには」

「混血児がいるんは間違いない。不良であれ極左であれ、まずコザを当たるんは琉警の者なら常識やさ。現場同士のよしみで聞ける話は結構あるわけ」

米軍嘉手納基地のお膝元として発展したコザは、そういう存在が一番多い街だ。顔を見れば出自が分かる彼らは、那覇や沖縄の他の地域に出るよりは、米兵の多い街で米兵向けの仕事に就くことが多い。

琉球警察のなかで自分がさほど好かれていないのは自覚している。込み上げてきた不快な感情を押し殺して、持参していたノートにこれまで聞き取りで上がってきた情報をメモしようとする。

与那覇は、こちらの手元に視線をやると、ふんと馬鹿にするように鼻息をつく。

「捜査のことなんて何も分かっとらんお前が本部入りしたのは、そうやって情報を集めて本土に送っとるスパイやからやあらん」

やまとぅのスパイ。

手足の先が粟立つように冷え込み、ノートと鉛筆をその場で落とした。

次の瞬間には体が動いていた。

「真栄田さん！　何するんですか！」

「太一！　落ち着け！　清徳！　お前いい加減にせんか！」

与那覇の顔をめがけて殴り掛かろうとした真栄田を、比嘉が羽交い締めにした。玉城が必死の形相で真栄田と与那覇の間に入る。新里が短い悲鳴を上げて後ずさり、車のなかの平良はびくりと震える。

「玉城さん、こいつ本当のことを言われて逆上したわけ！　俺は昔からこいつを怪しいと思っていたさ！」

与那覇が肩で息をしながら睨みつけてくる。

「高校時分からそうさ。俺たち沖縄人がまとまらなきゃならんときに、こいつはどこか冷めた目で一歩引いているんさ！」

続いて与那覇が意外な言葉を口にした。

「覚えとるか？　甲子園の土が捨てられたあのとき、お前が何を言ったか！」

真栄田は比嘉に動きを封じられたまま、腕を下ろす。

一九五八年（昭和三十三）、夏の高校野球に初めて沖縄から首里高校が出場した。選手宣誓も首里高の選手が行い、沖縄全島がその活躍に沸いた。惜しくも一回戦で敗退したが、その後に選手たちが記念に持ち帰った甲子園の土が、那覇港の検疫で「外国の土」として没収、海に捨てられる事件が起きた。

このことが沖縄そして本土で問題視され、本土復帰運動を後押しする一因となった。

あの年、真栄田と与那覇は高校二年生で、ふたりの高校でも緊急全校集会を開き非難決議を採択した。その抗議手段を講じるため、生徒会主催の全クラス代議員大会が開かれ、それぞれ別のクラスの委員として真栄田と与那覇は出席した。

「代議員大会で血判状を書くと言ったとき、お前(いやー)は無記名でいいと言ったのを、覚えとるか!」

　思い出した。同じ高校生がこんな屈辱的な思いをさせられるのは許せない、と息巻く一部のクラス委員が、全校生徒の血判状を書いて琉球政府に提出しようと提案したのだ。熱狂的に賛同した者もいたが、進学や就職で不利益を被るかも知れないから、沖縄高校全生徒一同とだけ書いて無記名にしよう、と確かに意見した。結局、多数決で無記名方式が採択されたが、何人かから白い目で見られたのは覚えている。

「あのときからおかしいと思っていたんさ。そしたらお前(いやー)は内地の大学に進学した。俺(わー)は確信したんさ。こいつ(くぬひゃー)は内地人(ないちゃー)の方を向いてイイ子ぶってる奴だってな!」

　与那覇は野球部員だった。高校球児、いや全ての沖縄人にとって、甲子園は憧れの舞台だ。島の子供たちの草野球を大人もビール片手に応援するのが、沖縄の数少ない娯楽だ。そんな沖縄の球児でも選りすぐりを初めて甲子園に送り出せたのに、こんな屈辱的な目にあわされ、大人にも子供にも、米軍や政府に睨まれても抗議しようという空気が全土に満ちた。同世代の高校球児だった与那覇にとっては、なおさらだろう。

　そんなことは百も承知だ。

「お前に何が分かるんだ」

米軍や琉球政府に反米主義者のレッテルを貼られ、就職や進学を阻まれることが、自分のような存在にとってどれだけ恐ろしいことか。沖縄本島から出ることもなく、強力な地縁血縁に守られている与那覇たちには、決して分からないのだ。

「やっぱりお前(いやー)は内地のスパイか？　ええ！」

自嘲のこもった笑いが込み上げてきそうだ。

「俺は、日本人(やまとんちゅ)じゃない」

それだけははっきりしている。日本人(やまとんちゅ)になど自分はなれっこない。

——琉球人なのに日本語が上手いね

大学で別の学生から言われ、何を言われているのか分からなかった。訛りはあるが日本語を喋るし学校では標準語で教育を受けると説明したら、彼は驚いてこう言った。

——琉球はアメリカだから、英語を喋っているのだと思っていたよ

街の不動産屋に貼られた「沖縄人お断り」という紙を何度も目にした。沖縄出身者の会合で聞けば、沖縄人は酒癖が悪くすぐ騒ぐと、近隣住民や大家から嫌われるのだそうだ。

——だから後ろ指を指されんよう、ちゃんと標準語を話して、品行方正で立派な日本人にならんといかん。我々は朝鮮人や台湾人と違う、沖縄県民だ

留学生の世話人をしている沖縄出身の実業家から、何度もそう説かれた。その言葉の端々に、強烈な内地コンプレックスと旧植民地への差別意識を、ありありと滲(にじ)ませ

ていたことが今も忘れられない。

大学に進学した年は、日米安保条約の改定をめぐって大学が騒然としていた。沖縄出身の学生は、左翼運動に関わると米国民政府(ユースカー)に睨まれて強制送還になる恐れがあったが、クラスのなかでの議論に加わる機会があった。

意見を求められて、安保改定で沖縄の基地への負担が増すのを阻止すべきだ、と述べると、共産党系の民青(みんせい)シンパの活動家が、渋面を見せつけて反論してきた。

――沖縄を日本と同列に扱った時点で、アメリカの世界戦略と同一歩調にならざるを得ないんだ。日本と沖縄を同一俎上にあげること自体が危険だ
議論を一方的に打ち切られた。沖縄は、日本の他地域と同列に守ってもらえないのか、と目の前で安保反対に傾倒する学友たちに冷や水をかける勇気はなかった。

そんなことばかりだ。

じゃあ、俺は沖縄人(うちなんちゅ)か? 与那覇に胸を張って言えるのか?

喉元まで「俺は沖縄人(うちなんちゅ)だ」と叫びたい衝動が迫り上げてきたが、そこでつっかえる。

「俺は、ただの八重山人(やいまんちゅ)さ」

所詮、この「シマ」のなかで、自分は余所者(よそ)だ。

本土から帰郷して琉球警察に入庁するもっと前、高校に進学するために本島にやってきたときから、その思いは消えなかった。

狭い沖縄本島だけでも、国頭、中頭(なかがみ)、島尻(しまじり)という地域差は厳然と存在する。そのな

かでさらに間切（まぎり）という古い地域割り、そして同じ墓を中心に形成される門中（もんちゅう）という血族によって、沖縄に住む者は独特の帰属意識を持つ。学校であっても、仕事に就いても、どこへ行っても付いて回る。海に浮かぶ島々の住人のように、「シマ」のなかで強く結びついている。そんな彼らの最大公約数的な呼称が「うちなんちゅ」だ。

　自分の故郷は、その沖縄本島に無数にある「シマ」など霞むほど遠い、四〇〇キロ離れた八重山諸島の石垣島だ。

　船で半日はかかる本島と八重山では文化は大きく異なる。父親（おとー）が「びげー」、母親（おかー）が「ぶねー」で、互いに言葉がまったく通じない。沖縄本島では八重山や宮古などの離島出身者は「島人（しまんちゅ）」と田舎者扱いされる。奄美大島出身者に至っては、就職や土地所有でも明確な差別を受ける。与那覇らが先日急行した殺人事件の犠牲者も奄美出身者で、「大島人」という蔑称で呼ばれていた。

　父は戦前、小学校の教師として本島から石垣島に赴任し、島の漁師の娘である母と所帯を持った。だから厳密に言えば自分は八重山人（やいまんちゅ）ですらないのかも知れない。それでも石垣の海と森で育ち、石垣の言葉を話し、沖縄（うちなー）は遠い海の向こうの別の世界だとぼんやり感じていた。

　教師の息子だからか、幸いに勉強は人よりもできた。石垣島出身で早稲田大学の総長になった大濱信泉（おおはまのぶもと）をめざせと言われ、将来は教師や公務員にでもなるのだと薄（う）っすらとした希望を抱きながら、本島の高校に進学できた。

その高校では、つい口から八重山の言葉が出ると「八重山の島人やさ」とからかわれた。学校で教わった標準語の方がまだ通じるので標準語を話せば「内地ぶっとるね」と馬鹿にされる。喧嘩になっても結局は「しまんちゅ」に分が悪い。
あいつらを見返してやる。その一念で勉強では決して引けを取らなかった。部活動にも政治運動にも目をくれず、必死で内地留学の切符を摑んだ。それを与那覇に罵られる筋合いなどどこにもない。

だが、いざ本土に留学した結果突きつけられたのが「やまとんちゅ」でも「うちなんちゅ」でもない自分だ。どっちの「シマ」にも辿り着けずに、漂っている。

「清徳、お前は一度頭を冷やさんね。太一も落ち着け、な?」

玉城の言葉に、強張っていた心が少しほぐれたような気がした。すみません、と呟きながら真栄田が頭を下げると、玉城は首を振る。

「いい、いい。男にゃこういうときもあるさ。清徳も前の事件が所轄に移されたから苛立ってるんさー」

「玉城さん、それは」与那覇がバツの悪い顔をするが、玉城は遮る。

「とりあえず、いまは賊の正体、現金の行方、それに一緒に攫われた行員の安否が第一なわけ。本当なら行員を真っ先に助けにゃならんが、この捜査ではそれができないのが歯がゆいさ。賊の正体は清徳の言う通り、コザ署の伝手で探り出そう。俺も前はコザ署の刑事官やったから俺が聞いてもいいけども、清徳、あれだけ大きな口を叩いたんだ、伝手はあるな？」

「刑事課に同期がおります。暴力団や不良グループはそいつに聞けばいいはずです」

「じゃあ、早速そこへ当たってこい。分かっても分からなくても、十時に一度、本部の対策室に電話を入れてくれ。石川署の、比嘉くんだったな。君の車で一緒にコザ署に送ってやってくれ。こっちは平良さん連れて本部に戻らんとならんね」

「分かりました。私はこのまま加わるように言いつけられておりますので」

「じゃ、すぐ頼む」

玉城が言うと、比嘉はコルベアに向かい、与那覇が首を鳴らしながら後に続く。

平良を降ろして比嘉のコルベアがその場を出てから、

「太一、お前らしくないぞ。落ち着かんね」

背中をどんと一度叩かれる。

「おやっさんに助けられました」

「清徳も気難しいところがあるが、ここまでとはなぁ」

苦笑いを浮かべる玉城に、真栄田もつられて肩をすくめた。

「あいつは俺とは違います」

「刑事も色々いるさー。お前はお前らしく、東京で培った腕を見せてもらわんとな」

「心します」

「じゃ愛子ちゃん、銀行の車はあとでレッカーさせるから、平良さんを乗せて——」

本部へ戻ろう、と玉城が口にする前に、先程落としたノートと鉛筆を拾おうと視線を地面に落とす。

真栄田の視界の隅で何かが光った。

「ちょっと待ってくれ」

目線の先に、ちょうど新里の車のライトで照らされた草むらが広がる。そこに歩み寄ると、黄金色に輝く小さな金属の筒が落ちていた。

「薬莢(やっきょう)だ」

指紋を残さぬようハンカチで包むように取り上げる。玉城もハンカチに顔を寄せる。

「確かに、これはカービン銃の薬莢ね」

「平良さん、賊はどのあたりでどうやって銃を撃ったんですか」

真栄田は振り向いて平良に問いかける。

「ええっと、いまあんたらの立っている辺りで、銃を下に向けて」

「じゃあ、銃弾はこの辺りの地面に埋まっているかもしれない」

真栄田が四つん這いになり、草むらの周囲を見回す。それを見た新里が車に戻り、懐中電灯を取り出して照らし、玉城も地面に目を落とす。鑑識を呼んで弾道を正確に割り出したいところだが、この場にいる三人ではこれが限界だ。

「もしかして、これじゃないですか?」

新里が声を上げる。懐中電灯で照らした先で、砂利がえぐれていた。入射角からして、平良が証言した位置からの弾痕だと考えて不自然はない。

「本当はここに鑑識を呼びたいが、仕方ない」

極秘捜査なので、鑑識を呼び寄せるわけにはいかない。指で地面に埋まった銃弾を掘り起こすと、小指の先ほどの、鈍い光沢を放つどんぐり形の金属が出てきた。

「線条痕の解析だけなら、詳細を伏せて鑑識に持ち込めばできる」

カービン銃も銃身には螺旋状の線条(ライフリング)が施されている。銃ごとに線条痕は異なるため、そこから銃の出元が分かるかも知れない。

「よし、鑑識には俺(わん)から話を通しておく」

「すぐに戻って本部の鑑識当直に持ち込みましょう。新里さん、車を」

「分かりました!」

捜査現場ではあまり口出しをできなかった新里の返事は、いつも以上に威勢がいい。


日付が変わって四月二十九日の午前零時になった。

「ひゃー、こりゃあご馳走さあ」

畳敷きの居間に入ってきた比嘉が歓声を上げる。

琉球警察本部から車で五分ほど、与儀(よぎ)公園の裏手にある築二十年の玉城の家に、真栄田と玉城と新里の三人に遅れること三十分、与那覇と比嘉が到着した。本部とコザ署でそれぞれ得た情報を持ち寄るためだ。

居間の中心に置かれた卓袱台には、スパムを挟んだにぎり飯、豚足を煮込んだてびちー、魚や野菜の天ぷらと、夜遅くまで営業している公設市場の店で新里が買い込んで来た食料が、包み紙代わりの新聞紙の上にどっさり広げられる。若い新里が選んだだけあって脂っぽい料理が多い。

「腹が減っては何とやらさー。ほれ、酒もあるさー」

奥の台所から、玉城が泡盛とウイスキーの瓶を引っぱり出してきて、ガラスのコップを机に並べる。アメリカの影響の強い沖縄ではウイスキーが夜の会合の定番で、泡盛は二級品扱いだ。酒を本土の大学で覚えた真栄田にも最初は軽い衝撃だったが、今では一杯目がビールではないのにも慣れた。

コップを手渡された比嘉は、車を運転してきているにもかかわらず「じゃあ遠慮なく」と玉城から酌を受ける。真栄田と一瞬目が合ったが、すぐ逸らす。おおかた、車のなかで与那覇から散々悪口を聞いたに違いない。

「あー美味い。でも、ネタを持ち寄るなら本部でもよかったんじゃないんですか?」

駆け付け一杯とばかりにすぐにコップを空にした比嘉が、気まずさを紛らわせるように大きな声で尋ねる。与那覇が呆れたのか溜息をつく。

「雄二、お前はまだ田舎警察やさ。本部でこんな時間に、それも一課や二課の部屋じゃなく、復帰対策室の電気を点けて延々と話してみろ。すわ事件かと、本部詰めの記者連中に勘付かれるさ」

比嘉はピンと来たのか来ていないのか「あはぁ」と曖昧に肯く。

本土復帰を目前に控え、円ドル交換に向けた五四〇億円もの日本円の輸送作戦はすでに始まっている。その警備体制を取材するべく、沖縄タイムスや琉球新報といった地元紙だけでなく、本土の大手新聞社やテレビ局も続々と特派員を派遣している。普段から警察詰めの記者が多い本部近辺には、いつにも増して目つきの悪い記者連中がうろついている。

今回の捜査は、マスコミ連中だけでなく、警察内でも一部以外には知らされていない極秘捜査になる。彼らの目に入らない所で集まるしかない。

「しかし懐かしいですね。二課の頃はよく来ましたね」

真栄田が手にしたコップにも、玉城が酌をする。

「事件が長引くと大抵なだれ込んで、そのまま酒盛りしてたなあ」

捜査二課時代、企業事犯の捜査本部がよく置かれた那覇署は、玉城の家から歩いてすぐの場所にある。真栄田も、捜査本部から夜遅くに玉城の家を訪れて、そのまま寝て那覇署に出勤したことなど数えきれないほどある。

「そう言えば、今日は奥さん、いないんですか」

かつて真栄田が訪れた際は、どんな夜遅くに押しかけても、玉城の妻が「あらあら」と嫌な顔ひとつせずに台所から出てきて、酒やツマミを用意してくれた。ふくよかで鷹揚（おうよう）な、沖縄の警官の妻らしい人だ。子供がいない玉城夫妻は、真栄田のことを我が子のように可愛がってくれた。

　玉城は、与那覇に酌をしながら、苦笑いを浮かべた。

「母ちゃん、いまは病院なんさ」

「お体、悪いんですか？」

　真栄田だけでなく、与那覇や新里も知らなかったようで、驚いた表情を見せる。

「ちょっと胃に癌（がん）を患っていてな。まだ早期だってんで、手術すれば治る見込みも高いらしいから、久茂地（くもじ）の赤十字にいるさ。いまは気楽な独身（チョンガー）暮らしよ。お前ら（やったー）が来てくれると賑やかでいいさ」

　玉城の言葉尻に一抹の寂しさが漂ったが、すぐに明るい声でどっこいしょと胡坐（あぐら）をかいて畳に座る。

「ま、それは置いておいて、ぼちぼち持ち寄った情報を出そうか」

　その言葉を合図に、四人が玉城の近くに集まる。

「玉城さん、やっぱりコザ署がビンゴやった」

　与那覇が玉城のコップにウイスキーを注ぎながら、鞄から顔写真を五枚取り出した。

「宮里（みやざと）ギャング、って連中を知ってますか？」

「んん、聞いたことはあるような気がするんやがなあ」玉城が首を傾げる。

　与那覇は、食べ物をどけて写真を並べ、そのうちの一枚を指さす。沖縄人らしい浅黒く彫りの深い面構えの若者だ。ひときわ目立つギラついた大きな目でこちらを睨みつけてくる。

「首魁はこいつ、二十七歳の宮里武男（たけお）ね。コザの裏路地（すーじぐわー）で米兵狩りをしてつるんでいた不良（あしばー）さ。怖いもの知らずで喧嘩（おーえー）にめっぽう強く、戦後生まれの不良（あしばー）連中のなかでは兄貴分みたいなところもあったらしい」

顔写真のなかには、平良が言っていた黒人のような顔つきの男もいた。

「平良が言っていたのは恐らくこの男、名前は照屋（てるや）ジョー。娼婦と黒人兵との間に生まれたらしい。Aサインや基地で働いていたこともあって、英語が堪能なんだとか」

ほかの三人も、いずれも十代後半から二十代中頃といった風の面構えだ。首の太い無骨そうな男、抜け目のなさそうな目つきの男、そして優男だ。

「こいつらもコザの裏路地（すーじぐわー）上がりで、空手で道場破りを散々やらかしてきた又吉（またよし）キヨシ、スリと鍵破りに長けた根っからの盗人の稲嶺（いなみね）コウジ、そして娼婦を誑（たら）し込ませたら右に出る者がいない知花（ちばな）ケンだ。どいつも小学校を出るかどうかって頃から宮里の子分よ。米兵狩りに興じるうちに宮里ギャングと呼ばれるようになった。コザで名をなした宮里に暴力団からお声がかかって、抗争のヒットマンみたいな仕事をやらされていたようだ」

「どこの組ね？」と玉城が尋ねる。

「泡瀬（あわせ）派です」

すると玉城が「あきさびよ！」と感嘆の声を出した。

「思い出したさー。第二次抗争で泡瀬派が壊滅したときに、特捜本部で出とった名前さ！」

泡瀬派の名前を聞いただけで、その場の全員が苦い顔をした。

戦後の沖縄の歴史は、暴力団抗争の歴史でもある。那覇の空手経験者が用心棒となった那覇派と、コザの戦果アギヤーが成り上がったコザ派の大きく二潮流のヤクザが台頭、やがて衝突するようになった。一九六一年（昭和三十六）から一九六三年にかけて両者がぶつかった第一次沖縄抗争のあと、那覇派から普天間派、そしてコザ派から泡瀬派と呼ばれる分派が出て、沖縄ヤクザは四大勢力の群雄割拠となった。このなかで特に武闘派だった泡瀬派がほかの三派連合と衝突し、苛烈を極めたのが一九六四年（昭和三十九）から一九六六年の第二次沖縄抗争である。

沖縄の暴力団抗争は、本土にも勝るとも劣らない熾烈さだ。第二次抗争の際は、日本刀やヌンチャクはもちろん、米軍基地から大量に流れてくるカービン銃や手榴弾を躊躇うことなく相手に用いた。対立組織の組員へのリンチは爪を剝がすのは優しいほうで、目玉をアイスピックで刺したり、性器をペンチで切り取った事例すらあった。その激しい暴力は、いきおい市民を巻き込むことも多々あった。

琉球警察では捜査一課に暴力団特捜班を設置したが、十数人の陣容では到底取り締まりは追い付かず、全警察を挙げての頂上作戦を展開して被害の拡大を防ごうとした。

一九六四年に任官したばかりだった真栄田も、所轄署で何度も組事務所への家宅捜索に駆り出された。

「もともと宮里は組員でもなく、コザの地縁で泡瀬派組員と近しかったそうですが、第二次抗争でヒットマン代わりに使われたことで他の三派から狙われるようになりました。泡瀬派が壊滅した五年前を最後に宮里は消息を絶ち、他の一味もコザから離れていたという話です。どうやら、宮里は関西の本土暴力団組織の客分として大阪に渡っていたようです」

「あいやあ、そりゃあまた危なっかしい奴さ」

玉城が呻(うめ)くのも無理はない。

一九六〇年代後半、第二次抗争で泡瀬派、そして第三次抗争で普天間派を壊滅させるなど、あれだけ熾烈な抗争を繰り広げていた沖縄ヤクザだが、復帰が近づくにつれて本土暴力団の進出を警戒するようになった。そして一九七〇年（昭和四十五）に沖縄の暴力団は大同団結、初めてひとつの組織になった。

外部への危機意識で団結を保っている沖縄ヤクザの世界に、第二次抗争で壊滅させられた泡瀬派に近しい宮里が、本土暴力団との関係を築いた上で舞い戻ってきている。もしそうであれば現在の沖縄ヤクザ勢力、そして琉球警察にとって十分警戒すべき事態だ。

「大阪弁を喋る沖縄人(うちなんちゅ)がリーダーで、黒人との混血児がいる一味といえば、この連中の可能性が高いです。明日にでも写真を平良さんに見せて面通ししましょう」

この場でただひとり酒を飲まずにさんぴん茶を啜っている新里が、恐る恐る手を挙げる。現場でも会議でもなかなか会話に加われないなかで、勇気を出したようだ。

「あの、つまり、本土の暴力団に逃げた不良が沖縄に戻って来て、強盗をしたってことですか……?」

「んん、そうかも知れんし、そうやないかも知れん。可能性は大いにある」

玉城が皺の多い顔を一層しわくちゃにして渋面を作る。あくまで可能性のひとつでしかないが、実行犯の目星がついただけでも大きな前進だ。実行犯を捕まえて口を割らせれば事件の全容がわかるかもしれない。

「本部側はどうやったんですか」

真栄田のほうは一切見ずに、与那覇は玉城に尋ねる。

「待ち構えていたお歴々に経緯を説明して、平良さんを琉銀側に引き渡していたら、終わった頃には十一時を回っちまったさ。お偉方は何度説明してもドルを取り戻せ、の一点張りさ。あと、現場で出てきた銃弾は、とりあえず鑑識には頼んでおいた。アレに嫌とは言わせん」

鑑識課の部屋を訪れたとき、当直班長は最初こそ「正式な手続き通してくださいよ」と渋っていたが、後ろから現れた玉城が「お前、俺がコザ署の刑事官のとき、本部の配属希望を通してやったのに、恩知らずめ」と聞こえよがしに溜息をつくと、

「分かりましたよ」と折れた。

「明日には交通部のレッカーを手配してもらえるので、琉銀の車も本部に持ってきますけど、それも鑑識に指紋を取らせますか？」

「それは必要になったらでいいだろう。あまり鑑識に関わらせたくないネタやさ」

外野をどこまで関わらせるか、毎度毎度石橋を叩いて渡るような模索が続く。

「さて太一、俺は室長やが、今回はお前が班長。捜査方針は班長が決めるもんやさ。どうするね」

玉城が、真栄田に促す。与那覇は相変わらず真栄田を見ようとせず、手元のコップに口をつける。比嘉はまた真栄田から目を逸らした。面倒事に関わりたくないのか、恩人から散々吹き込まれた悪口が脳裏に浮かぶのか、その両方か。

「ひとまず与那覇と比嘉のおかげで実行犯の目星がついた。今回は実行犯を押さえて現金を回収するのが最優先になる。拉致された行員は、残念だが後回しになる」

与那覇が「そんなこと分かっている」とばかりに、ふんと鼻で笑うのを無視して続ける。

「与那覇と比嘉は、引き続きコザ署での情報収集とコザ界隈の不良連中を洗って、宮里の足取りを追ってくれ。暴力団への捜査はできるか」

「あぁ？　お前は舐めとるの？　現場知らんお前と違うんやさ」

与那覇が舌打ちしながら言い返す。

「じゃあ宮里は任せる」

「言われるまでもない。ならお前(やー)は何を捜査するんやさ」

「俺は新里さんと、背後の関係を洗う」

「背後？」

「ひとつは本土の暴力団組織、もうひとつは琉銀側だ」

「何で被害者の琉銀を洗うんね」

「平良さんの話だと、現金輸送のルートや日時は決まっていないはずだ。それを狙いすましたかのように、それも米兵に偽装して襲撃するなんて都合がよすぎる」

　ああ、と玉城が声を上げる。

「つまり、琉銀から情報が洩れてたと、そう言いたいんやあらんね」

「そうです。そちらから宮里らの足取りを辿れるかもしれない」

「ふむぅ」玉城が腕を組んで頷く。

「あとは、本土の暴力団経由で宮里の足取りが分かるかも知れない」

「警察庁(さっちょう)にわざわざ問い合わせるんか？　それは無理やさ」と玉城。

「いや、警視庁に出向していたときの伝手を使わせてもらいます」

　比嘉が驚いたような目を向けてきた。本土警察への出向は警部以上の幹部が大半だ。三十そこその警部補で警視庁に派遣された者などなかなかいない。

「時間がないときに、よくそんな回りくどいことをやろうと思うな」

「強行の現場は与那覇のほうがお得意だろう。俺は俺のできる捜査をする」

「お前に何ができるんか、お手並み拝見さ」

真栄田を与那覇が睨むが、それ以上は皮肉を口にすることはなかった。

「あの、真栄田さん、私がお手伝いで大丈夫でしょうか……？」

新里が不安そうに尋ねる。

「人手はいくらあっても足りない。助かるよ」

新里がどれほどの戦力になるかは未知数だが、この際電話取りでも運転手でも手伝ってくれる人間がいるだけで十分だ。

「回りくどかろうが何だろうが、やれることは何でもやるしかない。復帰まであと二週間しかないんだ」

与えられた時間の少なさに、全員が押し黙る。与那覇が捜査本部入りしていた娼婦殺害事件も、発生から三週間経っているが解決に至っていない。それも、通常の捜査をしていたのにもかかわらず、だ。

通常の強盗であれば、沖縄本島全域で緊急配備が行われ、夜通し幹線道の検問や繁華街の警戒が行われただろう。だが、秘密捜査を強いられ、自分たち以外の警察組織の公的な協力を得られない。

その上で、二週間しか時間を与えられていない。図らずも数時間前に与那覇にも突きつけられたが、正攻法で捜査をするわけにはいかないのだ。

「とりあえず、腹が減っては戦はできんさ。ほら食え食え」

　玉城の声を合図に、比嘉や新里ら若手がまず、そして少し遅れて真栄田と与那覇が箸を卓袱台の上の食べ物に伸ばす。市場で買ってきてからずいぶん経ったため冷めていたが、空腹と疲労に包まれていた一同は黙々と、一心不乱に口に運んだ。


　黒電話のけたたましいベル音が、遠くから響いてくる。

　薄っすらと目を開け、ここが玉城家の居間に敷かれた布団の上だと気づく。横を見ると比嘉がすぐそこで大いびきをかいて寝ていた。比嘉は結構なペースでウイスキーを飲んでいたので、酔い潰れるのも早かった。玉城が笑いながら布団を敷いていたのを覚えている。

　その向こうで横向けに寝ている与那覇の背中が見える。コップのウイスキーをゆっくりと、しかしずいぶん量は飲んでいた。酒で乱れた様子はなく、自分で布団に入って静かに寝ている。反対側に目をやると、玉城が口を開けて転がっている。昨晩は比嘉と同じくらいに酔い潰れたが、昔に比べてずいぶん弱くなったものだ。そういう自分は、そもそもさほど強くないので、ゆっくりと飲んでいるうちに酔いが回り、何とか布団に潜り込んだのは覚えている。

　隣の客間の襖が開き、軽快な足音が電話へ向かう。新里だろう。さすがに女を同じ居間に雑魚寝させるわけにはいかない、と横の部屋を丸々新里に与えたのだった。

そうだ、電話に出なければ。そう思って体を起こす前に、新里が電話に出る。

「はいもしもし。ええ、そうです、玉城さんのお宅で——分かりました、ちょっとお待ちください」

受話器を手で押さえて、こちらに困ったような顔を向けてきた新里と、目が合う。

「真栄田さん、琉銀の仲宗根さんという方からお電話です」

「琉銀？」

「玉城さんか真栄田さんにしか話せない内容だと」

居間の壁に掛かっている柱時計を見ると六時半過ぎ。強奪に関する電話連絡は、公務時間外は玉城邸に寄越す手はずになっていた。こんな時間に、琉警のお偉方を通さず直接かけてくるのだからよほど急ぎだったのだろう。

「俺が出る」

受話器を取って名乗り終わる前に、息せき切ったような仲宗根の声が耳に届く。

『ああ真栄田さん、西銘が、西銘が戻ってきました！』

一気に真栄田の目が覚める。

「西銘さんは今どちらに」

『豊見城村の自宅です。私もこれから家に向かいますが、是非来てください！』

電話台にあったメモと鉛筆を手繰り寄せ、西銘の住所を書きとって電話を切る。

物々しい雰囲気に玉城と与那覇が目を覚まして上体を起こす。比嘉はまだいびきをかいていた。

「太一、何だ？」

「おやっさん、拉致されていた行員が逃げ出して、自宅へ戻ってきたそうです！」

「あがひゃあ！　そりゃでーじ大事さあ！」

「俺と新里さんでとりあえず行きます！　与那覇と比嘉は昨晩言った通り、宮里ギャングを頼む！　おやっさん、あとで本部で合流しましょう」

「分かったさー」

目覚めたばかりの与那覇がいつにもまして不機嫌そうに睨みつけてきたが、真栄田は構う間もなくよれよれの身なりで玄関へ駆けていく。新里はすでに起きていたのか身なりはキチンとしており、車のキーを手にすぐフェアレーンへ駆け出して行った。

「飛ばしますね！」

真栄田が助手席に座るや否やフェアレーンは急発進し、背中をシートに押し付けられる。幹線道と小道を縫うように使い分けて、国場川に架かる橋を越えて饒波川沿いを疾走し、通常なら二十分かかる距離を十分で目的地に着いた。

豊見城村は那覇市の南隣の村だが、那覇の都市化が進むなかでベッドタウンとなり、サトウキビ畑が広がっていた一帯も今では住宅街に変わりつつあった。

西銘の自宅は那覇に隣接する豊見城村の、沖縄戦の頃に海軍司令部が置かれた小高い丘に広がる新興住宅街にあった。那覇の市街地を見下ろすように広がる住宅街は富裕層向けで、一軒一軒がドラマに出てくるような広い邸宅だったが、西銘の家はそのなかでもひときわ大きかった。

「エリート銀行マンのお家って感じですね」

「警官の給料じゃ一生かかっても無理だなあ」

家のすぐ横にフェアレーンを停め、建物を見上げながら新里と感想を述べていると、新しいシボレーの公用車がすぐ後ろに停まり、後部座席から仲宗根が降りてきた。

「ああ真栄田さん。朝からお呼び立てして申し訳ない」

「それより西銘さんの具合は」

「いやあ、酷く怯えきっているようです。今朝の五時頃に身ひとつで自宅に辿り着いてから、妻子ともろくに口を利かないそうで、何事かと気味悪がった細君が琉銀の上司へ連絡してきたんです。いったい何があったのやら……」

仲宗根が玄関先につけられたブザーを押すと、すぐに三十代後半と思しき女性が出てきた。琉銀から人が来ると聞いていたのか、それなりにめかしこんではいたが、仲宗根が副総裁だと知ると顔を強張らせて畏(かしこ)まり、慌ててなかへ招いた。真栄田と新里は名乗らなかったので、おおかた行員とでも思われただろうが、もしふたりが警察の者だと知ったら、どんな顔をしたことだろう。

「急にタクシーに乗って帰ってきて、運賃を払えって言うものですから払ったんですけど、もう酷くやつれていて聞くに聞けず、何がなんだか分からなくって……」

西銘の妻は三人を、真新しい長い洋風の廊下に案内し、一番奥にある扉をノックして開ける。夫妻の寝室として使われているらしき洋室の広いダブルベッドの上で、頭頂部が禿げかけた中年男が、寝間着姿で臥せっていた。細面で繊細そうだが、髪の生えそろっていた若い頃なら整った顔立ちとしてもてはやされたことだろう。

「あなた、副総裁の仲宗根さんがお越しに」

「な、仲宗根副総裁？」

その名を耳にした途端に、ばっと毛布を振り払って起き上がった。枕元の黒縁眼鏡を慌ててかけると、仲宗根と真栄田、そして妻を交互に見る。

「あの……私は……」

西銘が口ごもるのを見て、仲宗根は後ろを振り向く。

「奥さん、我々だけにしていただけますか？　少々込み入った話でして、申し訳ないですが席を外していただきたいのです。終わりましたらお声がけします」

「は、はあ」

物腰は柔らかいが有無を言わさぬ仲宗根の気迫に押され、西銘の妻は扉をきつく閉めて急いで出ていった。足音が遠ざかったところで、仲宗根は西銘の手を握る。

「西銘くん、よく無事で戻ってきた。強奪のことは誰にも言っていないだろうね？」

「ええ……本店にも寄らず家に戻りまして、家族にも何も言っておりません」

「ならよい。この一件は、我が琉銀だけの問題ではもはやないのだ」

呆気にとられる西銘に、何が起きたのかを仲宗根が嚙み砕いて言って聞かせる。

段々と西銘の顔が歪み、そして布団の上で両手を揃えて土下座するように頭を下げる。

「誠に申し訳ありません……私が不甲斐ないばっかりに、そんな大事(おおごと)になってしまったとは……」

「いや、ひとまずは君が無事で何よりだ。それよりも、賊を捕まえるために君の情報が大事になる。ここに連れて来たのは刑事さんでね、君の話を聞くために来ている」

「刑事……？」

西銘が強張った表情で頭を上げる。

「西銘さん、警察本部の真栄田と申します。本件は秘密捜査となりますが、時間がありません、見聞きしたものすべてを、いまここでお話しいただけますか」

「は、はい」

怯えきった様子の西銘が、布団の上で居住まいを正す。たどたどしい口調で語り始めるのに合わせて、真栄田がノートにメモを取り始める。

西銘が今回の現金輸送について知らされたのは事件の前日のことだったという。

「公務部では復帰後に日銀と代理店契約を結ぶ都合で、特に北部地区の窓口を置く名護支店には、日帰り出張が週に一度は入っていました。そのタイミングにドルの店舗間輸送も任されるのは、ここ最近はよくある話だったんです」

「それは平良さんからも伺いました。ただ、前日に決まっていたのなら、なぜ警備員を同伴しなかったんですか。一〇〇万ドルは大金です。せめて平良運転手には、当日でなく事前に申し伝えておくなどできなかったんですか」

「それは……」

　横で聞いていた仲宗根が苦い顔をして口を挟む。

「真栄田さん、我々は今回のドル交換のために他の全業務を差し置いて対処しております。毎度毎度、日本政府や琉球政府に振り回されて、米国民政府（ユースカー）との板挟みです。どこもかしこも、つぎはぎだらけの体制で何とか回しているんです。警備員だって臨時で増員していますが、こうも頻繁にドル輸送がありますと手が回らんのです。せめて臨時輸送はドライバーにも事前に伝えず当日抜き打ちで行うことで、保秘の徹底を図っとるんです」

「承知しております。我々も捜査のために聞いたまでです。西銘さんも、失礼なことを伺うかと思いますが、お気を悪くなさらないでください」

「ええ……」

「昨日の件で話を続けます」

　日帰り出張中に名護支店で誰に会ったか、仕事でどんな打ち合わせをしたか、など通り一遍の内容を聞いてから、強奪の場面に話が移る。

「脱走兵の捜索?」

「黒人の兵隊がそう言いました。べ平連に誑し込まれた反戦米兵の脱走なんて、珍しくもないじゃないですか。またかと思って聞いておったんですが……」

西銘の話す内容はここまで平良の証言と矛盾しなかった。

「そのときに、平良さんが本店に連絡を取ろうとしたところで、米兵たち、いや賊が正体を現したわけですね」

「ええ。私も急に後ろから腕をねじり上げられて、銃で脅されながらトラックへ連れていかれました。連中、よく見りゃ米兵なんかじゃなくて沖縄人でしたよ」

「黒人の男はこの顔ですか？」

与那覇が入手してきた照屋ジョーの写真を胸ポケットから取り出し、布団の上に置く。すると西銘は目を見開き、額に汗を浮かべた。

「間違いありませんね？」

「ええ……」

「他にはこんな連中もいませんでしたか？」

新里が他の宮里ギャングの構成員たちの写真を並べると、西銘は確かな様子で頷く。

「ええ、ええ、こいつらです。間違いない」

そう言って恐る恐る宮里の顔写真を指さす。

「あなたはこの連中に拉致されたわけですが、どこへ連れて行かれたんですか」

「それが、トラックの荷台に押し込まれて、目隠しをされたもので……結構揺られたとは思うんですが、よく分からないんです」

「そうですか。目隠しはどこかで外されたんですか」

「しばらく経って、トラックが停まったときに外されました。それで自分の足で歩いて出るように言われました」

「降りたのはどんな場所ですか」

「いや、それが……外は真っ暗で分からなかったんです。建物があって、そこへすぐ連れ込まれて、また目隠しをされて座らされました」

「手足は縛られましたか」

「はい……」

「何か他に見聞きしませんでしたか。現金の入ったケースがどこへ持っていかれたかなど、分かる範囲で結構です」

「いえ、これといっては……」

西銘は目を落とし、落ち着きのない様子だ。

「どうやって逃げ出したんですか」

「その、連中の足音が聞こえなくなって、いつの間にかいなくなったので……無我夢中でもがいていたら、腕のロープがほどけまして、そこから目隠しと足のロープを取って、建物を出ました」

「外はまだ何の明かりもなく暗かったんですか?」

「ええ、まだ真っ暗でした」

「それでどこへ」

「何も分からず走り出したら、大きな道路があって、そこでタクシーを見つけたものですから、家へ送ってもらいました」

「タクシー会社は分かりますか」

「もう、なにぶん動転してましたて」

「家にはいつ着いたんですか?」

「朝方の……五時前かと。そのとき、家内を起こして金を払わせたので、家内のほうが詳しいかもしれません。私はもう、何がなんだか」

一睡もしていない様子の西銘が、ノイローゼ気味に頭を抱える。

「ま、まあ君が無事でなによりだ。現金はすぐに見つかるはずだ、ねえ刑事さん」

慌てる仲宗根から話を振られ、真栄田は背筋を伸ばして頷く。

「全力を尽くします。西銘さん、お疲れのところの無礼をお許しください。ひとまずお体を休めてください。またしばらくしたらお話を伺わねばならないと思います。数日はどこへも行かず、ご自宅で療養なさってください」

「そうだな、しばらく出勤はしないで済むよう公休扱いとしよう。ご苦労だった」

仲宗根が労うように、再び西銘の手を固く握る。西銘は深々と頭を下げる。

「ではこれでお暇を……」

ノートを畳みながら立ち上がろうとするが、いつの間にか新里がいないことに気づいたそのとき、扉が開く。

「あ、真栄田さん、そちらは終わりました？　奥様が温かい紅茶を淹れてくださったので、あちらでいただきませんか？」

新里が微笑みかけた。


西銘の家から本部へ向かう道すがら、車道沿いの喫茶店に入って朝食を摂ることにした。喫茶店は朝早くで客もおらず、すぐに席に通されて、注文したコーヒーとトースト、それにベーコンエッグが運ばれてきた。アメリカ人向けなのか朝から相当な量だが、十歳若い新里は気持ちいいくらいに軽々と平らげた。

「ところで、新里さんは捜査に加わりたいんじゃなかったの？　お茶汲みのために来たかったわけじゃないだろうに、なんで席を外したんだい？」

残ったトーストにジャムを塗りたくって頬張っていた新里は、一瞬きょとんとした顔を見せたが、すぐに得心がいったように、

「私がこれ以上いる必要はないかと思いまして、それなら手分けしたほうがいいかなと」

その言い方に真栄田はある予感を抱いた。

「新里さんって、結構カンが鋭いって言われない？」

「言われます」

「じゃあ気づいた？」

「ええ、西銘さんは嘘をついていますよね」

「恐らく。ちなみにどこまで気づいた？」

「素人に聞きます？」

口を尖らせつつも新里はやや得意げに指を三本立てる。

「まず、真栄田さんが刑事と聞かされたときの表情は、どこか警戒していませんでしたか？　宮里の写真を見たときも、まずいものを見せられて、仕方なく認めたような顔でした」

「そうだな」

「続いて、手足をロープで縛られたと言っていましたが、長い間縛られていればできるはずの痕が手首にはなかったです。その辺りまで聞いていたので」

「他には？」

「あとは……全体的に証言が曖昧というか、もっと自分を捕えた賊に対して関心を持つものじゃないんですかね。特に銀行員だったら犯人逮捕への協力は義務なのに」

「ま、そうだね」

「これだけ気づけば刑事合格ですか？」

「もうひとつあった」

「え？」

新里が腕を組んで考えている間に、真栄田はトーストにバターを薄く塗って、新里に後れを取っていた分をゆっくり食べ終えた。新里はついに両手を上げて、

「分かりません、ギブアップです」

真栄田が、コーヒーをブラックで飲みながら答える。

「君が最後までいれば気づいたかもしれないけど、外は真っ暗だったって言っていただろう」

「ええ、それが……」

「昨日は満月だった。さすがに電灯はなくても月明かりくらいはあったはずだ」

はあ、と溜息をつく新里。カップを大事に守るように両手で抱えて口に運ぶ。

「刑事ってさすがですね」

「俺は石垣の田舎出身だからね」

新里の生まれ育ったコザは、Aサインのネオンが溢れる沖縄随一の歓楽街だ。暗い夜空で月明かりを気にする機会などこれまでなかっただろう。

新里が大袈裟に肩をすくめる。

「私も離島出身なら刑事になれたんですかね」

「久米島(くめじま)出身なら警察にはなりやすかったかもね」

「ああ、久米閥ですね。それはそれで面倒くさそうですね」

本島から西に一〇〇キロ離れた久米島は、八重山や宮古ほど遠くはないがこれといった産業がなく、本島で警官になるか、あるいは暴力団員になるしか出世の目はないと昔から言われてきた。そのため、琉球警察のなかには久米島出身者が多く、学閥ならぬ島閥を形成している。

「西銘氏聴取から途中で抜けて、奥さんからは何か話は聞けたのかい?」

「ええ。私が事務職員だって名乗って、結婚するなら銀行員がいいなあ、ってお話ししたら、奥さんも昔銀行の事務員だったって言って、全然警戒しないで色々教えてくださいました」

新里はあっけらかんと話す。車好きで元気な事務職員という程度の認識しかなかったが、いい意味で恥知らず、婦警どころか刑事でも通用しそうな面の皮の厚さだ。

「旦那さん、琉大から米留組に選ばれて、アメリカーで経営学の修士号を取ってから琉銀に入ったエリートなんで、若い頃は色男だってモテたんだそうですよ。今いる公務部も復帰に向けて日銀や自治体の業務を担う重要部署だから、そこの次長ということは、出世コースに乗っているんだって、軽く自慢されちゃいました」

「あの短い間に、よくそこまで聞き出したな」

「事務職員の井戸端会議、舐めないでください」

新里は得意げに口元を緩めて、コーヒーを一気に飲み干した。

「なんにせよ西銘氏は何かを隠している。調べる必要がありそうだ」

「どうやってですか？」

目を輝かせて尋ねてくる新里に、真栄田は苦笑しながら、

「期待させて悪いけど、地味だと思うよ」

「私にもやらせてください！」

「言ったね？」


琉球銀行の本店ビルは、泉崎の官公庁街にほど近い、軍道一号線沿いの久茂地にある。六年前に竣工したばかりの鉄筋コンクリート造り五階建ては、米国民政府や米陸軍工兵隊の監修の下、アメリカの建築事務所に発注しただけあって、東京の最新鋭のビルディングにも劣らない洗練美を前面に押し出している。

増築したばかりの五階部分にある会議室から、パチパチという音と、鉛筆で紙に書き込む乾いた音が響いてくる。真栄田が扉を開けると、机の上に積み上げられた書類の前で、新里が眉間に皺を寄せて、算盤(そろばん)をはじいていた。

「全部片付いた？」

「琉銀の口座分はすべて入出金記録を確認しました。沖銀と沖縄相互銀も間もなく」

アメリカ式のルーズリーフの表裏にびっしりと数字が書き込んである。事務員とし

て書類を数多くこなしているだけあって、読みやすくまとめてある。

「じゃあ次はこっち。妻名義の郵便貯金と息子名義のアメックス口座、義父名義の沖縄信金とコザ信金の預金口座、あと義弟が大宝証券に証券口座も開設していた」

新里の前に、真栄田がドサッと書類を積む。新里が顔を引きつらせて真栄田を見上げた。

「まだあるんですか」

「やるって言っただろう？　二課の企業事犯は数字に始まり数字に終わるんだよ」

新里が向き合っているのは、沖縄にある金融機関に西銘本人や親族の名義で開設されている預金・証券口座の、過去五年分の入出金明細だ。西銘の両親はすでに亡くなっているが子供がふたり、さらに兄弟が三人とその子供が七人、妻側の義兄弟や義甥姪も含めると、近しい親族だけで二十人近くいる。これでも沖縄では多くない方だ。

「西銘が何かを隠しているなら、そしてそれが銀行員としての不祥事であれば、必ずカネの流れに現れるはずだ。本人だけでなく親族名義で偽装しているかもしれない。出入りの名目が分からないカネの流れを徹底的に洗う」

喫茶店での食事を終えた後、仲宗根副総裁にだけ話を通し、銀行に対する緊急の不正監査という名目で西銘関連の口座に関する資料や伝票を集めさせた。伝票に記載されている入出金額と名目をすべて記載し、その使途に不明なものはないか、いちいち紐づけていく。琉銀だけでなく他行や他機関に対しても仲宗根を通じて資料提供に協力させ、その結果が新里の目の前にある書類の山となっている。

朝の意気込みはどこへやら、新里のやる気は書類を前にして挫けているようだ。

「あはぁ、愛子ちゃん、もう捨て放り（していほーりー）たいって顔しとるさあ」

玉城がドアを開けて書類を手に入ってきた。

「あれ、玉城さん？　どうしたんですか？」

「俺が呼んだんだ。おやっさんには不動産屋と貴金属店を回ってもらっている」

不正な金の流れがあるとすれば、証券などの金融商品や不動産、その他財物としての出入りも考えられる。銀行員は証券保有を禁じられているので、それ以外の主だった流れを当たる必要がある。

「偽名で証券を保有するという可能性も考えたが、彼がそこまでする手間を考えると、正攻法で取得できるものから潰すのが手だからね」

「あぃぃ、太一は人使いが荒いさあ。土曜だから登記所は閉まっとるばー？」

「おやっさんなら叩き起こしてでも職員を連れてこれるでしょう？」

「末恐ろしいなあ」

大袈裟に溜息をつく玉城。

「真栄田さんも手伝ってくださいよ」

「俺はまだ探る場所がある」

「このほかに見なきゃいけないところなんてあるんですか？」

「分からないから、それも調べるんだ。じゃああとはよろしく。ちゃんと全て書き写して俺に渡してくれよ」

すがるような目つきの新里と、面白そうに眺める玉城をあとに残して、隣の会議室に入る。

「公務部で山原(やんばる)の市町村公金担当をしております、砂川(すながわ)です」

いかにも銀行員然とした、四角い眼鏡をかけてネクタイをきちんと締めた三十路の男が、顔を強張らせながら立っていた。

「警察本部の真栄田です。緊急の監査で西銘氏の交友関係について調べることになりまして。この件は他言無用でお願いします」

「はあ……」

仲宗根に頼み、西銘のことをよく知っているであろう上司や部下を複数人、呼び寄せている。西銘の近辺で情報漏洩に繋がる不審な動きがなかったかの聞き取りだ。

この砂川で三人目だ。砂川は戸惑いながらも、真栄田に勧められて椅子に座る。

「西銘次長とはお付き合いが長いと伺っています」

「入行当時から存じ上げています。前任の嘉手納支店長時代も直属の部下でした」

「あなたから見て西銘さんはどういう上司ですか」

「アメリカナイズされた、スマートな人ですね」

「スマート、なるほど確かに、華麗な経歴ですよね」

手元のノートに挟んであった西銘の経歴書に目を落とす。昭和七年生まれ、旧制中学で戦争を迎えたが、学年が低かったため鉄血勤皇隊には動員されず生き延び、戦後に首里高校から琉球大学に進学して米留に選抜される。ウィスコンシン大学で二年学んで経営学の修士号を取り、琉銀に鳴り物入りで入行している。

「ゴールデンゲイターで、週末にはハーバービュークラブに出入りして将校さんと社交されているようです。着ているスーツだってアイビールックのアメリカ風でセンスもいいし、何よりあの歳で公務部の次長です。私にとっては雲の上の人ですよ」

米留経験者らによる親睦団体「金門クラブ」のメンバーを「ゴールデンゲイター」と呼ぶ。琉銀では要職の多くは米留組が占め、真栄田が捜査で知り合った琉銀関係者たちが「米留に非ずんば人に非ず」と陰口を叩くほどだった。泉崎の官庁街にほど近い小高い丘に設けられた米軍将校クラブ「ハーバービュークラブ」にも、沖縄の上流階級として出入りを許されている。

ここまでは、先に聞いたふたりの抱く印象とも共通している。

「そうなると交友関係も派手そうですね」

「公務部なので市町村の議員や役場との付き合いも多くて、夜はだいたい午前様です。休日は休日で、米国民政府や商工会のお偉いさんとゴルフに出たりしていました」

「特にお付き合いの深い方は」

砂川は、沖縄財界や米国民政府の中堅以上の立場にある人々の名を挙げた。いずれもハーバービュークラブに連なる人脈だろう。

「西銘さんは、そういう上流階級の方々との間で、金銭トラブルに見舞われていたりはしませんか？」

「さあ……特には聞いていません」

ふとノートから顔を上げると、砂川が目をそらし、視線を床に落とした。先のふたりにはなかった反応だ。

「何か心当たりが」

「いや、その」

「あるんですね」

砂川の退路を断つように畳みかける。何かを知っていて、恩義のある上司への後ろめたさや間違っていたらという恐れから、口ごもっているように見えた。

「些細なことでも、間違っていてもいいんです。気になったことはすべて仰ってください」

「私は……」

「わかっているんでしょう？　こうやって身辺調査を行っている時点で、何かが怪しいと。あなたは何も悪くないんです。琉銀のためを思えばこそ、いまここで仰っていただかないと、とんでもないことになるかも知れないんです」

砂川は俯いて下唇を嚙む。

「あなたが西銘さんに恩義があるのも十分分かります。そのあなたが仰ったということは必ず秘匿すると警察が保証します。これ以上は、あなたの良心の問題なので、私が強制できることではありません。お返事を待ちますよ」

腕組みをして、椅子の背もたれに身をゆだねる。あとは何も言わずに砂川をじっと見つめる。少しの威圧を与えながらも無理をさせずに。焦った方が負けだ。

一分、二分、三分。

耐えられなくなった砂川が、大きく溜息をつく。

「半年くらい前からです……」

「何がですか」

意を決した砂川が口を開いた。


真栄田と新里が西銘家を再訪したのは翌日、四月三十日の夕方五時過ぎになった。日曜というのに西銘の妻は嫌な顔ひとつせず寝室に通してくれた。

「たびたび済みません、西銘さん。お体は大丈夫ですか」

「いえ、その別に……」

二日続けて警官が訪れたことで、布団の上で上体を起こした西銘は昨日の朝よりも落ち着かない様子だ。

「本当はもっと早い時間に再訪したかったんですが、少し調べごとがありまして」

「調べごと……？」

「ええ。公務部で管理されている市町村預かり金の入出金記録と、あなた及びご親族名義の各種金融口座の突き合わせです」

真栄田の言葉に、西銘は絶句していた。

「私、以前は捜査二課で経済事犯の担当をしていたので、銀行員の横領事犯は何度も見てきました。莫大な資金を扱っているうちに、自分のモノと他人のモノの区別がつかなくなる、そしてつい手を出してしまうということは、本当によくあります」

西銘の額に脂汗が浮かび、顔から血の気が引いて青白くなっている。その様子に、真栄田の横に座る新里も落ち着きをなくすが、真栄田は平然としたまま、手元の鞄からノートを取り出して開きながら話を続ける。

「小学生の息子さん名義で開設されたアメックス銀行口座、これは将来の学資金として貯蓄されていたんでしょう。アメリカでも引き落とせる米銀の口座だ。なのになぜ、この半年で三〇〇〇ドルも引き出されているんでしょうか」

書き写した口座の出金月日と金額を指さして突きつけると、西銘はビクリと震える。

「ご家庭の事情がおありかとは思いますが、あなたの周囲で学資口座を崩さなければならないような事情は表立っては見受けられません」

新里が夕方四時まで各種の入出金明細と格闘して掴んだ糸口だ。さすがに突貫作業で、新里の表情からは精気がいくらか抜けていたが、それでも自分が突破口を開いたという自信が滲んでいた。

「あと、あなたがこの半年ばかり、足繁く首里に出入りしていたという情報が寄せられています」

砂川が打ち明けたのは、公用車の使用履歴だ。

――半年前から、西銘次長が公用車を使って首里へ行く用事が急に増えたんです。本土の日銀さんの接待で首里にはよく行きますが、そんな予定がないのに行くんです。そしてそういうときは必ず、普段持ち歩かない大きな鞄を大事そうに抱えていて……。それで運転手に聞いた住所を一度訪ねたことがあるんですが、どうもそこが……

「女性関係のお店なんですね」

学資口座の不審な出金の事実を踏まえると、おおよその見当はついた。

「女に貢ぐ目的で自分の家庭の貯えを渡す、そこまでは民事なので警察は介入しませんが、現金輸送の情報も漏洩したとあれば、これは立派な刑事犯罪です」

金魚のように口をパクパク開け、西銘は掠(かす)れた声を絞り出した。

「私は……騙されて……」

「宮里たちにですか」

西銘が、がくりと項垂れた。

「そこまで……」

「ご自身が何に加担したか、ウィスコンシン大学に留学なさるほどの秀才であれば、よくお分かりのはずだ。だから昨日も今も、そんなに青い顔をしているのでしょう」

西銘が、弱々しく息を吐いた。

「安全だと聞いていたんだ……たった数度通っただけだ……」

新里に中座するよう目線を送ったが、新里はわざと気づかない風を装い、むしろ興味津々といった様子で目を輝かせていた。これは梃子でも動かないだろう。

「本番行為に及んだところを、宮里らに押さえられたんですね？」

「五人でいきなり踏み込んできたんだ……裸のままで土下座させられて、金をせびられた……息子の学資口座ならしばらくは明るみに出ない……だからそこで手を打ってくれたらと思ったが、連中はそれだけでは足りないと……」

「本当に銀行の金には手を出していないんですか？」

西銘はきっと睨み返す。

「そんな恥ずかしい真似を私がするとでも……！」

「結果として、それ以上の損害を銀行に対して、いえ沖縄全体に与えています。事はすでに琉銀だけでなく琉球政府中枢と琉球警察を巻き込んでいる点は、ご理解いただけますか」

そこで真栄田は、言葉を和らげる。

「ただ、あなたにとって幸いなことに、本件は一切表沙汰にはなりません。ある意味では、琉球政府や琉銀にとっても、ドル交換を完全な形で遂行できなかったという不祥事です。日米両政府の手前、隠し通すしかありません」

西銘の目の奥に、一瞬だけ狡猾(こうかつ)な光が覗いた。きっとこう思っているに違いない。琉球政府や琉銀にとっても弱みなのだから俺のことも大目に見ろ、と。

おもむろに立ち上がり、ベッドの横の小机のそばへ寄り、
バァン!

盛大に掌で叩いた。

「勘違いしなさんなよ」

突然のことに目を白黒させている西銘が口を開く前に畳みかける。

「これがもし表沙汰になったら、沖縄返還など吹っ飛んじまうんだ。そうなりゃ、琉球政府も琉銀も俺たち琉警も、あんたの身を守る義理は何ひとつなくなるんだよ」

西銘は笑ったような泣きそうな顔で固まり、ひっと短く息を吐いた。

「あんた、祖国復帰に泥(あしばー)を塗った売国奴だよ。苦節二十七年のこの島すべてを敵に回したんだ。政治家から暴力団員まで、どんな連中があんたを狙うか分かったもんじゃない。MPがあんたを守ってくれるのかい? ええ?」

再び脂汗を額に浮かべる西銘。こちらの揺さぶりに、哀れなほどに分かりやすく乗せられている。エリートだからか案外と心根は弱いのかもしれない。

「なあ、今のうちなら、あんたも無事に助かるかもしれないんだ」

「お、お巡りさん、すみません、すみません！　本当に申し訳あり……」

バァン！　小机を再び叩く。

「がちゃがちゃ抜かしてねぇで早く言えよ！　他に流した金と情報はねえのかよ！」

「ありません！　本当に！」

廊下で慌ただしい足音が響き、西銘の妻が遠慮がちに扉を開ける。

「あの……何が……」

真栄田は後ろを振り向き、にっこりと笑みを浮かべながら、

「ああ、お騒がせしました。込み入った話がありまして、声が大きくなりました」

西銘も、そして新里すらも、真栄田のあまりの変わりように、言葉を失っていた。

「ただ、ご自宅ではちょっとお話も長引きそうなので、ご主人とこれから琉銀の方へ向かうことになりまして。突然で申し訳ないのですがご主人お借りしますね？」

「え、その、うちの主人が一体……」

「西銘さん、すぐに行きましょう。ここだと何かと騒がしくなりそうですし、ね？」

西銘は哀れなほどに怯えて、素早く頷くと慌てて布団を出て、身支度を始めた。

「じゃ、新里さん、我々は外で待とう」

悠々と外に出ると、新里が慌ててついてきて、恐る恐るといった様子で真栄田を見上げて尋ねてきた。

「真栄田さんって、二重人格ですか？」

「なんだい、突然」

「突然はそっちですよ！　急に人が変わったように怒鳴りだすし、かと思ったら奥さんが来たらすぐに元に戻るし、いったい何なんですか！」

新里はホームコメディドラマのアメリカ人俳優のように身振りを交えて訴えてくる。

「二課畑は帳簿だけ読んでる文弱の輩だって、よく勘違いされるんだけどね、相手は下手な粗暴犯よりも海千山千の政治家や企業家連中だ。ふてぶてしい狸親爺たちを脅しすかすのも技のうち。琉大からウィスコンシン大に留学するような琉銀エリート様なら、ああやって怒鳴って萎縮させてプライドをへし折るような状況を突きつけてやりながら、逃げ道を与えてやれば、そっちへ簡単に転ぶ――」

そこまで言って、ぽかんと口を開けて見上げている新里に気づき、今更ながら気恥ずかしくなって、笑って照れをごまかしてしまう。

「――と、俺も東京の警視庁で学んだんだ。警視庁の二課の捜査は緻密かつ大胆だよ。扱う事案の規模が違い過ぎた。実力ある刑事も多数いる。いい勉強になったよ」

取り調べを得意としていたある捜査員は、「取調室に入ると、体重が減るんだよ」と語ったことがある。取調室の記録係として陪席してみると、それもあながち冗談ではないと思った。政治家、官僚、地方公務員、出入り業者、暴力団員……ありとあらゆる立場の海千山千を相手に、脅しすかし、泣きも入れての丁々発止を繰り広げ、内地の冬だというのに額には汗が浮かんでいた。

「まだまだ、あの境地には達しないな」

ちょうど、取るものも取りあえずの様相で、恐る恐る西銘が出てきた。

「西銘さん、お待ちしていました。では琉銀へ参りましょう」

嫌になるほどの丁寧口調で語りかけると、西銘は顔を強張らせた。

沖縄にあってこれ以上望むべくもない成功を収めた西銘の、その常人以上のエネルギーは、性的欲求という形でも人並外れていた。

元々の整った顔立ちに加えてテニスやゴルフを嗜むスポーツマンとあって、若い頃から女性に不自由することはなかった。米留に選抜され、ウィスコンシン大学で二年間学び、アメリカ流の自由主義の洗礼を全身に浴びた。厳しい人種差別の一方で、儒教的な男女の距離など無縁の地で開放的な性生活を送ったことで、麻薬のようにその快楽が刻み込まれてしまったのだろう。

留学で箔をつけて琉銀という沖縄の一流企業に入行し、本格的に行内の出世レースに参加するようになると、西銘はその欲求を抑え込む必要が出た。社会での世間体を慮(おもんぱか)って、三十手前で手ごろな相手と結婚して子供を作ったが、四十代も目前になり、金も地位もそれなりに手に入れたことで、我慢ができなくなったという。

ちょうど公務部次長となり、日銀との折衝のために東京へ飛ぶ機会も増えた西銘は、出張の度にガス抜きと称して放蕩を尽くすだけでなく、米領グアムやサイパンへも視察旅行を装って女漁りの旅に出かけることが増えたという。

「そういう店はそこいらにあるじゃないか」

急遽、取調室代わりになった琉銀の会議室で真栄田が問うと、西銘は皮肉げに口を歪める。もう本心を偽る必要がないだけに、その物言いは酷く開けっぴろげだった。

「コザや真栄原の米兵向けのAサインなんて安っぽくてその気も失せます。辻ならまだ女の質はいいが今度は上司や取引先の目が気になって恐ろしかった」

アメリカの雄大さに一度浸ってしまった西銘にとって、この島は窮屈すぎた。

その西銘の抱えた欲求不満につけこむような形で、彼が首里のある店について知らされたのは半年ほど前のことだった。

「ハーバービュークラブで懇意の建設業者から教えられました。米軍将校や政財界の重鎮のような、立場ある人間だけが会員だから、安心して社交できる店で、常連になって金さえ払えばおおよその行為はできるとね。驚きました。沖縄女だって島一番の粒ぞろいだったが、白いのも黒いのも茶色いのも、どれもより取り見取りだ」

特飲店は、表向きは売春を否定する。茶菓子が数百ドルという目の出るような価格で出され、店員と客の間で自由恋愛が成立している――そんな子供だましの理屈を、警察も行政も、よほどの悪質な行為がなければ黙認している。特飲店という「防波堤」の存在意義を、沖縄は戦後二十数年、米兵の性犯罪という形で思い知らされている。

社会の防波堤にして、飛び切り高級な「性」という商品を出すその店に、餓えた西銘が通い詰め、そして好みの女を見つけるまで、幾ばくもかからなかったという。

「由紀恵(ゆきえ)という女で、二十歳と自称していました。目鼻立ちはまるで内地のモデルのようで、一目惚れでした。何度も通い詰めて貢いで、息子の学資預金にまで手を付けて、ようやく外に連れ出して連れ込み宿に行ったんです」

それが一か月前のことだった。

琉銀の幹部が、性行為に及ぶ気満々でいたら、急に男たちに踏み込まれて、全裸で正座させられて脅される様は滑稽だっただろう。その結果が、沖縄全土を揺るがしかねない強奪事件の端緒となった。

「男らに、由紀恵は実は十七だったんだと、その場で言われたんです」

踏み込んできた宮里らの言葉を裏付ける物証はないが、もし未成年を買春しようとしたことが明るみに出たら、西銘の銀行マン人生は即日終わりを告げただろう。警察や銀行に真実を伝えるという逃げ道は、早々に塞がれた。

「金を払えないなら銀行へ押しかけると言いだしたんです。やめてくれと頼んだら、警備の手薄な現金輸送ルートを教えれば自分たちで調達するからもう付きまとわない、そう言われて、もうどうしようもなかったんです……」

銀行の本支店間で定時に行われる大規模な現金輸送は、専用の車両が用いられて警備の人員も付く。四〜五人で襲っての勝算はそこまで高くはないだろう。だが、臨時に行われる小規模輸送なら、通常の車両と警備の素人が少人数いるだけだ。公務部次長として自身も小規模輸送を任されることもあった西銘であれば、その機会は遠からず巡ってきた。それが一昨日だ。

自分が情報を漏らす負い目や、発覚をなるべく遅らせたい思惑もあった。だから、自らが同乗する日を伝えた。まだ沖縄では珍しい、最新鋭のセドリックを乗り回す平良を指名して、どの車かすぐに分かるようにもした。米兵に偽装した宮里らに車を停められたとき、西銘は自ら応対し、ドライバーに分からぬよう英語でやりとりして、穏便な形で現金を引き渡そうとした。

誤算は、平良が本店に無線連絡を入れたことだ。

「連中、それで急に慌てて力ずくで奪ったんです。私も現金と一緒に攫われて……」

「自分で付いていったんじゃないのか」

「それは違います。元々、連中に金を引き渡して、素知らぬふりで戻るつもりだったんです……連中も想定外の事態に激昂してしまったようで、トラックに連れ込まれて、どういうことだと問い詰められました。事前に平良に言うわけにもいかないし、不審に思われたらそれまでです」

「そのトラックでどこに連れ込まれたんだ」

「潰れた映画館か何かの観客席に座らされました……たぶん、コザです」

「コザだとなぜ分かった」

「夜に逃げ出して、あてもなく彷徨って表通りに出たら、コザ十字路でした」

「そこから逃げ出してくるまで、ずいぶんかかっているな」

「着いてしばらくしてから、連中が何かを相談したと思ったら、目隠しをされたんです……ここから動くな、動いたら叩っ殺す、と言って、後頭部に銃口を突きつけられて、それ以上何もできませんよ……だいぶ経って、周りにひと気がないのを確認してから抜け出しました」

「それにしたってタクシーで家に着いたのが朝の五時だ。時間がかかりすぎだろう」

まだ何か隠しているのか。真栄田が無言で圧をかけると、西銘は泣きそうな顔を床に向けたまま、消え入りそうな声で呟いた。

「どうせ、どうせ捕まるんなら、せめて一発やらしてくれと、由紀恵に頼みに行ったんです……でも由紀恵はおらず、駄目でした」

真栄田は堪え切れず「ふっ」と声を漏らしてしまった。

「あんたにゃ悪いが、馬鹿馬鹿しくて笑うしかないな」

「はぁや……」

夜十時を回ってから玉城家に集合し、真栄田が一番に報告すると、コザから戻ってきた比嘉が驚嘆の声を上げた。与那覇も口には出さなかったが、驚きの表情を浮かべていた。その顔を見て、多少鼻を明かすことができたという気持ちがないではなかった。

「警察で西銘の身柄は確保できないが、琉銀の内部監査と称して琉銀の施設で軟禁状態になっている。逃亡はできないはずだ」

　事実を知らせたときの仲宗根副総裁の鬼気迫る表情は、徹底的に西銘を追及すると物語っていた。下手な刑事訴訟よりも厳しい処置が下されることだろう。

　座間味本部長と喜屋武刑事部長に顚末（てんまつ）を説明してきた玉城が、嘆息交じりに呟く。

「沖縄（うちなー）の金融業界は、キャラウェイ旋風が吹いても、まだまだ規律が緩いさあ」

　一九六一年、米国民政府の第三代高等弁務官として送り込まれた、ポール・W・キャラウェイ陸軍中将は「沖縄の自治は神話に過ぎない」と言い放ち、沖縄社会の隅々にまで剛腕を振るった。彼の下で金融機関の不正摘発が進んだので二課畑での評判は悪くなかったが、その傲慢さは当時「キャラウェイ旋風」と呼ばれ、三年間で沖縄住民の強烈な反発を招いた。

「公金に手を出さなかっただけ、西銘はまだ倫理意識が高いと言うべきでしょう」

「まあ、そうとも言えるのか……」

　その結果犠牲になったのが息子の学資金だと考えると、この先の西銘家に待ち受ける波乱は計り知れないが、いまはそれを論ずる余地はない。

「それで、宮里ギャングの足取りの手がかりは」

「コザの商工会議所に問い合わせたところ、確かに十字路から徒歩五分ほどの裏通りに一軒、廃業した映画館がありました。とりあえずコザへ出向いたんですが……」

華やかな表通りを外れた裏通りにあったその廃映画館は、商工会議所によると二年前に経営難で倒産した後、不動産会社の手に渡ってそのまま放置されているという。

埃(ほこり)っぽくなった建物内に入って薄暗いなかを懐中電灯で照らすと、床には最近棄てられたと思しき酒瓶や吸い殻が転がっていた。

「ただ、ゴミ以外に荷物はなく、そこに戻ってきそうな気配はありません。行先を示すような手がかりもなかったです」

「行先は掴めずか……」

「西銘を美人局(つつもたせ)で陥れた女を探せば、あるいは手がかりが掴めるかもです」

ふと、玉城家の電話台の上に掛かっている日めくりカレンダーに目をやる。今日は四月三十日で、明日はもう五月だ。

五月十五日が復帰当日で、二週間しか残されていない。月が変わることで一層そのプレッシャーが重く心にのしかかってくる。

「そういえば、特飲店の客のなかから、現金の輸送ルートを知っているような立場の人を、宮里がどうやって見つけ出したのか、気になりますよね」

新里は手に盆を抱え、握り飯を盛った大皿と、鰹節に湯を注いで作る「かちゅー湯」という即席の汁ものの茶碗を居間に運んできた。先ほどまで、玉城家の荒れた台所を掃除して軽食を用意していた。

「屋台のご飯だけじゃ体が持たないでしょう、長期戦ですからちゃんと食べないと」

「お、愛子ちゃんの手料理が食べられるだなんて、でーじ果報（かふー）やさ。愛子ちゃんはいい嫁さんになるさあ」

玉城の言葉に、新里はまんざらでもない様子だったが、大皿を卓袱台に運びながら「お嫁さんより刑事になりたいんだけどな」とぼやいた。新里が茶碗を置くや否や、汗だくの比嘉がかちゅー湯を水のように飲み干す。真栄田も続けて口にすると、味噌と梅干が入っており、疲れた（あしばー）体に酸味が沁み（し）る。

「それより、ただの不良がなんで西銘が琉銀の人間だと知っていたのかは、愛子ちゃんの言う通りやさ。分かったんか?」

「残念ながら……西銘あるいは琉銀全体に対する個人的な怨恨、べ平連や中核派・革マル派などの極左勢力、暴力団や業界ゴロによる営利目的の強請り（ゆすり）、いずれも西銘や仲宗根副総裁には心当たりはないそうです。それに、もしハーバービュークラブで目を付けられたとしても、その筋に宮里がどうタッチしているのかも見えてきません」

「ふうむ、困ったなあ」

西銘が情報を漏洩していたことが分かっただけで、肝心の犯人グループへの糸口は未だ摑めていない。

「真栄田、そっちのネタはもうないのか」

真栄田がノートを閉じようとしたとき、それまで真栄田の話を黙って聞いていた与那覇が口を開く。

「残念ながら今日のところは」

「じゃあ次はこっちの番だが、そっちほどの収穫はない」

与那覇は、これまでであれば嫌味のひとつも言いそうだが、今日はやけに神妙だ。

「宮里ギャングの五人のうち、宮里と稲嶺コウジ、照屋ジョーは同じ孤児院の出身だ。特に稲嶺コウジは宮里の一つ下で、敗戦直後の同じ時期に孤児院にいたらしい。宮里は戦争孤児で、唯一生き残った肉親に十一歳上の姉がいたらしいが、以前に逮捕した際の調書によると十九年前に亡くなっている。親族の所在が分かったのは又吉キヨシと知花ケンだけだが、これも家を出て五年ばかり絶縁状態だ」

裏路地(すーじぐゎー)に巣食う不良(あしばー)たちだから、元から期待していなかったとはいえ、肉親の線から所在を辿ることは難しそうだ。

「コザの暴力団(あしばー)連中を当たったが、連中どいつも知らないどころか、宮里が帰って来たなら叩(た)っ殺(くる)してやる、つって息巻きやがる。コザじゃ相当悪名を馳せたらしいな。多少は答えてくれた連中から、昔馴染みにしていたというコザのAサインの店を何軒か教えてもらった。このあと比嘉とそこを回ってくる」

比嘉が横から口を挟む。

「事件のことは伏せつつコザ署で聞いてきましたが、現在のところ旧泡瀬派や今の組織で、今回の強奪につながりそうな目立った動きは察知していないようです」

「うまいこと偽装しているのか、はたまた本当に関係ないのか」

真栄田の呟きに、与那覇は首を振る。

「分からん。本土の筋を当たってもらう必要がどうしてもあるかも知れんさ」

これほど自然な会話が成り立ったことに驚いて、つい与那覇の顔を見るが、すぐに目を逸らされた。

最後に、玉城が鑑識に頼んでいた銃弾の鑑定について話題にした。

「あれはM1カービンの銃弾で間違いないようさ。出処については線条痕を見てもらったが、こちらに米軍から照会のかかっているものはないらしい」

「米兵連中は、真面目に管理してないですからね」

与那覇が茶々を入れるのも無理はない。米軍基地の武器の管理は、琉球警察の拳銃管理と比べて驚くほど杜撰(ずさん)だ。兵隊が武器を紛失しても、上官に届け出れば代替の武器が供与される。元々の国柄か、ベトナムで武器を湯水のように消費しているからか、この緩さを悪用して不良米兵が小金目当てに、地元の不良(あしばー)に武器を融通する。沖縄の暴力団抗争でカービン銃や拳銃、手榴弾が頻繁に使われるのはこのためだ。

「こっちを辿り始めると米軍に照会しなきゃならんようになるが、そうなると向こうさんが首を突っ込んできかねないさあ」

先日会ったイケザワの顔を思い出す。彼と仕事を一緒にしたことはないが、会った印象だけでも優秀な捜査員であることは肌感覚で分かる。

「ここは一旦打ち止めやさ。俺(わん)はしばらく商工会のお偉いさん回りでもしてみるさ」

玉城は口をへの字に曲げたものの、さほど気落ちしている様子はない。これまでも捜査の過程で幾度も壁にぶち当たったことがあるが、いつも玉城はけろっとしていた。

「明日から五月……二週間しかないが、やれる手は全て尽くすしかない」

西銘を美人局(つつもたせ)被害に遭わせた由紀恵という女の行方。美人局の舞台となった特飲店の存在。宮里の背後関係。銃器の流出ルート——辿るべき道はいくつもある。

苛立ちだけが募る心を落ち着けようと、大皿に並べられたおにぎりに手を伸ばして頬張る。他の四人もめいめいにおにぎりやかちゅー湯に手を付ける。塩の効いた甘い白米だけの握り飯は、いくらでも食べられそうだった。

深夜十二時を回ろうという頃、真栄田は那覇市内の警察官舎にタクシーで帰った。与那覇と比嘉が聞き込みに出ているなかで家に戻るのは少し気が引けたが、約束もあった。

コンクリート造り三階建ての官舎の、一階の部屋の鍵を開ける。子供が生まれるということで家族用の広い部屋に入居させてもらったが、真弓が里帰り中なのでがらんと静かだ。生まれてきた子供を連れて真弓が戻ってきたら、そんなことも言っていられないのだろう。

日付が変わって五月一日の月曜日になった。週末の間は静かだった琉球警察本部庁舎も、翌朝から通常業務に戻る分、捜査の秘匿が難しくなる。特に与那覇と比嘉が本部庁舎の対策室に出入りすれば、必ず誰かが気付くだろう。一方で対策室は対策室で通常業務をこなさなければ怪しまれる。そこで翌朝からは、真栄田と与那覇と比嘉の三人は玉城家に泊まり込んで捜査に当たり、玉城と新里は通常通り対策室に出勤して通常業務をこなしつつ、適宜捜査に加わってもらうことになった。

泊まり込みに向けての荷物をまとめていると、電話がかかってきた。受話器を取ると物腰柔らかな口調が聞こえてきた。

『真栄田さん、藤井(ふじい)です』

「どうも、夜分遅くにお電話させてすみません」

『お問い合わせの件、調べておきました。閑職に島流しになったと仰っていましたが、面白いことに首を突っ込んでいるようですね。そっちの抗争絡みですか?』

「それが、何分言えないことも多くて。落ち着いたらお話しします」

『構いませんよ。ホシを挙げてから存分に聞かせてください。昔みたいに新橋のガード下の赤提灯で愚痴りたいもんですね』

電話の相手の藤井は、真栄田が警視庁に出向した一年目に、同じく警視庁捜査二課に新人として在籍して以来の仲だ。歳も近く警視庁のなかでは余所者ということもあって意気投合、出向二年目に藤井が警視庁を去った後も連絡を取り続けていた。

その藤井は、今や二十六歳にして警視で、和歌山県警捜査二課長という立場にある。彼は東京大学法学部を出た警察庁キャリアで、最初の一年だけ警視庁に研修で在籍し、その後警察庁に戻ってからの早速の課長拝命だ。地方とはいえ本部の二課長として歴戦の刑事連中を統率するのだから、その心労たるや想像を絶するものがある。

そんな苦労を滲ませることなく昔のように接してくれる彼に、一昨日の捜査会議のあとに玉城家から電話をかけ、無理を言って宮里について調べてもらったのだ。規模の小さい和歌山の捜査二課は、知能犯と同時に暴力団の取り締まりも担っているため、必然的に情報は入ってくるはずだと踏んだ。

「是非今度。ところで本題ですが……」

荷物のなかからノートを手繰り寄せ、受話器を肩で挟んで鉛筆を手に取りながら、藤井からの言葉を待ち構える。

『ええ、真栄田さんがお尋ねの宮里武男というヤクザ者は、和歌山（うち）の二課で摑んでいる情報だと、今は神戸の組織の二次団体で食客兼鉄砲玉として匿われていたようで、実際に大阪や兵庫のいくつかの抗争事件での傷害容疑がかかっています』

「よくそれで今まで逮捕されて強制送還されませんでしたね」

『上部組織がやり手なのか、本人の仕事が上手いのか、決定的な証拠に欠けるようで。

よほど用心深いのでしょう、捜査が少しでも及ぶ気配を感じ取ると、すぐ居場所を変えているようです。大阪や兵庫の府県警は木端チンピラを追いかけているわけにもいきませんし、そちらは逮捕権限がないしで、その網を潜り抜けているみたいですね』

ここ数年、本土の各警察は暴力団犯罪の深刻化に対して、首脳級の徹底検挙による組織壊滅作戦、いわゆる「頂上作戦」を二次にわたって展開している。各組の大物を検挙するだけでも手いっぱいななかで、沖縄から逃亡してきたチンピラをそこまで徹底的に追い詰める余裕はないはずだ。

そして、日本の施政権の外にある琉球警察は「外国警察」の扱いになるため、沖縄の外で捜査権を行使できない。

『ところが、うちのモノが調べたところによると、先月くらいに宮里が沖縄に戻ったという噂が広まっているようで』

「自分から戻ったんですか?」

宮里に怨みを抱く者が多い沖縄にわざわざ自分から戻ったのか。

『いや、それが沖縄の何者かから呼び寄せられたらしい、という話を、宮里を匿っていた二次団体の組員が漏らしているようです。ただ……ねえ……』

「ただ?」

メモを取る手が止まる。頭脳明晰な藤井の言葉がいやに歯切れ悪いのが気になった。

『いや、これもその組員曰くらしいんですけど、どうも信じられなくって……』

「そいつは何と言っているんですか?」

『その、神戸港から、軍艦で沖縄に帰った、と言っているんですよ』

「軍艦?」

あまりに突飛な話で、真栄田も思わず声が大きくなる。

『なんでも、宮里がその組員に言ったらしいんです。「米軍の軍艦に乗り込んで、故郷に奇襲攻撃をかける」って。馬鹿馬鹿しいんで無視してください』

藤井は笑いながら続けた。「軍艦?」とだけメモを書きこんだ。

『いずれにせよ、上部組織の方では今は宮里を抱えていないのは間違いないようですし、関西周辺にもいないようです。関西を離れてどこかで事件を起こしたという話も入っていないようなので、やはり沖縄に戻っているのだと思いますよ』

「わかりました。ありがとうございます。また御礼はいずれ」

『ホシの話を肴(さかな)にぜひ飲みましょう』

電話を切ると、誰もいない自宅が再び静まり返る。そのとき、沖縄に戻ってたった一か月で、警視庁に出向していた頃を懐かしく感じている自分がいることに気づいた。

警視庁での二年間は、一人前の刑事として扱ってもらえたし、余所者だと言ってもそもそも東京自体が余所者ばかりの街だ。警視庁は地方出身者が多く、義父も青森の出身だし、藤井は島根から二浪して東大に進学した苦労人だ。上層部には薩摩閥以来の鹿児島出身者も多い。沖縄人であってもそういう地方出身のひとりとして扱われた。

今はどうだろう。琉球警察の幹部連中から、そして与那覇からも、同じ「うちなんちゅ」として扱われず、本土の警察庁の意を受けた手先、より悪く取れば裏切り者と見なされている。彼らと話すとき、彼らと自分の間に、干したままのシーツのように押しても手応えのない、しかし確実にそこにある壁を感じる。

ここは本当に帰ってくるべき場所だったのか。その思いは幾度もよぎり、未だに打ち消せない。

# 第三章　白亜の計略

物心ついた頃の孤児院の朝は、下痢便の悪臭で始まった。

板間に雑魚寝させられた乳児や二～三歳の孤児たちは、米軍配給の不味い脱脂粉乳でみな腹を下していた。孤児院の職員はいちいちおしめを洗う手間すら惜しんでいたし、ろくに服も与えられていなかったから、下半身丸出しで寝かされて、朝になると一面が垂れ流した下痢塗れなのだ。

だから、朝一番で俺たちを外に立たせてバケツの水をかけて洗い流し、デッキブラシで床を掃除するのがねぇねぇの日課だった。

ねぇねぇは俺の十二歳年上で、孤児院のなかじゃ一番年長だったから、弟を背中に背負いながら、孤児院の職員に代わって食事の面倒や掃除まで任せられていた。

ろくな環境ではなかった。

腹いっぱいになることすら滅多になく、不機嫌な職員にすぐ殴られ、そして野良犬のような孤児同士では殴る蹴る噛むが日常茶飯事だ。それでも敗戦直後に比べれば、三食与えてもらえるだけ、随分とマシだったらしい。

そんな時代を生き抜いたねぇねぇは、本当に優しかった。俺たちはねぇねぇを本当の母親（おかー）のように慕って、何をするにも後ろをついていった。

――困った甘えん坊（ふんでー）さ

そうやって俺たちを優しく撫でてくれた。ただ、あまり甘えていると弟が不機嫌になって俺たちに殴りかかってくるから、程々にしておかないと痛い目に遭った。

ねぇねぇは十五歳になったときに、弟を連れて孤児院を出て外で仕事を得た。あのときは飲み屋の女給だと聞いていたが、そうではないことは後に知った。それでも俺たちは、ねぇねぇがたまに帰ってきてくれるだけでも嬉しかった。

ある日を境に、ねぇねぇは帰ってこなくなった。ただひとり戻ってきた弟に散々聞いたが、ねぇねぇがどこへ行ったのか、何ひとつ語ることはなかった。

その弟――タケオがねぇねぇの身に何が起きたか全てを語ったとき、俺たちにある計画を打ち明けた。

「コウジ、あのアメリカーを叩（た）っ殺（くる）さりんど」

ねぇねぇを知らない仲間も、誰ひとり反対しなかった。

†

なだらかな坂の下から風が吹き上げる。家々の軒先の遥か向こうに、那覇の都心部、そして青い海が見える。風は真栄田の前にある池の水面を波立て、白いコンクリート造りの建物が並ぶ小高い丘まで届く。

那覇市内の東部に位置する首里は、一九五四年（昭和二十九）まで首里市として独立した自治体だった。琉球王国時代から商都の那覇に対して王都の首里として、琉球王家や士族の古い家柄の者が多く住み、一線を画する気風があった。沖縄戦で日本軍司令部が置かれた首里城ともども焼け野原となったが、未だに他の地域との見えない壁は存在する。

再建された守礼門を中心に、旧首里城址には琉球大学が置かれた。琉球政府立博物館や私立短大も近くにあり、通りには書店も多数並ぶことから、文教地区の顔も併せ持つ。

通りに突き刺す日差しは、すでに夏の強さだ。五月になると、沖縄は日中の気温が三十度近くにまで上がる。大型連休に突入する本土から、一足先の夏気分を満喫しようと観光客の来訪が増える。特に守礼門は定番スポットとして客足が絶えない。琉球大学の学生らと合わさって、周辺の人通りはいつになく多い。

「本当にこんな所にあるんですか」

隣の新里は普段のブラウス姿ではなく、Tシャツにジーンズ、さらにはサングラスという今時の若者の出で立ちで、どう見ても警察職員には見えない。横に並ぶ真栄田自身も休日用のポロシャツを着ている。

――はぁや、こりゃアベックさんにしか見えんな。奥さんには黙っておいてやるさ
朝に玉城に冷やかされると、新里は「絶対バレませんね」とけらけら笑うが、身重の妻を持つ身としてはさすがにバツが悪かった。

「こんな所だからだろうなあ」

「どういうことですか？」

「那覇の中心からバスやタクシーで十分で来られる、沖縄随一の観光名所だ。内地人(ないちゃー)やアメリカーもだが、沖縄人(うちなんちゅ)がふらりと訪れても何らおかしくもない」

表通りから折れてしばらく歩き、民家や商店が並ぶ通りの一角で立ち止まる。

「ここがサザンクロスのはずだ」

西銘が通いつめ、美人局の被害に遭ったと白状した店だ。瓦葺(かわらぶき)の煙草店とトタン壁に覆われた駐車場に挟まれた、コンクリート造りの三階建てで、外壁は真っ白なペンキが綺麗に塗られていた。正面の金属製と思しき銀色の扉の横に小さく英語の筆記体表記で「Southern Cross」と書かれた看板と、そして来客を確認するためか小窓がある。周囲の民家や商店からは明らかに浮いた、いやに洗練された外観だ。

「この店の持ち主、あるいはその後ろにいる誰かが、今回の宮里ギャングの親玉である可能性がある。だからこの店について調べ上げる必要がある」

店の前で立ち止まらず、素知らぬふりで通り過ぎる。店には表にドアと小窓があるだけで、他には窓や通用口は一切ない。誰かがこちらを見ている様子もない。

「どうします？　潜入捜査ですか？　私がここの女給さんになれば」

「馬鹿、そんなに軽々しく言うな。何をするか分かっているのか」

「エッチなことでしょう？」

「まあ……そうだが」

「コザでもそういうお店はいっぱいあるし、友達でそういう商売してる子もいます。だからそんなカマトトぶってもって感じですよ」

　平然と言ってのける新里に面食らいながらも、言うべきことは言わねばならない。

「こういう高級特飲店は、女給も身元調査をしっかりとされる。警察の事務員をやってる君みたいな子を潜り込ませるとしたら、経歴を偽装した上で、警察と繋がりのある不良（あしばー）に話を通して紹介してもらうしかない。そう簡単にできないんだ」

「ちぇっ」

「君なあ、さすがに俺が親御さんに申し訳が立たん。勘弁してくれ」

　口を尖らせる新里は、ある意味で幸運なのかも知れない。この島では、理不尽な性暴力に巻き込まれる女性が数知れず、彼女はその周囲の友人も含め、その被害に直面していないからこそ、無邪気でいられるのだろう。

　どう納得してもらうか悩んでいると、ふたりの横を軽トラックが通り過ぎ、サザンクロスの前に停まった。車のなかから若い男がふたり出てきて、白い布袋を荷台から運び出し始めた。

新里と目が合う。目が輝いている。

「……そうだな、その手ならまだいけるかな」


翌日の午後四時、新里のフェアレーン500の運転席に、真栄田がひとり座っていた。運転席のハンドルに身をゆだねていると、サザンクロスの正面に軽トラックが停まるのが見えた。

なかから、黄土色の作業着を着た比嘉と新里が出てきて、小窓をノックする。

真栄田は離れた所に車を停めて見ているため、声は聞こえないが、比嘉の口は開いた小窓に向かって「下地リネンですが、シーツ交換に参りました」と動いている。

時を置いて扉が開く。二十代後半とおぼしき男が、サングラスをずらして比嘉を睨みつける。短く刈り込んだ髪をポマードで撫でつけ、ベストとネクタイを着けたボーイ風の服装だ。

ボーイは「いつもの奴じゃないのか」とばかりに比嘉を訝しげに見上げるが、比嘉はチンピラの相手は慣れているだけあって臆する様子はない。男はすぐに、隣にいる新里に興味を抱いたのか、しげしげと上から下まで舐め回すように視線を巡らせ、何事か軽口を叩いているようだ。

どうせ、「この店が何の店か知ってっか?」とでも聞いているのだろう。女を舐めている男に特有の、必要以上の馴れ馴れしさを隠そうともしない態度だ。新里が緊張した面持ちで頭を下げると、男は笑みを浮かべて新里の肩を気安く叩く。その後ろから、比嘉が舌打ちでもしそうな表情で男を見下ろしている。

　男がドアを広く開けてふたりを招き入れた。頭を下げて入る比嘉と新里が、こちらに視線を送ってきた。比嘉は男の軟派ぶりに苛立ちを隠せず険しい表情だが、当の新里は、手に抱えたシーツの布袋を抱え直すと、少し得意げに口角を上げていた。

「役者は新里の方が上だな」

　下地リネンは宜野湾に本店を置き、米軍基地やホテルにベッドシーツやタオルをリース契約で供給する。車体に記載のあった店名と電話番号ですぐに見つかった。

　このリネン店に新里を潜入させてサザンクロスの内部を内偵できないか。昨夜、玉城邸に集まった際に提案したのは、当初は玉城の商工会人脈でツテがあるかもしれないと踏んだからだったが、意外にも与那覇が口を開いた。

「その下地リネン店ってのは、下地照堅が社長やっとる会社ば？」

　真栄田が答える前に、与那覇は玉城邸の黒電話を回してどこかへ電話をかける。訛りの強い名護方言で談笑して、すぐに受話器を置く。

「やっぱり照堅さ。あいつは昔、泡瀬派で下っ端やっとったこともある奴さ。第二次抗争の頃に引っ張ったことがある」

「あきさびよ……まーた泡瀬派ね」

玉城の嘆きが居間に響く。

「残党はしぶとく生き残ってますよ。今はほぼ堅気ですが、足洗うときに世話してやったんです。さっそく明日からふたり行かせるように言いつけました」

「話が早いな」

思わず真栄田が感嘆の声を上げると、与那覇は不機嫌そうに眉間に皺を寄せる。

「まだ俺はボウズやさ。これくらいはせんと、給料に見合わん」

与那覇の言葉からは、以前のような棘は感じられなかった。彼との間にあったわだかまりが、この数日で急速にとけていくのは、奇妙な気分だった。

昨晩のやり取りを思い出していたが、ふと我に返る。今日の内偵を比嘉に任せたのは、別に調べたいことがあったからだ。

「さて、途中で擦らないように気を付けないとな」

左ハンドルの車を運転するのは二年ぶりだ。慎重に車を発進させる。

今日、五月二日の朝、五日前に東京を出航した海上自衛隊の輸送艦が、那覇軍港に到着した。

輸送されてきた五四〇億円もの現金を入れたコンテナは、米軍の憲兵（ＭＰ）と琉球警察による厳戒態勢の下で荷揚げされ、パトカーや装甲車からなる輸送車列で順次、日銀那覇支店に運ばれているはずだ。琉球警察も対策本部を立ち上げ、警備部以下、人員のほとんどをその警備に当てている。現金輸送の車列を取材しようと、琉球警察本部の記者クラブに出入りする本土の新聞記者やテレビ局中継班の数も増え、物々しさは刻一刻と増していた。

　その警察本部庁舎の目の前にある、琉球政府行政府ビルの正面玄関には「復帰まであと十三日」というカウントダウンの大看板が掲げられている。白亜のコンクリート造り四階建ての政府庁舎は、復帰後はそのまま沖縄県庁になり替わる予定だ。

　この行政府ビルでも、主に沖縄全土の官公庁や民間事業者の書類書き換えや資格更新などの手続きが繁忙期を迎えつつあった。庁内の事務職員や来訪者の混雑は、普段はひと気のない法務局土地調査庁の一角にも押し寄せていた。

　喧騒から少し離れた廊下にある応接室で、真栄田は目の前に積まれた帳簿を一枚ずつ手に取り、丁寧にしかし一定の速さを保ちながらめくり上げる。無関係だと判断した物はすぐにわきに寄せ、少しでも引っかかった物には、わら半紙を細く切った栞（しおり）に鉛筆で番号を書き込んで挟み、手元のノートに番号ごとに情報を書き写す。

　ノックの音がして、四十がらみの大柄な女性職員が別の帳簿を抱えて入ってきた。

「刑事さん、こちらがご要望の不動産登記です」

「ありがとうございます。そっちに積んであるのは法人登記、もう戻してもらって結構です。追加でこの法人登記とこの物件の建物登記、持ってきていただけますか？」

白紙のノートを千切って走り書きを手渡すと、積まれた帳簿を抱えた女性職員は小さく溜息をついて戻っていく。

土地調査庁に押しかけて延々と登記簿をめくるのは、昨日首里を訪れた後に続いて今日で二日目だ。女性職員はすでに何往復か使い走りをさせたからか、段々とうんざりした様子を隠さなくなってきた。それでも文句ひとつ言わないのは警察による捜査照会だからというだけではない。行政主席官房の知念官房長からじきじきに「詳細は明かせないが全力で捜査に協力するように」と釘を刺されているからだ。

口座照会が不正の流れを解き明かす風速計であれば、登記の洗い出しは企業の素顔を暴く身元確認だ。法人登記を見れば企業の代表取締役の氏名住所が記載されているし、不動産登記から土地所有者の所在も分かる。後ろ暗い行為に手を染め、表に出す情報に虚偽をちりばめている企業であっても、意外に登記では本来の情報を記載していることは多い。そこまで一般人は目を通さないし、公文書の虚偽不実記載や改竄(かいざん)は発覚した際に痛い腹を探られるリスクが大きすぎるからだ。

琉球警察本部の捜査二課時代にも登記の洗い出しをしなかったわけではないが、重要性を痛感したのは警視庁に出向してからだ。警視庁の二課捜査員は知能犯捜査に当たる際、登記だけでなく、官報の破産情報や民間調査会社のレポート、有価証券報告書、新聞雑誌の切り抜き、さらには紳士録や各種名簿などをかき集めて読み解いていた。そしてその端緒を基に張り込みや口座照会、聞き込みを行うことで、捜査の精度は大きく向上した。

——数字と書類が嘘をつくんじゃない、嘘をつくのはいつも人間だ
捜査二課時代の班長が時折口にしていた言葉だ。

今、与那覇はひたすらにコザの不良連中（あしばー）を当たっているはずだ。新里と比嘉は危険を顧みずにサザンクロスを内偵している。玉城は地元の有力者らとの丁々発止のやり取りで情報を集めているだろう。皆、足を使って刑事らしい捜査をしている。

刑事らしくないと言われようと、今の自分にできる捜査はこれだ。

「太一、陣中見舞いやさ」

外まわりが一段落したのか玉城が入ってきた。提げている油紙の袋のなかには、公設市場で買ってきた握り飯がふたつ入っていた。海苔で包まれた握り飯にかぶりつくと、スパム缶のポークと卵焼きの味が口のなかに広がる。

玉城が鞄から分厚いガリ版刷りの冊子を取り出した。

「頼まれていた那覇の特飲店組合の名簿ね。組合の連中、面倒事かと身構えていたが、こっちはいくつも貸しがあるさー、黙らせてきたわけ」

「助かりますよ」

「あと、やっぱり俺（わん）は普段通り登庁して正解だったさー。金曜の夜の幸勇さんの慌てぶりを見た連中が刑事部にいて、早速俺（わん）に何か知らんばー？ って聞いてきたさ」

「そりゃおやっさんは庁内随一の情報通ですからね。聞かれて当然かと」

「これでも俺が登庁してなかったら、うちが怪しまれてたかも知れんね」

「おやっさんは昔から本庁にいない方が多かったじゃないですか」

「はぁや、そうやったかな？」

玉城がとぼけながら机に置いた冊子には、那覇市内の地域別の特飲店があいうえお順に並んでいる。波上宮に近い辻の一帯に店を置く特飲店の名前が多い一方、首里地区は数えるほどだ。

堂々と無許可で営業する違法風俗店すらあるなかで、サザンクロスはAサインを取得した正規の特飲店として組合名簿に名をきちんと連ねていた。その記載を指で追う。

「やっぱりだ」

「やっぱり？」

「サザンクロスの名前はここにありましたが、法人登記も建物登記も土地登記も、全て別人なんですよ」

法人登記に記載のある代表取締役の名は宜野湾在住の糸数慶泰といい、電話帳で調べると宜野湾で糸数組という建設会社を営んでいた。政府庁舎内にある通商産業局や建設局に出向くと、糸数は他にもいくつか土建関係の企業を経営していることが分かった。建設業なら暴力団との関係はあるかもしれない。

特飲店組合名簿に載っている店主は神戸在住で、氏名も内地風の森口真と書いてある。法務局の出入管理庁に問い合わせると、森口は四年前から何度か沖縄への入境履歴があるものの、二年前を最後に神戸に戻ってからの入境記録は残されていない。沖縄での居住実態はないようだ。

さらに言えば、不動産登記では土地所有者は首里の仲間征雄（なかままさお）という個人名義だが、四年前に建てられた建物の所有者は那覇市内のニュー・ナハ・エステートという不動産会社だ。

土地所有者の住所地はサザンクロスの敷地の住所に置かれ、法務局の戸籍謄本では本籍地も同住所だ。ただ、この仲間征雄という男は昭和二十年の五月に亡くなっている。恐らく戦前のこの地の住人で、沖縄戦で亡くなったのだろう。沖縄戦では戸籍謄本や土地台帳などが消失し、戦後にゼロから作り直してきた経緯もある。こうして、すでに死んでいる元の住人の名前で再製されるという杜撰な手続きも珍しくない。

一方で四年前に建てられた建物を所有しているニュー・ナハ・エステートの法人登記も取り寄せたが、ここに記載されている代表取締役や役員らもただの堅気なのか暴力団関係者なのか、現時点では判然としない。

玉城にしては珍しく表情を曇らせていた。

「大収穫やさ。いや、大収穫すぎるか」

「手がかりがないよりはましですが……一体どれが本当の所有者で、今回の事件にどう関与しているのか、見当がつかないんです」

「ただなあ、人手も時間もかかるばー？　間に合わんさ」

知能犯捜査は内偵捜査が基本だ。犯罪の端緒を摑んでから、犯人に気づかれぬよう数か月や年単位で情報を収集して、逮捕時に証拠は出揃っているのが理想だ。事件を認知してから一気呵成(いっきかせい)に人海戦術で地当たり捜査を進める、殺人や強盗のような発生案件とは根本的に違う。

「潰せる所から潰しましょう。与那覇もひとりで不良(あしばー)を潰して回っていますし」

「しかしなあ……」

常に楽天的で、なんでも「やったらいいさ」と部下の背中を押してくれる玉城にしては、珍しく後ろ向きだった。飄々(ひょうひょう)としながらも、玉城にもそれなりの焦りがあるのかもしれない。事実、すべての可能性を潰している余裕はこちらにはない。

「新里と比嘉がなにかヒントを得てくるかもしれません。そこから辿るのも手かもしれませんね」

ちょうど、先程の女性職員が登記簿を抱えて戻ってきた。手に持っていた握り飯を平らげて登記簿を手に取ろうとすると、女性職員が「手を洗ってください」と渋い顔で苦言を呈してきた。

その日の夕方六時頃に玉城邸に向かうと、与那覇以外の三人が待ち構えていた。

「なかはもうすごかったです！」

新里が興奮気味に熱弁をふるう。

外からなかが見えない造りになっている二重扉を引くと、二十畳ほどの窓のない薄暗いエントランスが広がっているという。床一面に緋色の絨毯が敷き詰められ、部屋の中央にはビリヤード台。外壁同様の白い壁紙で囲まれ、左右には革張りの二人掛けのソファとガラス張りのテーブルが等間隔に置かれている。奥には小さいながらバーカウンターと丸椅子、そして二階へ上がる階段があり、空調で内部は快適な温度だったという。

「子供の頃にハロウィーンだか復活祭だかのお祝いで、基地のなかの将校用の社交場に連れてってもらったことがありましたけど、あんなでしたよ」

新里の興奮を横目に、比嘉は別の意味で嘆息していた。

「愛子さん、あそこのボーイにあっという間に気に入られちゃってましたよ。俺にはあんなの無理です」

「そりゃあ雄二さんはむすっとしてるもんだから、話しかけづらいですよ。あと、あの人はたぶん女好きですからね」

「そうかあ……」

強面の比嘉が小柄な新里にたじろいでいる様子は滑稽ですらあった。

「で、どんなことをそのボーイは言ってた?」

新里が顔を引き締める。

「はい、サザンクロスには特飲店組合名簿に載っている店長は顔を出さず、普段は古株のボーイが仕切っているらしいです。そして名義上の所有者とは別に、やはり表には出ないオーナーがいるようで、月に一度、銀行を通さずに売上金を納めるそうです。月の売り上げだけでも数万ドルになるのに、そんな大金をわざわざ毎月手渡ししているとか。そのボーイも運ばれたことがあるって言ってました」

三億円事件で東芝の工場従業員の給与が強奪されたことを契機に、近頃は給与も手渡しから口座振り込みに切り替わりつつある。数万ドルという売上金をオーナーに手渡しするという手間をかけるのには、よほどの事情があるはずだ。

「そのボーイは、オーナーを見たのか?」

「現金授受には毎回別人が来ていたようで、オーナー自身は足を運ぶことはないようです。ただ、どの代理人も、同じ赤いマスタングに乗ってくるので、誰が来ても分かるみたいです」

「マスタング? そりゃアメリカーの戦闘機やさ?」

「違いますよ玉城さん、フォードのスポーツカーですよ」

「オーナーの持ち物なら、通商産業局の陸運課に問い合わせれば所有者が割れるかもしれないな。オーナーやサザンクロスについて他に何か言っていたか」

今度は比嘉が身を乗り出してきた。

「サザンクロスは四年前に、オーナーが神戸からトルコ風呂の経営者を呼び寄せて作った店なんだそうです」

　トルコ風呂、いわゆる特殊浴場のことだ。組合名簿に載っていた神戸在住の内地人だろう。

「できた当時から、琉球政府のお偉いさんとか立法院議員とか内地の役人とか、すごい人らが出入りしてるって言ってましたよ。意外に教職員組合とか社大党（沖縄社会大衆党）なんかのお偉いさんも見たことあるって」

　また新里がボーイから得た情報を口にすると、比嘉が心なしか肩身狭そうに見えた。

「美人局にかかわった由紀恵という女の手がかりはあったか？」

　さすがにそこまで聞き出せないだろうと思っていたが、新里はよくぞ聞いてくれたとばかりに、少し胸を張って得意げに報告する。

「それがですね、どうやら四月末までは確かに在籍していたようです」

「聞き出せたのか？」

「由紀恵のことを知っているって言ったら、色々喋ってくれました。福岡出身で、父親の借金を抱えて内地からサザンクロスに流れてきたらしいんですけど、四月末に急に残額を全て店側に払って辞めたそうです」

「はぁや、そんなことまで聞き出したんか」

　玉城が口を開けて呆れていた。店番のボーイがよほど口が軽いのか、あるいは新里の引き出す能力が高いのか、確かに舌を巻かざるを得なかった。

「辞めるときに、店の前まで迎えに来た男がいて、草刈正雄似のすごく整った顔立ちだったんで、よく覚えているらしいです」

「草刈正雄？　そりゃ誰ばー？」

「え、知らないんですか玉城さん、内地で人気のモデルですよ」

首を傾げる玉城に新里が口を尖らせる。資生堂の男性用化粧品のＣＭに起用された若手男性モデルで、東京でテレビを見ていた妻の真弓が黄色い声を上げていたのを思い出す。

ふと、ノートに挟み込んでいる、宮里ギャングらの写真を取りだす。

「その色男っていうのは、もしかして宮里ギャングの知花ケンじゃないか？」

指さした写真を新里が覗きこみ、小さく頷く。

「確かに、知花は草刈正雄に似てますね……」

「はぁや、その女たらしのような顔の知花が、由紀恵を誑かして、美人局の片棒を担がせたんやあらんね？　それで金を摑ませたって寸法やさ」

玉城が感心したように溜息をつく。

「新里さんと比嘉くんのおかげで、オーナーも多少は絞り込みができそうだ。必要があればまた潜入を頼むかもしれないが、ひとまずはいいぞ」

比嘉は多少ホッとしたような表情で頷くが、新里は肩をすくめる。

「まだあのボーイから聞き出せます。今度お茶でもって誘われたんです」

「あきさびよ！　ガールハントか！　そのボーイ、叩（た）っくるさんね！」

「そんな大事（でーじ）じゃないですよ」

「俺（わん）は反対さ！　太一、どうするね？」

「やらせてください！」

　玉城の険しい表情に対し新里はケロッとしている。

「他に急いで取りかかる物もない。可能性があるなら、やらせてみても……」

　表で車のブレーキ音が響き、与那覇が興奮した面持ちで駆け込んで来た。

「宮里の目撃情報が上がった」

　二日着た切りのシャツは汗染みが色濃く滲んでいたが、抑制的な言葉の裏には一課刑事（デカ）の自負がみなぎっていた。

「沖縄から脱出する前の宮里には情婦がいた。コザの諸見里（もろみざと）地区で白人兵向けのAサインバーに勤めていた伊波正美（いばまさみ）という三十五歳の女で、今はコザの八重島（やえしま）で働いている。一時米兵と結婚したものの離婚、今は二歳の娘とふたり暮らしさ。付き合っていたのも一瞬だった上に、宮里が逃亡してから米兵と結婚したことで縁が切れたものとみていたらしい。この女の住むアパートの住民に聞き込みをしたら、一週間前の夜に不審な男が出入りして大声で話しているのを住民が目撃していた。写真を見せたら宮里で間違いなかった」

　襲撃があった夜の三日前だ。

「明日から雄二とふたりで張り込む」

「でも明日は、私と雄二さんで例のボーイに会いに行きます」

新里が口を挟むが、与那覇は首を振る。

「悪いがこっちが最優先やさ」

「新里さん、与那覇の言う通りだ。一番可能性の高い所を攻める」

「はぁや、これぱっかりは仕方ないさあ」

真栄田と玉城が追い打ちをかけると、新里は黙り込む。

「与那覇。君らふたりだけでなく俺とおやっさんもそちらをカバーすべきだ。背後関係はこの際一旦置いておこう」

「二課に張り込みなんかできるのか？」

与那覇がどこか挑発するように尋ねてくる。

「東京では政治家の家も張り込んだものだよ」

「警視庁仕込みのお手並み拝見やさ」

「あの、私は」

新里が身を乗り出してくる。

「新里さんは張り込みには参加せず、他のメンバーのサポートに入ってくれ」

すると新里が卓袱台に両手をどんと振り落とす。

「そんな、ここまで私も捜査に加わってきたのに、ここだけ仲間外れですか！」

「これは秘匿捜査やさ、愛子ちゃん。もし何かあったときに俺が親御さんに申し訳が立たんわけ。勘弁してくれんね」

「でも、サポートだなんて」

「新里、俺ら一課でもヒラは下働きさ。それを『だなんて』呼ばわりとはずいぶん偉くなったな？　不平垂れるならいつでも出て行っていいぞ」

与那覇が鋭く言い切る。

「これだから女はと言わせたいか」

新里はきっと与那覇を睨みつける。気まずい沈黙が流れ、比嘉がおろおろしながら両者に視線を巡らせる。

静寂を切り裂くように電話が鳴りだした。

受話器を取った玉城の表情が、相槌を打つうちに、次第に曇ってくる。がちゃんと受話器を置いた玉城が、溜息をついて項垂れた。

「俺も迂闊だったさ」

「何があったんですか？」

「海兵隊ＣＩＤ（犯罪捜査局）から直接、対策室の捜査員を至急寄越すように言われたらしい。『カービン銃の件で話を聞きたい』とのことやさ」

「何だって」

米軍に隠し通してきたはずなのに、なぜ彼らが事件について把握しているんだ。

「たぶん、鑑識にインフォーマーがおったんやあらんね。どこまでかはわからんけど、俺ら（わったー）の情報が向こうに漏れている」

インフォーマーとは、米軍捜査機関に情報提供する沖縄人のことだ。政財官界からマスコミ、教員や学生、果ては左派反米活動家まで多岐にわたると見られ、琉球警察でも多くの警官がインフォーマーとなっているのは半ば公然の事実だ。

米軍捜査機関は、アメリカの警察と同じように、情報提供に報酬を支払う。琉球警察もその影響で、私服刑事に支給される私服手当を情報提供料に回すことが多いが、月々高々二ドルだ。恐らく米軍側は桁違いの額をバラまいているに違いない。彼らに入る情報はいつも琉球警察を圧倒していた。

「それよりも……」と与那覇が顔を曇らせる。

「この事件、連中が裏で糸を引いているってのは考えられんか？」

「はぁや？　清徳、そんな馬鹿なことが」

「あり得ないと本当に言い切れますか、玉城さん。この沖縄（うちなー）で、アメリカーにできないことなんてないんですよ」

その場の全員が与那覇の言葉に反論できなかった。

米軍は、太平洋の要石（キーストーン）と言われるこの島の支配を盤石にするために、現にこれまで何でもやってきた。基地用地を確保するために「銃剣とブルドーザー」と呼ばれる強権をもって一晩で村の田畑を接収したし、米兵による女性暴行や交通事故を隠蔽しようとするなど、日常茶飯事だ。そうして反米感情が高まり、那覇市長に反米派の大物の瀬長亀次郎が当選すると、市の資金凍結や布令による被選挙権剝奪で彼を追い落とした。毒ガス兵器を秘密裏に管理していたのが発覚したのもつい三年前の話だ。

内地ではありえない、と一蹴されるような無茶が何度も何度もまかり通ったこの島で、与那覇の言葉を否定できる根拠など、どこにもなかった。

「もしそうなら……出向いていった者が拷問されてもおかしくないさ……」

「しかし、誰も行かんわけにもいかんでしょう。呼びだしてきたのは誰ですか？」

「太一は知っとるばー？　あの二世のイケザワ大尉ね」

先日会ったときの顔を思い出す。この先は仕事を一緒にすることは減ると残念がっていたが、早速機会が訪れたというわけだ。

「それなら俺が行くのが話が早いでしょう。新里さん、ライカムにやってくれ」

新里が緊張した面持ちで頷き、黙って立ち上がる。

続いて車に向かう前に、鞄のなかからノートを取り出して卓袱台に置いた。

「あまり手荒なことはされないとは思いますが、念のために置いていきます」

「太一……頼むさ」

玉城が苦渋の表情を浮かべた。

ＣＩＤ本部があるライカム（Ryukyu Command Headquarters）、在琉球米軍司令部は中頭郡北中城村に置かれている。軍道一号線を北上すると、反対車線では那覇目指してコザなどから南下する、仕事を終えた米兵らの車列が渋滞を起こしている。

運転席の新里はずっと黙っている。彼女にとっては、サザンクロスは自分の「ヤマ」も同然で、それを止められたくないという一心なのだろう。

「与那覇に邪魔されたと思っているかい？」

新里は硬い表情で前を向いたまま暫く黙っていたが、拗ねたような口ぶりで、

「思って……ます。だって、サザンクロスに確実に宮里らが出入りしていたのは分かっているんです。それならそこから辿るのが確実で」

「本当にそう思っているかい？」

新里は言い返そうと口を動かすが言葉が出てこない。

与那覇の判断は間違っていない。美人局の舞台となったサザンクロスの経営者を探るのはあくまで背後関係の解明であって、実行犯の宮里の足取りが摑めるならそちらを最優先すべきだ。新里自身がそれを分かっていて、納得できないでいるのだ。

「君なりに役に立ちたいという思いがあるのは十分分かっている。だけど、捜査は水物だ。その場、その場で最適な方法を探るほかない」

「じゃあ、サザンクロスに潜入捜査したのは無駄足だったってことですか……？」

「何が無駄足になるか、最後まで分からない。君がもしその線を追いたいというのな

ら、僕は止めない。無論、チームとして与えられた任務を果たしながら、だけどね」

「いいんですか？」

「捜査員は自分のカンを大事にすべきだよ」

新里が小さな溜息を漏らす。

「真栄田さんは、私を捜査員だって認めてくれるんですね」

「玉城さんや与那覇も認めているはずだよ」

「与那覇さんが？」

「あいつが君に対して怒ったのは、同じチームとしての役割を軽んじたことに対してだよ。君をはなから相手にしていなかったなら、もっと適当な理由で宥めただろうに、正面から叱りつけたのは君を認めたということだよ」

もし与那覇があの場で言わなければ、そして新里が捜査員を目指しているのが本気であればあるほど、遅かれ早かれ自分も同様のことを言い聞かせる必要があっただろう。無論、あそこまで真正面から言わないかもしれないが。

「与那覇さんのこと、分かるんですか？」

「そりゃあ……」

続く理由を自分のなかで探しながら、内心驚いてもいた。彼とは十年以上面識がありながらも、これまで交わることも、まして互いを信頼し理解することなどなかった。それがこの数日、与那覇が自分をどう思ってきたかを知り、また自分の捜査をどう評価したかを見ただけなのに、なぜここまで確信を持って言えるのだろうか。

その答えは、考える前に口から出ていた。

「刑事というのは、そういうもんだからだよ」

言ってから、自分でも妙に腑に落ちた。そうだ、刑事とは単純な生き物だ。

「刑事ってのは、捜査のために全てを捧げる人種だからさ」

「そうなんですか?」

「そうさ」

新里が微かに笑みを浮かべる。

「刑事という意味では、イケザワ大尉もそれくらい分かりやすければ助かるがね」

白亜の二階建ての庁舎が並ぶ、広大なライカムの敷地が見えてきた。ゲートで衛兵に身分証明書を見せてなかに入ると、そこはすでに「アメリカ」だ。

「イケザワさんって日系なんですよね。私たち沖縄人(うちなんちゅ)にも同情的なんじゃないですか」

「そう単純じゃない。日系だからこそ、日本や沖縄にべったりと取られないよう厳しい姿勢を見せる日系は少なくない。イケザワ大尉は分からないけど、少なくとも彼は生粋の米軍人だよ」

「生粋の、ですか?」

「彼はベトナム傷痍(しょうい)軍人だ」

イケザワは、スポーツマンのような爽やかさがあり、どこにでもいる普通の青年に見えるが、華々しい軍歴を背負っている。士官学校から海兵隊に入隊し、ベトナムでは前線勤務が長かった。ベトコンとの銃撃戦で足を負傷して沖縄の軍病院に送られ、そのまま沖縄のCIDに配属されたと、二年前の着任時に自己紹介していた。

「日系人であっても、彼が守るのはアメリカの国益だ。さてどう出てくるか」

ライカムの本部庁舎の車寄せに停車する。米兵は終業時間を迎えるとすっぱり仕事を終えるので、那覇の官庁街が煌々と電気を点けているのとは対照的に静まり返っている。そのなかでも二階だけが明かりを灯しているのは、米軍の捜査機関として二十四時間稼働している憲兵隊やCIDが入居するブースがあるからだ。

「僕だけで行く。君はここで待っていてくれ。一時間経っても戻らなければ玉城さんの家に戻ってくれ」

言いながら助手席から降りると、新里も続いて車を出た。

「私も行きます。いざというときに女がいれば表立って手荒なことはしないかと」

新里の考え抜いた末の決意だろう。強い眼差しで見つめてきた。

「そうか。じゃあお言葉に甘えよう。いざとなれば君だけでも帰れ。いいな」

「そうならないよう祈っておきます」

当直の捜査員に用向きを伝えると、個人の執務室に通される。

「やあ、お待ちしていました、マエダさん。夜分遅くにご足労いただき恐縮です。まさかこんなにすぐお会いできるとは」

　先日の礼服とは異なる、ラフな略服姿のイケザワは、コーヒーの入ったマグカップをふたつ応接机に置き、椅子を勧めてきた。新里の椅子を当たり前のように引く姿に、新里は目を白黒させた。レディファーストというやつか。

「そちらこそ、勤務時間外ではないんですか？」

「我々捜査員(インベスティゲイター)は常在戦場です。それこそ、日本のモーレツ社員という文化を、我々は見習うべきです」

　イケザワが自身の椅子に浅く腰掛けて脚を組み、さっそく機先を制してきた。

「さて、本題に入りましょう。マエダさんは、今は捜査二課ではなく本土復帰特別対策室という部署にいるんですね。その対策室が、我が軍のカービン銃について調べているというのは、どういうわけでしょうか。私どもはそんな事件は聞いていません」

「隠すつもりはありませんが、今は捜査の途中でお話しできることもなかったので」

「我が軍に照会してくれればすぐにお教えしました。どのような事件なのですか」

「乗り捨てられていた車の近くに銃弾が残っていたのです。そちらから盗み出した銃を用いた暴力団事犯の可能性もあると見ています」

　イケザワのインフォーマーがどこの何者なのか、どこまで掴んでいるのか分からない今、下手に嘘をついてあとで矛盾を突かれるのは下策だ。出せる情報を慎重に選ぶ。隣の新里は緊張して喉が渇いたのか、コーヒーに口をつける。

「なるほど、しかし私の知っている情報では、その車というのは琉球銀行のものではないですか？」

新里がむせるのを見て、イケザワがにっこりと目を細めた。

「チャーミングなお嬢さんですね」

「若手ですが、うちの優秀な捜査員です」

「捜査員ならもう少し、ポーカーフェイスを覚えた方がいい」

イケザワが机上で手を組み、穏やかな笑みをたたえたまま顎を載せる。インフォーマーは鑑識か、あるいはレッカーを頼んだ交通部にいたのか、はたまた両方か。

「回りくどいのは苦手です。あなたがたが琉球銀行を捜査しているとの情報を摑んでいます。銀行の関わる何かしらの不祥事——おおかた横領でしょうか、犯罪行為に我が軍の銃が流用されているとすれば、我が軍の規律維持の観点からも問題です」

思わず、小さく溜息をついた。彼らＣＩＤはこの事件の本当のところを摑んでいない。米軍から流出したカービン銃を用いた強盗事件と琉銀の何かしらの不祥事が絡んでいる、程度にしか捉えていない。

だが、ホッとしたのも束の間だった。

「我々としても本腰を入れて捜査をしたいと考えているので、合同捜査本部をここへ置く準備をお願いします」

「ちょっと待ってください。そうだとしてもそれは我々琉球警察の事件では」

「琉球警察の事件であれば、それは我々の事件でもあります」

琉球警察は、米軍の治安維持を補助する役割を与えられた組織でもある。普段は他の県警と変わらぬ警察業務を行うが、軍民共同警邏として憲兵と市中を見回ることも多いし、米軍関係者への訴追が必要となる渉外事件では米軍捜査機関との合同捜査本部がライカムに置かれて、通訳を交えながら共同で捜査に当たる。

付き合いが深くなると、CID捜査員のホームパーティーに招かれてバーベキューのご相伴に与ったり、親善野球大会を基地内の野球場で行ったりしたこともある。彼ら個人は非常に気持ちのいい人間が多く、下手に上司と飲むよりもよほど気心も通じるものがあった。

だが、あの敗戦以来二十七年、本質は変わらない。

彼らがこの地の支配者であり、我々はその使用人だ。

彼らとの親善は、ある日突然、彼らの都合によって簡単に覆される。

「我々米軍と琉球警察（リューキューポリス）、いや琉球の住民は二十数年、非常によい関係を築きました。近年、我が国を嫌う左翼分子の影響で琉球全土に反米感情が広まっている点は残念でなりませんが、これは我々米軍側の規律の問題も大いにあると私は懸念しています」

イケザワは、自分の机に置かれていたコーヒーカップを静かに口に運ぶ。

「ベトナム（ナム）で数年続く戦争のせいで、我が軍は弛緩しきっています。兵士にはドラッグが蔓延し、欲望のままに女性に暴行を働き、基地から武器がギャングどもに横流しされる。その姿がナムでもナハでも住民に嫌悪され、一層の離反を招くのです」

彼の現状認識はまったく間違っていない。この十年、渉外事件が質量ともに悪化の一途を辿っていることは、警察の集計する認知件数が示している。

「ここも我が合衆国の世界戦略の最前線であることに変わりはありません。MPとして、特にCIDとして、我が軍と友好国の住民の間に立って、規律を守らせることこそが私の使命です。私の思いは琉球警察の諸君の願いと一致するところだと確信しています」

事件を解決したいという捜査員魂は、琉米で変わりはしない。目の前のイケザワの目にも、CIDの捜査員としての真摯さが籠っている。

それでも、彼は捜査員であると同時に米軍の一員で、アメリカ合衆国の代弁者だ。

「イケザワ大尉。我々の捜査にご協力いただけるという申し出は大変ありがたいのですが、合同捜査本部の設置は必要ないと判断します」

イケザワの目元がわずかに狭まる。新里が身体を強張らせるのが横目に窺えた。

「どういうことですか」

「二週間後に日本への復帰を控え、この事件は恐らく沖縄県警察の案件として引き継ぐことになるでしょう。そうなると琉米合同捜査を一旦解散した上で改めて日米の渉外事件にする必要が出ます。その直前に駆け込み的に合同捜査を実施するよりは、様子を見た方が良いと思うのです。合同捜査本部を立ち上げるのはそのあとでも遅くはないです」

いかにも役所のロジックだが、軍人といえど役人には変わりない。書類手続きに従わないでよいという道理はないし、米軍は下手な日本の官庁よりよほど厳格だ。

二週間の時間稼ぎさえすればよい。稼げなければ何もかもがご破算になるのだから。

「なるほどその説明は分からないでもない。しかし、事件捜査に手続き論を持ち込むのは愚策です。フレキシブルに対応すべきでしょう」

「通常なら私もその通りだと思います。しかしこれは高度な外交事案が関わります。戦後の一大転換点にあっては、我々も慎重に行動しすぎて損はないと考えます」

イケザワがカップを、やや乱暴に音を立ててソーサーに置いた。

「マエダ警部補。あなたは反米主義者か左翼分子ですか？」

「いえ。突然どうしたのですか」

「まるでサボタージュだ。私も琉球警察との付き合いは長い。警察の捜査官が書類をとやかく言うタイプではないことはよく知っている。そうなると私に対して隠し事をしようとしているのは明らかだ」

イケザワの声色が硬くなる。それまで保ってきた薄皮一枚の「建前」を脱ぎ捨てようとしている。

「この島で我々の有する権限をもってすれば、警察本部に抗議を申し立てるまでもなく、私のボスに伝えた上で君たちの捜査権をこちらで剝奪することもできるのだ」

占領初期の、もっと彼らが支配者然としていた頃なら、拳銃を持ち出して突きつけてくるような将校もいたと聞く。それから比べると随分イケザワは自制的だろう。事実、彼らは自制せざるを得ないのだ。二十七年で、この島と米軍を取り巻く環境はまったく変わったのだから。

「イケザワ大尉。我々はもう、アメリカという二十七年間の庇護者から離れるときなんです。今までのようにアメリカに何もかも決めてもらうわけにはいかない。我々自身が決めなければならないのです。アメリカさんからはこれまで色々と教わったし、それは感謝しています。ですが独り立ちしなければならないんです」

イケザワは皮肉げに口元を歪めた。

「独り立ちと言いながら、日本も結局は合衆国の庇護下にあるも同然だ。そもそも君ら琉球は、その権利を戦って勝ち取ったのか？　合衆国は独立戦争以来、常に戦って権利を勝ち取ってきた。我々日系人も、父や伯父たちが命を懸けて戦い、信頼を勝ち得た。だから私もアメリカ市民の責務を果たすべく、軍に身を投じた。君らはあまりに虫が良すぎるのではないか」

彼の父親世代は太平洋戦争で日系人部隊に身を投じたのだろう。日系人部隊は、敵性外国人として迫害された日系人の名誉回復のため、文字通り死に物狂いで戦ったとされる。その子供世代からすれば、戦争に身を投じない今の日本人や沖縄人は、さぞ惰弱に見えただろう。

だが、

「イケザワ大尉。我々沖縄も二十七年、戦ってきました。それは戦争に赴く形の戦いではなく、日々の生活を営み、社会を立て直していくという戦いです。勝者には見えないでしょうが、これが敗者の、決して楽ではない戦いです」

父親は毎日教壇に立ち、母は自分を育てながら漁や畑に出た。鉄の暴風雨に晒されて焦土と化した沖縄本島、そして自分の故郷の石垣島も、本土から切り離されたゼロ以下からの再出発で、ここまで復興した。

「そうやって戦ってきたこの二十七年で、何も変わらなかったでしょうか。日本も沖縄も、確実に変わりました。その流れを止めることができないことは、あなたもお分かりのはずだ」

島ぐるみ闘争、復帰協（沖縄県祖国復帰協議会）結成、キャラウェイ旋風への反発、そしてコザ騒乱を経て、沖縄はアメリカに物を申すようになり、いくつかの権利を勝ち取り、民意は確実にアメリカから離反した。占領初期にはあり得なかった光景だ。

「我々はあなたがたを突然放り出すつもりはありません。これまで隣人であったたし、この先もそうでしょう。だが変わらなければならないのです。そこをご理解ください」

そこまで言い切って、急に喉の渇きを覚えた。冷めたコーヒーを流し込むように飲む。その様子をイケザワが目を細めて見つめていることに気づいた。

イケザワが、ふふ、と笑った。

「マエダ警部補。あなたは面白い人だ。叩き上げの捜査員は目の前の現実だけを追いかけている人種だと思っていたが、どうもあなたはもう少し遠くを見ているようだ」

確かに、自分は厳密には叩き上げの捜査員とは言えない。本土の大学から入庁し、数年でまた本土に派遣されたのだから、現場捜査で言えば与那覇に及ぶべくもないかもしれない。

「あなたの言う独り立ち、それがどんなものか、お手並み拝見してみたいと思いました。合同捜査本部の立ち上げは一旦棚上げしましょう。捜査協力も惜しみません」

ただし、とイケザワは付け加える。

「条件がある。合衆国軍人ではなく、ひとりの捜査員として質問する。これは私とあなたの個人的な信義に基づく質疑だから、あなたにも一個人として答えてほしい。もし少しでも嘘を感じ取ったら、私はその瞬間に軍人として行動する」

「分かりました」

「まず、君らの捜査は我が軍の不祥事案件か」

「現時点ではあらゆる可能性を視野に入れている、とだけ」

「次に、その捜査は日米の外交案件に関わることか」

「……」

「最後に、君らは事件を隠蔽しようとしているか」

「NO。琉球警察として、必ず解決に導く必要があります」

三つの質疑応答を終え、執務室は静まり返った。遠くから嘉手納基地を夜間発進したらしきジェット機の轟音が響いてくる。

もしイケザワがこれを上層部に報告してしまえば、情報はライカム全体に漏れ伝わってしまう。そうすると今までの秘密捜査が水の泡だ。

だが、目の前の男に賭ける価値はあったと確信しているし、そのほかの選択肢はなかった。

イケザワは穏やかに頷いた。

「マエダ警部補の捜査員としての信念はよく分かりました。今日は琉球警察の優秀な捜査員と個人的な意見交換をした、とだけボスには伝えておきます」

思わず溜息が漏れ出た。イケザワは立ち上がる。

右手を伸ばしてきた。

「君らがこの先、対等な捜査パートナーたりうるか、見極めさせてもらいます」

「期待に沿えるよう、全力を尽くします」

腰を浮かせたまま自分の右手を伸ばし、イケザワと握手する。


顔をふっと風が撫でる。だが心地よさなどはまったくなかった。

「臭っせぇ」

誰かが吐き捨てる声が聞こえた。真栄田がうっすらと目を開けると、まず真っ暗闇の四畳間の天井が目に入る。上体を起こすと微かに開かれた窓から風が吹き込み、肥料のような悪臭が室内に充満している。

養鶏場から糞の悪臭が届くほど近くの、古びたアパートの一室を不動産業者から借りて、宮里のかつての情婦だった伊波正美の行動を追って今日で三日目になる。比嘉と与那覇、そして玉城にも時折応援を頼んで、交代で見張るが、宮里は一向に姿を見せない。

窓の合間から双眼鏡を覗き込む、アロハシャツ姿の与那覇が気付いて振り返る。

「今、何時だ」

「十時半やさ」

与那覇が腕時計に目を凝らす。

「交代しよう。動きはあったか」

「店を開けてからまだ客は四人だけね」

与那覇と位置を交代し、双眼鏡を受け取る。途切れがちなネオンと街灯が申し訳程度に照らす道筋は、表通りに面したゲートこそ立派だが、金曜日の夜にもかかわらず人通りは少ない。すすけた看板を掲げる小さなバーやチョンの間がポツポツと並ぶ。

遥か向こうのゲート通りは、戦地から帰還して休暇を控えた米兵たちの喧騒が最高潮に達している。その賑わいがここまで届く。

　コザの繁華街は、嘉手納基地の第二ゲートから南東に延びるゲート通りと政府道二十四号線が交わる胡屋十字路にかけては、白人兵向けの高級バーやショーパブのネオンが妖しく光る。繁華街は二十四号線に沿うように広がり、周辺にはセンター通りや中の町、諸見里といった街区に飲食店や映画館、連れ込み宿が充実している。一方、黒人兵は白人兵と交わらぬよう、二十四号線を北上した照屋のコザ十字路周辺に集うようになった。

　伊波正美はそのいずれでもなく、基地ゲートから外れた八重島特飲街の寂れたバー「カリホルニヤ」で雇われママをしていた。八重島は嘉手納基地の建設直後に婦女暴行を防ぐ目的で設置され、朝鮮戦争の頃に最盛期を迎えた赤線地帯——即ち売春地区だ。米軍によるAサイン認定制度が普及すると、コザ中心街からの交通の便の悪さもあり急速に衰退した。潰れたキャバレーが、今では養鶏場に改修され、より一層場末感を掻き立てる。

「真栄田、今日はこどもの日だったか」

「五月五日……だから、そうだな」

　五月三日は憲法記念日、五日はこどもの日と、ゴールデンウイークに当たる。本土の法律、まして日本国憲法の庇護の下から外れている沖縄が、憲法の何を祝うというのか——そんな皮肉めいた議論も、今年限りだろう。

「こどもの日だってのに、こんな遅くまで娘を連れ回すなんて、所轄の保安課に通報してやってもいいくらいだ」

正美はコザ十字路から南西に三キロほど離れた、諸見里のアパートに娘とふたりで暮らしている。昼過ぎに起きると家事を一通りこなし、十五時頃に家を出ると自転車の荷台に娘を乗せて十五分ほどかけて八重島へ通う。夕方五時から深夜二時まで店を開き、未明の三時頃に寝ている娘を負ぶって自転車に乗って連れ帰っている。

「正美は両親はいるのか？　いるなら預けろと言いたいところだな」

「勝連半島の南の、平敷屋の出身で、父親は数年前に亡くなって母親が健在だ。だが地元の駐在に聞いたところ、十年は絶縁状態だと」

「何かあったのか」

「中学を出てコザのAサインで働いたこと、加えてアメリカーと結婚したのが決定打だと。正美の家は、彼女以外の兄弟は皆沖縄戦で死んだそうやさ」

本島の激戦区では、一家全滅すらよく耳にする話だ。正美の家は彼女が生き延びただけでも幸いだったのだろう。そのただひとりの娘が米兵相手の水商売の女となり、まして米兵との子を生んだことを、正美の両親がどう受け止めたか、想像に難くない。

刑事ふたりの暇つぶし談義になるくらい、この島ではよくある不幸な話だ。

「そうまでして水商売を続けてるってのに、閑古鳥だな」

「こんな臭い場末だしな」

「ここで酒飲んだり、まして女を買う物好きがいるんかね」

「年増好み、あるいは安さを求めてってところか」

「俺には一生分からん趣味やさ」

この日、初めて与那覇とふたりきりになった。これまでは比嘉か玉城が必ずいたが、比嘉は買い出しに出ている。

恐らく西銘を自供させた一件を経て、与那覇の真栄田に対する反応は、以前ほどの敵愾心を剝き出しにした態度ではなくなった。だが、今も与那覇が自分をどう思っているのかよく分からない節がある。探り探り、他愛もない会話を続けている。

「年増好みは俺も分からん」

「真栄田はモテるからな、そりゃ分からんさ」

畳に寝転んだ与那覇が妙なことを言うものだから、思わず「なんだそりゃ？」と与那覇の方を振り向くと、与那覇はニヤニヤと笑いながら指さしてきた。

「新里愛子にずいぶん懐かれているさ」

「そりゃ、あんな窓際部署に俺とおやっさんと新里さんの三人じゃ、仲良くもなる」

「それだけじゃない。俺や比嘉みたいな沖縄のイモと違って、東京のシャレた雰囲気があるんさ。だからお前の言うことにはよく従う。あのじゃじゃ馬、裏でこそこそ何してるか知らんが、やることはやっとるば？」

新里は、日中は対策室の通常の書類業務を一手に引き受け、夜になると張り込みチームに食べ物を差し入れてサポートに回りつつ、時間を見つけてサザンクロスのボーイに会っているようだ。

与那覇がそれに気づいていることに、わずかながら驚いた。

「まぁな。怒らないのか」

「やることやってるなら、それでいいが、お前は女に甘いわけ」

「そんなことないさ。比嘉でも同じようにやらせたつもりだよ」

「その調子であの正美も口説き落とせや」

「勘弁してくれ。俺は身重の嫁さんがいるんだ」

「はぁや、お前結婚してたのか」

与那覇が初めて驚いた表情を見せた。

「東京にいる間に、向こうで嫁さん貰ったんだ」

「内地の女か。だからますます内地面になったんやさ」

与那覇の内地面呼ばわりに、以前のような刺々しさはない。

「お前はどうなんだ」

「俺は結婚せん。どうせ長続きせん」

刑事、特にいつ何時呼び出されるか分からない激務の強行犯係は、家庭を犠牲にして捜査に当たる者が少なくない。与那覇の仕事ぶりはかつて一年だけ、一課と二課が分かれる前の本部捜査課時代に同じ部署に在籍したときに見たが、ひとたび事件が起きると何日だろうと捜査本部に泊まり込んで現場に張り付いていられる男だ。

「独身主義か」

「そんな大層なもんじゃない」

与那覇の声が微かに沈んだ。

「五～六年前になるが、嘉手納署にいた頃に、中学校の教師と付き合ってたんさ」

「初耳だな、どんな相手だったんだ」

「補導した中坊を引き取りにきた縁で知り合ったんだが、気性の激しい女で警察にも不良（あしばー）にも物怖じしない女さ。俺（わー）もこういう気性やさ。似た者同士で相性は悪くなかったし、こいつと所帯を持ってもいいかと思ったが……」

寝転がった与那覇は、天井の一点を見つめている。

「教公二法のとき、嘉手納署から立法院警備に駆り出されたら、デモ隊側に女がいた」

教公二法とは、教職員の争議の制限を定める地方教育区公務員法と教育公務員特例法の二法案のことだ。復帰運動を主導してきた教職員会の力を弱めるものだとして、一九六七年（昭和四十二）二月、琉球政府の立法院に法案が送られると激しい抵抗に遭った。

あの日、琉球警察は本部や所轄など全土から人員を集めて警備に当たった。本部捜査課に在籍していた真栄田も、機動隊の出動服を身に纏って警備に当たったが、デモ隊は規制線を突破して立法院に流れ込み、遂に法案は廃案になった。

「デモ隊をごぼう抜きにしようとしたら、目の前にいて、すごい目で睨まれた。そのとき、身体が固まって、その隙を突かれて逆にデモ隊にごぼう抜きされた」

あの日の警備に当たった警官隊には、妻がデモ隊にいた者や、小学校時代の恩師に「君をそんな風に育てた覚えはない」と非難されて心が折れた者など、枚挙にいとまがない。

「それでダメになったか」

「ま、ちょうど四月から本部勤めになったしな、キリは良かったさ」

与那覇は自嘲するように鼻で笑う。

「ただまぁ、自分が何を守っているのか、分からんようになった」

立法院をデモ隊から守れなかったことで、琉球警察の威信は傷ついた。親類縁者や知人からも裏切り者扱いされることに耐え切れず、退職する者も相次いだ。

沖縄の地で法と治安を守ることは、アメリカーや日本(やまとう)を守ることであって、沖縄人(うちなんちゅ)を守ることにはならないのではないか。では、琉球警察とは何のための警察なのか。

この島で桜の徽章を掲げる全ての者が、一度は抱いたはずの問いに、与那覇は与那覇なりにぶつかり、そして乗り越えてきたはずだ。

「なあ与那覇」

「なにさ」

「お前は……なんで警察に入ったんだ」

「はぁや？　何を青臭いことを」

「いいじゃないか。こういうときじゃないと聞けやしない」

「……そうだな」

　一拍置いて、淡々と与那覇は語りだす。

「戦争のとき、母親(おかー)に手を引かれて村の者(むん)と一緒に本島南部まで逃げるときに、村の駐在(じゅんさー)が守ってくれたんさ」

　琉球警察の前身でもある沖縄県警察部は、あの地上戦のさなか、本島南部を彷徨った県民の保護に奔走した。今も酒の席でその当時の苦難を、涙ながらに語るベテランは多い。

「村を米軍(アメリカー)の爆撃でやられて、身ひとつで軍隊に引っ付いて行って南部に逃げて、挙句に軍隊に洞窟(ガマ)を追い出された。誰も自分のことで手一杯のなかで、母親(おかー)以外の大人で、駐在だけが四歳の俺(わー)を励ましてくれた。親父(おとー)が兵隊に取られていたからな、なおさらに力強く思えたさ」

「その駐在は？」

「死んだ。捕虜収容所に収容された後に、日本(やまとう)の兵隊の襲撃があったときに殺されたらしい」

　沖縄戦の組織的戦闘の終結は一九四五年（昭和二十）六月二十三日とされる。ただ、それは現地軍司令官の牛島満中将が自決した日で、最終的な降伏調印は九月七日に入ってからだ。その間の二か月半、ゲリラと化した日本軍の残存部隊が住民の捕虜収容所を襲撃する事件も、各地で相次いだ。

「俺は日本もアメリカーも信じない。だけどあの駐在だけは信じられた。だから、駐在の代わりに俺が、島の者を守ると決めたんさ」

　与那覇の言葉は真っ直ぐだ。戦世の地獄を四歳にして目撃し、その後の本島の苦難を目の当たりにしてきたからこそ湧き上がる怒りと正義感が、自らの歩んでいる道に嘘偽りなく直結している。

　同じ「沖縄」でありながら、与那覇の見てきたものを、自分はほとんど経験することもなかった。石垣島であの地上戦を直接経験せず、本島には一時いただけで長い期間本土へ渡って、同じ怒りや悲しみを共有することもなかった。

　その言葉にならない違和感が、与那覇にとって自分に対する不信感に繋がっていたと、今では納得ができる。

「お前は何を守りたいんだ？」

　振り向くと、与那覇の目は、真っ直ぐこちらを射すくめてきた。

　同じような質問を新里に投げかけられたときは、建前で何とか逃げ切った。本当の動機を言ってしまえば、失望されるかも知れないという恐れもあった。

　だが、この男の前で今、逃げてはいけないという直感があった。

「俺には、この沖縄に、守りたいものなんてなかったよ」

——こんな島にいることはないんだ

父が泡盛で酔うとよく口にしていた言葉だ。そうなると母はうんざりという顔で居間を離れ、横顔に多少の憐憫を滲ませて台所に立った。

その言葉は、子供である自分ではなく、父自身に向けたものでもあった。

父は厳密に言えば本島出身でもなかった。恩納村から祖父が飛び出して小間物商を始めた台湾の高雄で生まれ育ち、台北の師範学校に進学した。

——三線道路を油条食べながら歩いたもんだ

那覇よりも近代化された台北で青春をすごした父にとって、沖縄よりも内地や台湾の方が親しみが持て、沖縄弁よりも標準語と台湾語の方が流暢だった。機嫌が良いときの父は決まって「月夜愁」「望春風」といった台湾歌謡を歌った。

台北で教職に就いて骨をうずめたいという父の夢は、祖父の商売が傾いて家族で沖縄へ戻ったことで打ち砕かれた。失意のうちに沖縄県で教職に就いた父は、本島より簡単に台北に行き来できた石垣島への赴任を希望し叶ったが、戦争激化で台湾への渡航が難しくなった。そして戦後は台湾との間には国境線が引かれ、何より沖縄自体が米軍占領下に留め置かれた。

日本からも台湾からも切り離された最果ての島で、父は所帯を持ち、そして自分が生まれていたことで逃れる術をなくした。その父の鬱屈は、島の人間にも薄々気づかれていたし、何より自分が痛いほど思い知らされていた。

――爬龍船(はーりー)も漕(こ)がん男が門中とは情けない

五歳だったとき、旧盆(そーろん)で親族一同が集まった母方の本家で、当主が聞こえよがしに口にした。航海の安全や豊漁を祈願する神事で、集落の男が爬龍船と呼ばれる船を漕ぐが、父が仕事を理由に断ったことで、親族一同から総すかんを食らったのだ。父は部屋の隅で聞こえないふりをして泡盛を飲んでいた。

教員としてそれなりの社会的地位を得ていた。職務に対して真摯だったし、定年を迎えるまで教壇に立たなかった日はない。だが地域や親族からは「身内」でないと蔑まれた父が、言い訳をしながら酒に逃げていた背中は、ひたすらに情けなかった。

そしてその情けない男の息子として、狭い島中で後ろ指を指される人生――中学に上がる頃にその可能性に気づいたときに自分が選んだのは、皮肉にも父の言葉通り島を出ていくことだった。

八重山人(やいまんちゅ)になり切れなかった自分が、沖縄人(うちなんちゅ)になるために本島の高校に進学すると、今度は沖縄人(うちなんちゅ)ではないと突きつけられた。沖縄よりも広い世界であればと思って東京の大学を目指すと、同じ日本人として扱われなかった。

石垣島にも、沖縄にも、そして日本にも、自分が本当にそこにいるという実感が持てず、ましてそれを守るという気持ちを抱けたことは、一度もなかった。

「だから与那覇、俺はお前が羨ましいんだ」

本心を打ち明けたことで、与那覇が激怒するかもしれないとも思っていたが、与那覇は静かに問うてくる。

「じゃあ、何でお前（やー）は警察になった？」

「それは――」

扉を三度、ノックする音が響く。

「お疲れ様です。陣中見舞いです」

自転車で買い出しから戻ってきた比嘉が、手にコーラの瓶を三本提げて入ってきた。与那覇と自分の間に、炭酸の気が抜けるような感覚が走った。

「雄二、お前（やー）はホントに気が利かんな！」

「ええ!?」

与那覇が舌打ちして上体を起こし、比嘉の頭を平手でビンタする。比嘉は目を白黒させてポカンとした表情で突っ立っていた。

「大体、こういうときの陣中見舞いはビールだろうが」

「あいー、ですが（やしが）、それじゃ酔い潰れますよ」

「くそっ、煙草もバレちまうから吸えねえしな」

与那覇が面白くなさそうに瓶を受け取る。瓶はよく冷えて水滴で濡れていた。蒸し暑さと悪臭が漂うなか、せめて喉だけでも潤して気分を変えたいところだ。

ふと、与那覇が何かを思案しながらこちらに顔を向けてきた。

「そうだな……せっかくだから、売り上げに貢献してやろう」

与那覇がコーラを少し飲んで、残したまま瓶を比嘉に突き返す。

「おい真栄田、お前の内地面、ここで活かしてやるさ」

「え？」

「お前が東京からの客、俺がその接待って体で、乗り込むんさ」

「清徳さん、それは……」

「どうや、真栄田。沖縄顔の俺らじゃできん芸当やさ」

比嘉がおろおろと止めに入るが、与那覇は一向に意に介さぬ様子でこちらの反応を伺う。この男からそんな提案を、何の屈託もなく持ちかけられるなど、想像もしなかった。

「……悪くないんじゃないか」

「ちょ、ちょっと、真栄田警部補まで……」

比嘉が止めるのを振り切り、立ち上がるとアパートのドアを開けて階段を下りる。

「どういう設定でいくか？」

「流れで任せるさ」

「ぶっつけ本番か」

「ヘマ打つなよ」

すぐそこにある「カリホルニヤ」のドアを開ける。

店内は奥に細長く、赤い壁に桃色の照明が灯っており、妖しいけばけばしさを湛えている。縦に延びるバーカウンターの奥で気だるそうに煙草を咥（くわ）えていた正美が、顔を上げる。

「グッドイーブニン……あら、沖縄人（うちなんちゅ）？」

いかにも米兵が好みそうな派手な化粧と、大きく胸を開けたワンピースで若作りをしている。自宅や通勤中の化粧っけない恰好を知らなければ、二十代後半だと言われても信じるかもしれない。

「俺（わー）は沖縄人（うちなんちゅ）さ。こっちは本土のお客さんやさ」

与那覇が陽気そうに笑いかける。いかにも様になっている。こちらも負けじとなるべく流暢な標準語を心がける。

「先日、東京から来ましてね、沖縄の夜の街に連れていってくれとお願いしたら、こんな所もあるって教えてもらいましてね。コザの中心街より静かでいいですね」

「あら、遠いとこからようこそ（めんそーれ）。やってますよ、どうぞどうぞ」

正美はすぐに信じたようで、観光客向けの取ってつけたような沖縄言葉と笑顔で迎え入れられる。

「とりあえずビールやさ。内地のお客さんだし、キリンある？」

「すいませんね、内地のビールはなくって、オリオンかバドワイザーなら」

「ああ、いいですね、沖縄らしくオリオンで」

すぐに目の前のカウンターにおしぼりとグラスを置き、瓶でオリオンビールを注いできた。くっと飲み干すと、早速正美は愛想を振りまいてきた。

「こちらのお兄さん、お仕事は何なさってるの？」

「建設会社の現場監督をやっているんだ。こっちの業者さんと打ち合わせにね」

正美が納得したように頷く。咄嗟の嘘にしては上出来だったはずだ。

戦後の沖縄の経済復興と発展は、米軍による基地造成から始まった。まず本土のゼネコンが外貨目当てに乗り込み、その下に地元建設業者が下請けとして入る形で、米軍が支払うドルは沖縄、そして日本本土に還流していった。アギヤーたちが基地の裏から「戦果」を挙げたことと表裏一体だ。米国と日本と沖縄の関係を凝縮したような光景は、地場ゼネコンが成長してきた今も構図は変わらない。そういった地場ゼネコンを中心に沖縄が日本に復帰したあとも基地は残り続けるが、そのことに一番安堵したのは、建設業を中心とする沖縄経済界だろう。

「どちらでお仕事なさってるの？」

「勝連の、米軍のホワイトビーチだよ」

ビールを注ぐ正美が、アイシャドウを濃く塗った目をぱっと開く。

「あら、私あの勝連の端っこの、平敷屋の港の出身よ」

「へえ、奇遇だなあ。海が綺麗でいい所じゃないか」

「なんもない漁師町よ。アメリカーが落とす金で多少は商売もできるけれどね」

「地元のいい店でも教えてもらおうかな。お近づきにお姉さんも一杯どう?」

「あら、じゃあご馳走になっちゃお」

正美が嬉々として取り出したコップに、ビールを注いで乾杯する。

その後も、東京のゼネコン社員とその接待の地元業者を装い、他愛もない雑談を続けた。三月まで東京生活をしていたのだから、正美を信じ込ませるのは造作もなかった。

一時間ほど経った頃を見計らって、仕掛けてみた。

「そういえば、勝連やこの辺は、人が隠れられるような洞窟は多いのかい?」

「え? 何それ」

「現場作業員が飯場から逃げ出したときに、身を隠せるような場所は押さえておかなきゃいけなくってね」

「あらそういうこと? 監督さんも大変ねえ」

したたかに酔った様子の正美が、ピンク色の頬に指を当てて首をかしげる。

「そうねえ、島尻ほどはないけれど、勝連城には洞窟(ガマ)があるって聞いたことあるわよ」

「平敷屋は港なんだっけ。船に乗って高飛びはできそうかい?」

「小さな漁港だから泊まってるのは小さな漁船くらいよ。フェリー乗り場もあるけど、離島にしか行けないから、逃げ出すには使えないわね。そう言えば戦後すぐに、占領軍で中国軍が来てたらしいけど、その頃からずっといる中華料理屋の台湾人が、本土や台湾に密貿易船を出してたなんて噂も聞いたことあるわよ」

正美は酔った勢いもあって随分と口が軽くなっている。

気が緩んだところで、一気に勝負をかけてみた。

「逃げ出すと言えば昨日、地元の施工業者との飲み会で耳に挟んだんだけど……」

正美の耳に意味ありげに口を近づけ、声を潜めて言葉を続ける。

「コザのヤクザが、本土から来たヤクザを血眼になって探しているらしいんだが、どうも見つからないんだとさ。南部の洞窟も総ざらいするって息巻いているらしく、その隠れ家とやらを探し出したら、堅気でも賞金が一〇〇ドルは貰えるんだってさ。日本円だと三万円だろう？　僕も折角だし探してみようかなって」

「はぁや、そんな話あったんですか？　そりゃ面白いさぁ」

与那覇が相槌を打つ。

「そんな物騒な話、あんまり関わりたくないわねぇ」

「ま、そうだろうねえ。それに、知っていても僕に教える前に、君が通報しちゃうだろうしね」

「もう、やっだぁ。そこまでしてお金が欲しいわけじゃないわよ」

ヘラヘラと笑いながら肩を叩いてくる正美。平静を装っているが、頬を微かに引きつらせているのを見逃さなかった。

「あ、もうこんな時間か……」

「じゃあ帰りましょうか。ごっそさん、楽しかったよ」

こちらが腕時計を見たのに合わせて、与那覇が財布からドル札を取り出す。

「ああ、お姉さん、電話借りるよ」

与那覇が支払いを済ませている間に、店の奥にある電話機から通話する。ベルが二度鳴る前に繋がる。

『比嘉です』

借りているアパートには幸いにして電話線が敷かれていた。

「表に停めている車のエンジン、かけておいてくれ」

『え?』

正美が与那覇に気を取られているのを横目で確認しながら、小声で指示を出す。

「動き出すかも知れない。頼んだよ」

『わ、分かりました』

受話器を置くと、ちょうど与那覇が会計を終えたので、ふたりで店を後にした。ドアを閉めるときに振り返ると、正美が店の奥に引っ込んでいくのを視界の隅に捉えた。

八重島地区の出入り口に位置するゲートを出ると、広い車道が左右に延びている。

ちょうど地区を見通せるその位置に、比嘉の中古のシボレー・コルベアがエンジン音を響かせながら停まっていた。与那覇が助手席のドアを開けて乗り込むのに続いて真栄田が後部座席に入る。

「どうしたんですか?」

運転席に座った比嘉が緊張した面持ちで待ち構えていた。

「やっこさんを焚きつけた」

「ええ?」比嘉が困惑した様子でふたりの顔を交互に見るが、

「一体何を……ああ?」

比嘉が身を乗り出す。目線を向けると、カリホルニヤから人影が出てきた。背中に子を負ぶった正美が走って八重島地区を駆け抜け、表通りに出ると、流しのタクシーを捕まえて飛び乗った。

「な?」と与那覇が得意げに比嘉を小突く。

「早く正美を追ってくれ」

「分かりました」

正美が乗ったタクシーは、政府道二十四号線に合流して夜道をひたすら南下する。街灯に照らされた深夜の二十四号線は、軍用車両がなお頻繁に行き交っているが、米兵の乱暴な運転に負けず劣らず、タクシーも相当なスピードを出している。

「雄二、絶対に引き離されるなよ」

「分かってます」

比嘉のハンドルを握る手に力がこもる。額には脂汗が浮かんでいる。

「俺たちふたりは酒入っちまって、運転はさすがにダメだからな。頼むぞ比嘉君」

「いざとなったら俺(わー)が運転代わってやるさ」

「あひー、清徳さん、それはさすがにまずいですよ」

「馬鹿野郎、無駄口叩いてる余裕があるなら追いつけ」

酔っているのか興奮しているのか、顔を上気させた与那覇が、比嘉を拳骨で殴る。

タクシーはコザ市を出て北中城村に入る。ライカム、キャンプ瑞慶覧(ずけらん)を通り過ぎると、大型の輸送ヘリコプターの爆音が上空から響いてくる。すぐそこの宜野湾市に広がる普天間飛行場では、海兵隊がベトナムに出撃する部隊の訓練として、タッチ・アンド・ゴーと呼ばれる離発着訓練を昼夜問わず行っている。

南下していたタクシーが政府道を左に逸れ、普天間川沿いの狭い道に入った。比嘉が慌てて後を追うと、向かう先に薄暗い高台が見えてくる。

「中城(なかぐすく)公園やさ」

本島南東部の高台に位置する中城一帯は、古城である中城を中心に遊園地や動物園、周辺に米兵向けゴルフ場も開発され、本島随一の行楽地として名高い。日中であれば遠足の小学生や休暇中の米兵などで賑わうが、この深夜に人通りなどない。

「やはり、公園の方に上って行きます」

「車のライトで気づかれないよう、距離をおいてくれ」

タクシーに続いて、高台の舗装された坂道を上る。高台を上り切ると、沖縄戦でも残った中城の城壁が遠くに見え、手前には小さな観覧車や動物のオリが広がる。タクシーは城壁も遊園地も通り過ぎて、三階建てくらいの建物の前で停まった。

「なんだありゃ……雄二、知ってっか?」

「はぁや、見たことないですね……」

少し離れた駐車場に車を停め、ヘッドライトを消す。公園内は一切の明かりが灯っておらず、暗くてタクシーからの出入りは見えない。

「こんな所にこんな時間に来る用事はないはずだ」

「ってことは、こりゃビンゴやさ。宮里らの隠れ家かもしれんさ」

与那覇がニヤリと口元を歪める。比嘉が緊張した面持ちでドアに手をかける。

「すぐガサかけましょう」

「馬鹿野郎、また逃げられちまうさ。それよりナンバー押さえるぞ」

与那覇が足元の鞄から望遠レンズ付きカメラを取り出す。この暗さだと撮影はさすがにできないが、双眼鏡より性能はいい。タクシーのナンバープレートを捉えて読み上げたナンバーを、比嘉が慌てて警察手帳にメモする。

タクシーは十分もせずに来た道を戻って行った。三人の乗るコルベアのそばを通過するのを、明かりを消した車内から身を隠して目で追いかける。乗っているのは、

「運転手と子供を抱えた女ひとりね」

「ってことは、まだあのなかにいる可能性が――」

そのとき、それまで真っ暗だった建物の窓が光った。

懐中電灯の光だろうか。ほんの一瞬だった。

「いるな」

誰かが唾を飲み込む音がした。


翌朝九時になると、中城公園は営業を開始した。

五月六日は土曜日で、朝からさっそく遠足らしき小学生たちや、ゴールデンウィークを利用して訪れている本土の観光客、そして休暇を取っている米兵の家族などで公園内は賑わい始める。

明るくなるにつれ、正美が昨晩訪れた建物の全容が明らかになってきた。

建物は整備中のリゾートホテルの本館で、園内地図には「中城天空ホテル」と記されていた。三階建ての本館らしき建物を中心に、中城の丘に点在するコテージが廊下で結ばれている。

比嘉を監視に残し、与那覇とふたりで公園管理事務所を訪ねて職員に問い合わせると、職員は運営会社から提供されたという概略図を持ってきた。図面によると延べ床面積は五〇〇〇平方メートルもの広さになるという。

「電気や水道、ガスもすでに開通していますし、内装工事や調度品の搬入も終わっていて、作業員の出入りはもうありません。来月開業に向けて、今月末から従業員が入るようですが、今はホテル運営会社の社員以外の出入りは基本ありません」

応対した事務所の職員はそう説明した。

「出入りできる通路はありますか？」

「基本的には中城公園から延びている車道だけですね。通用口はシャッターになっていて、トラックやバンで出入りできます」

「裏道というか、森のなかに通じる通路などは」

「いやあ、斜面は木が生い茂っていますから、日中でもよほど気を付けないと足元が危険です。工事中も作業員はこの道一本です」

職員が部屋を後にしてから、与那覇と額を突き合わせて地図を凝視する。

「このどこかに潜んでいるかもしれないのか……」

「高級ホテルだから寝心地のいいベッドもあるだろうし、食糧さえ調達してしまえば、出てくる必要もないさ。いい隠れ家やさ」

与那覇が視線を向けてくる。

「まだいると思うか？　昨晩、正美が逃げるように警告している可能性もあるさ」

「それなら、昨日のタクシーで一緒に逃げる方が安全かつ確実だ。職員があれだけ言うんだから裏口から逃げたというのも考えづらいし、まだいると思うが……」

　続く言葉を、与那覇が拾った。

「しかしこれだけの敷地で全員を捕まえるのは……骨やさ」

　駐車場で張り込みを続ける比嘉の許に戻ると、コルベアの隣に見慣れたフェアレーン500が停まっている。

「連日お疲れ様です、朝ごはんの差し入れです」

　新里には朝一番で公衆電話から連絡を入れ、こちらに食事を持ってくるよう指示を出していた。新里は、A&W(エーアンドダブリュ)と書かれた紙袋をふたつ提げていた。アメリカ式のドライブイン方式のハンバーガーチェーンだ。コルベアの運転席ではすでに、比嘉がホテルから目を離さずハンバーガーにかぶりついている。

「今日は行楽日和やさ」

　玉城も目を細めてフェアレーンから出てきた。

　ホテルから目を離せない比嘉と、与那覇と未だ気まずいのか顔を合わせずその場を離れない新里を除いた三人で、近くのベンチに移動する。新里から渡されたハンバーガーを食べながら、中城天空ホテルについて情報を共有する。

「公園の駐車場から延びているこの道が唯一のルートなのだとしたら、しばらくはこの位置から出入りを見張るほかないかと」

「また張り込みね。時間もあまりないのに……」

「日中に人ごみに紛れて出てくる可能性だってあるかもしれません。三交代くらいで見張るほかないですね」

「仕方ないさ……」

腕組みする玉城のそばを、ベビーカーを押した米兵の夫婦が通り過ぎる。目と鼻の先に凶悪強盗犯が潜んでいるかもしれないと知ったら、どんな顔をするだろう。

「しかし、もし動きがあったときに、アメリカーをどう黙らせるね？　すぐそばにライカムがある所での大捕物になったら……」

中城公園の丘からほど近くに、ライカムの敷地が広がっている。観覧車に乗れば一望できるほどだ。日中は先程のような休暇中の軍関係者が公園内に出入りしている。米軍に気づかれる可能性はかなり高い。

ふと、ある顔が脳裏によぎる。

「これは提案なのですが、ＣＩＤのイケザワ大尉を取り込むのはどうでしょうか」

「はぁや？」

「お前（やー）は何言っとるばー？」

玉城が素っ頓狂な声を上げ、与那覇が詰め寄ってくる。

「イケザワ大尉には以前伝えた通り、事情を一部打ち明けている。全てを伝えた上で協力させるのはどうだろうか」

「この捜査はアメリカーに邪魔されるわけにいかない、だからお前（やー）自身が断ったやないか。俺（わー）のコザの大島人殺しのヤマも連中に潰されたのかも知れんのに、それを取り込むとはどういうことやさ！」

「だからこそ米軍、特に捜査機関側に押さえの利く相手が必要だ。イケザワ大尉が関心のあるカービン銃流出について、あとで宮里らへの事情聴取の機会や情報提供での便宜を与えれば、乗ってくる利は十分あるはずだ」

「だがな（やしがよ）、イケザワ大尉ってのは捜査員（デカ）やろう？　捜査員（デカ）が一度協力を断られておきながら、乗ってくるか？」

　与那覇の理屈はもっともだ。捜査員としての信頼に応えられないというのも事実なのだから。

「だが彼には、言える段階で必ず伝えると約束している。事件（ヤマ）を潰さないために彼を巻き込むのが最善なら、彼の捜査員としての誇りに賭けてもいいと思う」

　与那覇は腕組みをして黙り込んだ末に、「どう思いますか、玉城さん」と玉城に問いかける。玉城もしばらく目をつぶっていたが、やがて顔を上げる。

「……他に手立てがないなら賭けるほかないばー？」

「じゃあ、イケザワ大尉には俺から話を通します」

「うむ……」

　ハンバーガーを食べきって三人が車に戻る。比嘉は車のなかで微動だにせず見張りを続けており、新里は車の外で三人を待っていた。

顔を逸らした新里に、与那覇は顔をくいっと向ける。

「お前の調べは、その後どうやさ」

ぶっきらぼうな物言いに、新里もそっぽを向いて対応する。

「どうって、ちゃんとこなすべきサポートはこなしているつもりです」

「サザンクロスのボーイとやらさ」

「与那覇さんはそんなの調べる必要がないとお思いなのかとばかり」

「判断は聞いてからする。裏でこそこそやるなら、せめて情報を上げろ」

「肝に銘じます」

真栄田は新里に目で先を促す。

「例のボーイ、仲村渠と言いますが、昼間に二度ほどご飯を食べに行きました。人目の多いコザの店を選んで、変なこともされないようにはしておきました」

「そりゃ立派な心掛けやさ」

与那覇の茶々を無視して新里は続ける。

「で、先月分、四月分の売上を、オーナーの代理人が日曜の夜に受け取りに来るそうです。その受け取り人を追いかければ、オーナーが何者か分かるかもしれません」

挑みかかるような目つきで真栄田を見てくる。

「よくやった。だが、人手は足りないし君に追跡をさせるのも危険だ。それ以上は俺としては許可は出せない」

「ですが――」

「すでに宮里らはホテルに潜んでいる可能性が高くなっている。あそこから出てくる瞬間を押さえる方が、実行犯と主犯に辿り着く可能性が高い」

なおも食い下がろうとする新里の横で、意外な助け船が入った。

「やってみればいい。それくらいならその新米婦警でもできるさ」

「え？」

新里が意外そうに振り向くと、与那覇が袋から紙コップの炭酸飲料を取り出しながら、ふんと溜息をつく。

「お前（やー）の挙げてきたネタやさ。自分でできるなら、やったらいいさ。いいか、オーナーのツラ割るまで帰ってくるなよ！」

「え、あ、はい！　ありがとうございます！」

そっぽを向いたままの与那覇に、新里が頭を下げる。与那覇は苦い顔をして、こちらを睨んでくる。その仕草がどこか大仰で、照れ隠しをしているように思えた。

「真栄田、お前は女に甘いんやさ。そんなお姫様よろしく何もさせないなんて……」

与那覇は再び不機嫌そうに溜息をつき、ストローから紙コップの中身を吸い始めた。

が、すぐに口のなかの液体を吐き出した。

「なんじゃこりゃ！　薬か何かか！」

「えっと、ルートビアです」

新里がきょとんとした顔で答えると、与那覇は苦虫を嚙み潰したような顔で舌打ちする。

「こんな薬草みたいな味の飲み物、飲めるか！」

自分の袋のなかにも、同様の紙コップが入っている。刺さったストローに口をつけて吸い、そして盛大にむせた。与那覇が大袈裟でも何でもなかったと知った。

緑の芝生が広がる一帯に、白いマッチ箱のようなコンクリート造の平屋建てが並んでいる。広々とした通りにはアメ車が行き交い、白人将校の家族連れが談笑しながら歩いている。

中城公園からもライカムからもほど近い、米軍住宅エリアの一角にある庭先で、イケザワがウッドチェアに身を委ねていた。土曜の昼間にアポなしで訪れると、本を読みながらコーヒーを飲んでいたイケザワに、もう一組のウッドチェアに座るよう促され、一〇〇万ドル強奪を巡る顚末や宮里らについて詳(つまび)らかに話した。

「休日の午前から何事かと思いましたが、事態は私の推測した以上に深刻だったということですか」

「そうです」

「それをなぜ今更、私に伝えるのですか。自分たちで解決したいと合同捜査本部の設置を拒んだくせに、今更ＣＩＤに協力してほしいなどというのは、いかにも虫のいい話では？　現時点では、あなたの行動には失望しか覚えません」

　イケザワは早速皮肉げに笑って機先を制してくる。与那覇の予想通りだ。

「ＣＩＤという組織にではありません。イケザワ大尉に、話すべき段階で話すとお伝えした約束を守りに来たのです。ひとりの捜査員として、もうひとりの捜査員への仁義、信頼(トラスト)を守るために」

　捜査員、というくだりを強調すると、イケザワは口を真一文字に結んだ。彼も捜査員としてのプライドを多少なりとも持っている人間だ。交渉の余地はある。

「もしこの事実を大尉が上層部に伝えた場合、本件は握りつぶされて高度な外交案件にされると危惧しています。私は現時点で米軍上層部の関与を疑っています」

「Are you kidding me!?(冗談だろう)」

　平素は日本語を流暢に話すイケザワの口から、思わず英語が出てしまう。

「それが冗談じゃ済まないのがこの島の日常ですし、恐らくはベトナムでもそうだったのだと思いますが……あなたこそよくご存じなのでは？」

　大袈裟に肩をすくめたイケザワに淡々と畳みかけると、彼も心当たりがあるのかバツが悪そうに眉をひそめ、黙ってコーヒーを口に運んだ。

　和歌山県警の藤井からもたらされた、「宮里が米軍の軍艦で沖縄に戻る」という情報は、確度は低いものの、米軍の関与を疑わせるには十分だ。

「あなたは、ひとつの強盗事件を未解決のまま放置し、その結果日米琉の外交関係に著しい亀裂が入る事態を看過できますか？　我々、刑事のできることが目の前にあるなかで」

「詭弁だ。ＣＩＤとの共同捜査を断った理由にはならない」

「そうでしょうね。琉球政府と琉球警察の理屈が先行して、公表もしていなければ令状も発給されていない、まるっきり非公式捜査なのに、刑事魂を問われても白々しいだけでしょうが、現実に破綻が目の前に迫ってきています。ＣＩＤや上層部のライカムがこの事件の陰で糸を引いているとしたら、あなたはそれでも米国の利益のために動きますか」

　イケザワは答えない。

　横の小机の上に置かれている本のタイトルが目に入る。

「イケザワ大尉。あなた自身も、居場所を常に問い続けてきた人なんでしょうね」

「どういう意味ですか？」

「あなたは日系アメリカ人として、日本とアメリカのどちらに帰属するか、そしてベトナムや沖縄では自分の祖国と現地とどちらのために働くか、そのことを考えてきたはずだ。でなければ、そんな本は読みませんよ」

　一番上の、先ほどまでイケザワが読んでいたものは川端康成（かわばたやすなり）の『伊豆の踊子』で、その下には大江健三郎（おおえけんざぶろう）の『沖縄ノート』、そして一番下はルース・ベネディクトの

『菊と刀』の原著だった。

イケザワが、悪戯が見つかった学童のような照れ笑いを浮かべる。

「日系だから詳しいだろうと言われて、サイゴンの次がオキナワ勤務になりましたが、そもそも日本のこともオキナワのことも、私は何も分かっていない。こうして付け焼き刃で学んでいます」

「沖縄のことなんて、私も分かっちゃいないですよ」

思わず本心が口から出る。

「私は自分が日本人なのか沖縄人なのか、琉球警察の一員なのか否か、いつも悩んでいます。どこの誰のために捜査するのか。それは今回もです。むしろ、今回ほどそのことを問われる捜査はない」

イケザワは静かにこちらを見つめてくる。

「では、あなたは何のために警察官になったんですか?」

一拍を置いて、

「はは、ははははは」

喉の奥から笑いが込み上げてきた。

「WHY?　なぜ笑うんですか」

「いや、恥ずかしながら最近同じ質問をふたりからされまして」

ここまで尋ねられたのだから、本当の事を答えるしかない。

「妻の父が、警察官だったんですがね――」

大学四年生の秋、就職活動の始まる季節が訪れた。

日大卒の肩書があれば、沖縄では琉球政府や琉球電力公社にはすんなり入れるだろうし、民間企業ならもっと選べただろう。就労のために多少の手続きは必要だが、本土で働き口を見つけることもできなくはない。

石垣島も沖縄本島も、結局自分の居場所ではなかった。ならこのまま本土で就職して沖縄に帰らなくても――そう思うこともあった。

その頃、高校受験を控えた真弓には毎週、夜遅くまで授業をしていた。終わったあとに、夕食をご馳走になりながら真弓の父――のちの義父の晩酌に付き合うこともあった。

「それで真栄田先生、就職はどうするんだね」

ある日、イカの塩辛を肴に酒を酌み交わしながら、義父が尋ねてきた。真弓は食事を終えると、さっそくテレビを点けて石原裕次郎の番組に夢中になっていた。

「まだ決めかねています」と答えると、義父は身を乗り出してきた。

「警察はどうだね。これからの時代、警察も大卒が必要だと思うんだ」

今まで考えたこともない選択肢だった。安保闘争の後も学生運動は活発で、警察に親しみを覚える大学生など、体育会系以外に滅多にいない。

ただ、父親が教員だったこと、自分が政治活動にそれほど足を突っ込んでいなかったこと、そして義父の人となりを知っていることで、義父の誘いに余り抵抗感は抱かなかった。

「そうですね、警視庁なら――」

するとと義父はああ、と曖昧に頷きつつも遮る。

「警視庁も悪くないし、私は大歓迎だがね、君の地元の琉球警察はどうだい」

「琉球警察ですか……」

その名を言われてもしばらくピンと来なかったくらいだ。

「地元を捨ててこっちに来た私がいうのもなんだがね」

「お父さんは青森から来られたんですよね？」

「ああ、昭和十一年に上京してきて三十年近く、もうこちらの方が長いし東京のことは好いているが、どこかで故郷への思いも残っていてね」

そう言いながら塩辛を口にする義父。そういえば、義父は酒の肴には塩辛しかり、必ず地元の青森の塩辛い食べ物を好んでいた。

「真栄田君が、故郷に思いを何か残しているなら、沖縄の警察官になることをお勧めしたいかな」

沖縄に対しての自分のわだかまりを見透かされたような気がした。

「沖縄は本土とはまた違う大変さが色々あるだろうが、警察官はどこの土地でも、どの国でも同じ警察官だ。やることはまったく変わらないよ」

「同じ警察官ですか」

「ああ。法に照らして犯罪を取り締まる、それに尽きる。簡単だが奥が深いし、同じ思いを共有しているからこその警察一家だ。そしてその土地が何なのか、自分が何者なのか、これほど常に真摯に考え続ける商売は、中々ないんじゃないかな」

日本酒で頬を赤く染めながら、仄(ほの)かに自負を滲ませる物言いは、どんな美辞麗句よりも納得ができた。

この人の言うことなら、試す価値はあるかも知れない。

そう思った九年前の秋、自分の進む道は定まった。


「私は、自分が何者か、沖縄とは何なのか、分からないから問い続けてきた。そのために警察官になった。私は、この捜査が欺瞞(ぎまん)にまみれているとしても、沖縄の警察官として、沖縄のために事件を解決しなければならない。そしてあなたも、駐留米軍という立場とは言え、沖縄の捜査官であることに変わりはない。そう私は信じています。あなたは、誰のために、何のために、捜査に身を投じるんですか」

イケザワとの間を沈黙が支配する。近くの住宅から米国のテレビ番組の音声や台所で肉を焼く音、英語での談笑が聞こえてくる。米国に占領された沖縄のなかにあるということを意識しなければ、平和で豊かな米国の郊外そのものだ。

「私は軍人です。米国（ステイツ）のためを考えて行動するということは変わらない」

イケザワは左右の腕を、言葉に合わせて大きく動かす。見た目はほぼ日本人だが仕草は完璧すぎるほどにアメリカ人だ。

「ただ、米国（ステイツ）の利益とは、必ずしも政府が定めるものではない。市民ひとりひとりが、自らの良心に基づいて選択するものです。そもそもアメリカの建国の父たち自身が、絶対的な権力に対して疑いを抱いたことで独立を選んだ。第二次大戦時の日系人の強制収容でも、私の父や伯父は日系人迫害を国家の利益と認めなかったからこそ、身を挺して志願兵として国家への忠誠を示し、日系人全体の地位向上に努めました。その姿勢を私は誇りに思うからこそ、自らで見聞きし、学び、考え、そして行動することを止めません」

自負を込めた語り口から一転、ふっとイケザワが力を抜いて背もたれに身を委ねた。

「南ベトナムでは我々の戦友、いや戦友と呼ぶのもおぞましいが、同じ軍に所属した者による不正義が横行しました。それを私はＭＰとして見逃すことはできませんでした。そして今はＣＩＤとして刑事捜査を通じての解決を探っています」

芝生の庭に面したガラス戸が開き、なかから浅黒い肌の女性が出てきた。

――ジャック、その方はお客様？　コーヒーを用意するわね

――ユエン、仕事の知り合いだ。すぐ帰るだろうから気にしないでいいよ

――そんなこと言わないで、あなたの分も、すぐ用意できるから

訛りの強い英語でイケザワとやり取りしてからこちらに軽く会釈し、長い黒髪を広げながら踵(きびす)を返して家のなかに戻っていく。

「奥様ですか？」

「ええ。前任地で知り合って、色々とあって連れてきたんです」

「じゃあ南ベトナムのご出身で。サイゴンの飲み屋あたりで見初めたんですか」

「ユエンは、軍事境界線にほど近い修道院のシスターだったんです」

「神に仕えし修道女を娶(めと)るとは、イケザワ大尉もなかなかのやり手だ」

ユエンがプラスチックトレーにカップをふたつと、小さなピッチャーを載せて出てきた。イケザワとこちらににっこり笑いかけ、イケザワの横にあるテーブルにカップを置いていった。口にすると、粉が舌に残るほどドロリと濃厚で、苦みが口いっぱいに広がり、思わず顔をしかめるとイケザワが笑った。

「フランス領だった頃に持ち込まれたコーヒーが、ベトナム風にアレンジされたもので、コンデンスミルクで濃厚なコーヒーを割って飲むのが流儀です。私はあまり甘い飲み物は好きではないんですが、彼女にはこの味が忘れられないんだそうです」

促されるままにコンデンスミルクを入れると、濃厚な苦味と甘味が混ざり合った独特な飲み物になった。

ふと、これまでのイケザワの言葉や態度から、思いついたことを口にする。

「もしかすると、イケザワ大尉が通常のMPからCIDに移られたのは、あるいはベトナムから沖縄に異動になったのは負傷だけではなく、奥様が関係しているのでは」

それ以上明確に問いかけることは、イケザワにもユエンにも失礼になるのではないかと思った。恐らく正しかったようだ。お互いに何も語らず数分間、ひたすらに甘いベトナムコーヒーを飲むだけの時間が流れた。

イケザワが、飲み終えたカップをソーサーに置き、不意に立ち上がって家のなかに入る。しばらくして書類を手に戻り、テーブルの上に置いた。

見慣れぬ専門用語が並ぶ英語文献のなかに「Rifling marks」――線条痕という単語が目に留まった。

「あなた方が元々調べていた線条痕について、海兵隊CIDのみならず全四軍のデータベースに照合して分析した報告書です。もちろん、リューキュー警察が保有する現場の銃弾のデータが基になっていますが、これによると現場で発見された銃弾を発射したM1カービンは、牧港（まきみなと）のキャンプ・キンザーの陸軍第二兵站補給団の武器庫に収納されていたものです」

「そこまでもう割れているんですか」

書類から顔を上げると、イケザワは書類のあるページを開くよう指示してきた。そのページには十数人の人名と階級や役職が記されていた。

「海兵隊ＣＩＤは陸軍ＣＩＤ及び陸軍ＭＰと共同で武器庫周辺の家宅捜索を行い、関係者にも聴取を行ったところ、補給団所属の陸軍下士官や兵士が多数、カービン銃横流しを自供しました。流出したのはカービン銃五丁と銃弾五〇〇発、あとは軍服などですが、いずれも処分予定のものです。そういうこともあって陸軍は軍事法廷にかけず、ベトナムの前線への配置転換で済ますようです」

あなたがたリューキュー警察には面白くないかもしれませんが、とイケザワは付け加えるが、この際構うことはない。

「彼らはコザのＡサインバーなどで借金を重ねており、返済を帳消しにする代わりに、とひと月ほど前にギャングから取引を持ちかけられたと言っています。我々から後日、正式に警察には照会が行くでしょうが、取引場所ではジョーという黒人とのハーフが通訳をしていたと言っています。あなたが先ほど私に聞かせてくれた、タケオ・ミヤザトの一派で間違いないでしょう」

その情報は、全容を把握するための手掛かりにはなるが、こちらでもすでに摑んでいる話でもある。

そんなことは重々承知とでも言わんばかりに、イケザワは神妙な顔で指を立てた。

「ひとつ私が気になっているのは、ミヤザトは、リューキューから数年前に亡命し、残る手下もコザから姿を消していたわけですよね？」

「そうです。それが——」

「今回摘発された兵らはいずれもこの一～二年の間に本国で徴兵されて配属された者ばかりです。彼らの借金を、どうしてミヤザトらは把握していたんでしょうか」

地回りの暴力団ならまだしも、この数年沖縄の裏社会からも追放されていた宮里らが直接情報を入手する手段などないに等しい。

「つまり、沖縄の裏社会あるいは米軍の内部情報に精通した協力者がいると」

「単なる協力者なのか、もしくはそれが主犯なのかも知れません」

サザンクロスという高級風俗店を裏から支配している何者かがそれに当たるのだろう。しかし、米軍の一将兵の債務情報まで把握しうる人間とは一体、何者なのか。

「マエダ警部補が指摘する我が軍の関与――ここまでの大規模かつ緻密な計画に、その疑いが捨てきれないというのも、また道理です。少なくとも、CID捜査員としての良心とそして好奇心から言って、私は見過ごすことはできない」

ニヤリといたずらっ子のような笑いを浮かべる。

「我が軍やステイツの不正なのであれば、是非一緒に暴いてみたくなりました。私も捜査に加えさせてもらいましょう」

「ありがとうございます」

「ですが、隠し通せるのは五月十五日の返還まででしょうね。それ以降は私も上に報告せざるを得ません。いいですね」

黙ってうなずくと、イケザワはふうと大きく息をつく。

「ナムで投入される戦費に比べれば、一〇〇万ドルなんて吹けば飛ぶような額ですが、しかしオキナワと日本を吹き飛ばすには十分な爆弾ですね」

五月の陽気かコーヒーの熱か、イケザワの額に汗が滲んだ。


『先ほど、二十一時四十分ごろに、天空ホテル三階に灯りが点き、窓に出た人影を双眼鏡越しですが目視しました。あれは間違いなく又吉キヨシです』

比嘉が玉城邸に電話をかけて来たのは、二十二時過ぎだった。

受話器越しに伝わる荒い息遣いは、最寄りの電話ボックスまで走ってきたからだけではないだろう。ここまで引きがなく、真栄田や与那覇だけでなく新里にも後れを取っていただけに、自分が端緒を摑んだという興奮に昂らないわけがなかった。

「又吉の人着はどうやって確認したんだ」

『はっ、耳です』

「耳？」

『いわゆる柔道耳ですが、稀に空手遣いでもなる者がいます。よほど荒い戦いを潜ってきたんでしょう、写真にあった又吉の耳がそれで、形を記憶していました』

そう断言する比嘉の声色に、迷いはない。

「分かった。一旦持ち場に戻ってくれ。また定時に連絡を待っている。よくやった」

『ありがとうございます！』

そう言って電話を切ると与那覇と目が合う。

「与那覇、比嘉君の目は頼りになるか？」

「あのガタイのくせに気が強くないが、それでもあいつの目は確かさ」

「じゃあ、彼の金星だよ」

与那覇が「やったか！」とぎょろりと目を剝く。

「これで明後日、八日に決行できる」

中城公園は翌々日、五月八日の月曜日に臨時休園が予定されていた。復帰に伴う標識や書類の書き換えのための措置だ。特に午前一杯は公園職員も出入りせず、一部の警備員を除けばまったくの無人になることが公園事務所からの聞き取りで分かった。

この八日の午前九時に、真栄田ら五人にイケザワを加えた六人で、中城天空ホテルに踏み込むことを決めた。

張り込みを続ける比嘉と新里を除く四人が玉城邸に集まり、市場で買ったミミガーや白身魚の天ぷらを卓上に並べて突つきながら、公園事務所から借りた地図を広げる。

「俺ら五人にイケザワ大尉を加えた六人で、与那覇と比嘉が正門、俺とイケザワ大尉が従業員用通用口、新里さんとおやっさんはいざというときに備えて屋外に」

「はぁや、愛子ちゃんまで駆り出すば？　そりゃいくらなんでも危ないんじゃ……」

「ひとりでも人手が欲しい今、新里さんを外すほどの余裕はありません。あくまで後詰の予備部隊です」

「それは……そうかもしれんが」

玉城が口ごもると今度はイケザワが身を乗り出してきた。

「荒事なら、私が一番長けているかもしれませんね。例のお嬢さんなら、是非ともご一緒したいところです」

「アメリカーに沖縄(うちなー)の女を任せられん！」

コザの大島人殺しの捜査を米軍の横槍で潰されたと決めてかかっている与那覇が、ビールの泡を飛ばして叫ぶ。

与那覇は初対面時から、「アメリカーが」と、イケザワに対して敵愾心を剝き出しにしていた。イケザワは笑いながら両手を軽く上げて、降参のジェスチャーを示す。

「それはそれとして、本当に琉球警察の機動隊や所轄警察署は動かせないんですね？そして、我が軍のMPとの共同捜査は、本当に拒否するんですね？」

イケザワには何度も人員確保の必要性を問いただされたが、イケザワひとりが加わっただけでも御の字とするほかない。

「幸勇さんには、いざというときには最寄りの普天間署なら使っていいとは言われとる。俺(わん)もあそこの署長は見知った仲さ」

喜屋武刑事部長が玉城に認めたという、その「いざというとき」は、捜査が失敗に終わったことを意味する。

「手勢は仕方がありませんが、せめてそれ相応の武装をする必要があるのでは」

「武装？」

「琉球警察は、カービン銃を配備されているでしょう。それを使うべきです」

琉球警察には米軍と共に、あるいは米軍に代わって反米暴徒を鎮圧するため、米軍から払い下げを受けたカービン銃が装備されている。学生運動の激化で装備拡充が進む本土警察ですら、同じ国民に銃を向けることはほぼ想定されていない。琉球警察の、占領者側に立つ抑圧者としての本質の一端だ。

「それに関しちゃ、このアメリカーの言う通りさー。この際、やるしかないんじゃないか」

腕を組んでこちらを見てくる与那覇の目がすわっている。

「機動隊の倉庫に眠ってないわけ？　玉城さん、機動隊に顔見知りの者はいるばー？」

「あ、ああ、何人か伝手はいるさあ、だがなあ……」

「二丁ばかり拝借させてもらいましょう。なあ真栄田、拳銃でもなんでも、ここまで来たらやるしかないんやあらんね」

与那覇とイケザワ、そして玉城の視線が集まる。

「……おやっさん、その機動隊の知り合いと、上にも話を通しておいてください」

「太一まで、本気ばー？」

「あくまで用心です。全員拳銃も携帯しましょう。相手は泡瀬派崩れの凶悪犯です」

その場の三人に向き直る。

「明日の日曜は、先程の三組に分かれて八時間交代で張り込みを続けつつ、それぞれなるべく休んでください。中城公園は人で賑わっているから、連中も大きな動きはしないでしょう。体力を回復して、月曜に備えましょう」

与那覇とイケザワは意を決したように深く、玉城は躊躇いながらも頷いた。


日曜で静まり返った泉崎の官庁街の中心、琉球政府行政府ビルに掲げられたカウントダウンの大看板は、今日が五月七日なのにもかかわらず、「復帰まであと九日」と数字の更新が一日前で止まっている。

琉球政府は、米軍に合わせて週休二日制を導入し、休日出勤も滅多なことではしない。一方で日本政府や日銀の出張所は復帰に向けて土日どころか昼夜休みなく動いている。自分たちの処遇に大きな変化が差し迫っているというのに、土日をきっちり休むあたりが、沖縄らしさと言えなくもない。

その、誰もいないはずの行政府ビルの裏の職員通用口に、真栄田は土地調査庁の課長と訪れていた。

「刑事さん、日曜だってのに勘弁してくださいよ。警察じゃないんですから、職員は誰も出てませんよ。明日じゃ駄目だったんですか？」
「急用なんだ。知念官房長からも言われているように最重要事案だ」
「私だって今日は休みだったのに……」
ポロシャツ姿の課長は露骨に溜息をついて、通用口の鍵を開ける。
すでに宮里一派の所在を摑んでおり、明日にはガサをかける段になってわざわざ休日の官庁街へ足を運んだのには理由があった。
ひとつは数時間前、七日の日曜日未明から朝までイケザワとふたりで寝ずの番で中城天空ホテル張り込みを終えたときのことだ。交代で来た新里が報告してきた。
——サザンクロスの売上金を受け取りに来る現場を視認しました
——はぁや、夜も張り込んで朝も張り込みとは、もういっぱしの捜査員やさ
新里と共に交代の張り込みに来た玉城は、腰に手を当てて溜息をついた。
——いいえ、サザンクロスは夜通し営業していたので、営業を終えた午前四時に行きました
——あきさびよ！　夜通し張り込みしてたば⁉
——全然平気ですよ
目元を擦りながらも、けろっとした様子の新里に、玉城は絶句していた。
——無茶はしないでほしいが、よくやった。それでオーナー側の人間の面(めん)は割れたのか？

——すみません、離れて張り込むしかなかったので、顔は見えませんでしたが、事前情報の通りにフォードの赤いマスタングで出入りしました。現金を入れたと思しきスーツケースを持ち出して車が発進したのを追尾したんですが……

——どこへ行ったんだ？

——それが——

そこで新里が口にした「真のオーナー」について裏を取るために、真栄田は朝から知念官房長を電話で説き伏せて、官房から法務局の課長を直々に呼びだして休日返上を強いることとなった。

静まりかえった行政府庁舎の応接室で待つこと十分、課長が戸籍謄本と法人登記簿を抱えて持ってきたので、礼もそこそこに早速捲りだす。

目当ての項目はすぐに見当たった。

『本籍、沖縄県首里市真和志(まわし)××　氏名、仲間征雄』

サザンクロスの土地所有者の戸籍だ。明治三十三年生まれで昭和二十年没。そこまでは先日の不動産登記簿で見ていた。そこから少し目線を左にずらすと、

『三男、仲間朝雄　昭和十七年、川平宗健(そうけん)との養子縁組により除籍』

仲間征雄の戸籍で、妻やほかの子弟の名にも目を通すが、いずれも昭和二十年に亡くなっている。朝雄以外、みな沖縄戦で死んだのだろう。であればあの土地は現在、この三男の朝雄が生きていれば、本来の所有者であるはずだ。土地登記は固定資産税

さえ払っていれば旧所有者名が残っていることなどザラだ。

その三男の今の名が川平朝雄。

十日ほど前に波上宮のレセプションで見かけた、あの川平興業の川平朝雄と同一人物だとすれば——。

戸籍謄本を閉じた上で、サザンクロスの表向きの経営者として名前の挙がっている糸数慶泰の経営する糸数組と、建物の所有者であるニュー・ナハ・エステート、そして川平興業の法人登記簿を手に取る。

「俺もまだまだだなぁ」

糸数組は十年前に商号を変更していた。変更前の商号は川糸土木工業。その当時の役員名に川平朝雄が載っていた。

ニュー・ナハ・エステートの取締役五人のうち、代表取締役を含む二人と監査役一人は川平興業の取締役にも名を連ねていた。

——数字と書類が嘘をつくんじゃない、嘘をつくのはいつも人間だ
確かに書類は嘘をついていなかった。そこには確かに、サザンクロスの真の経営者が川平朝雄だと示す証拠があった。

その川平朝雄の経営する川平興業に今日の未明、新里が追尾したマスタングが止まったということを聞かされなければ、証拠は単なる事実の羅列に留まっていただろう。

「ありがとうございました」

「あれ、もういいんですか？　そんなちょっとした記録だったら月曜でも……」

「川平興業の登記を全て複写させてください。ゼロックスをお願いできますか？　戸籍もこれとあと他にも何人分か、念のため複写したいので、そちらもご用意いただけますか。あ、あとですね――」

いくつか指示を出すと、露骨に不機嫌になった課長が、ぶつぶつと呟きながら立ち上がる。その緩慢な所作をもどかしく思いながらも、手がかりを手繰り寄せたという静かな高揚感が、未明からの張り込みで疲弊しているはずの身体に、ふつふつと湧き上がってきた。


川平朝雄は一九二九年（昭和四）に首里の琉球士族の家柄である仲間家の三男として生まれ、旧制沖縄県立第一中学校に進学した一九四二年（昭和十七）に川平家に養子入りしている。製糖業を営んでいた川平家は裕福であったと推測され、県下の名門一中の生徒として、川平朝雄は何不自由ない暮らしを送ったことだろう。

運命が暗転したのは、多くの沖縄人同様、一九四五年（昭和二十）三月からの沖縄戦だ。一中の四年生だった川平は鉄血勤皇隊に編制され、陸軍二等兵として戦地に送られた。そこで何を見聞きしたか、どんな目に遭ったかは分からないが、確かなのは川平の実家の仲間家と養子先の川平家は、川平を残して全滅したということだ。

その後数年、川平朝雄の足取りについて記録は残っていない。嘉手納基地周辺でアギヤーに手を染めていたが、一度も警察に捕まったことはなく、また徒党を組まずにひとりで強奪行為に手を染めていたらしく、当時を知る者はほとんどいない。

川平が公的な記録に再び顔を出すのは一九五三年（昭和二十八）、二十四歳で本土に渡り、その五年後に沖縄に戻ってきた際の出入境記録だ。川平は沖縄に戻った翌年に川平興業を設立してタクシー事業を始めた。このタクシー事業が成功したことで、運送業や不動産事業にも手を広げた。那覇市の保守系市議会議員の後援会長になり、沖縄自民党に多額の献金を行って政財界での地位も得て、西銘もメンバーになっていたハーバービュークラブの会員にも名を連ねている。

「――以上が四年前、行政主席選と立法院選挙と那覇市長選の際に捜査二課で川平について調べた資料だ」

七日夜、玉城邸に張り込み中の比嘉と新里以外の四人を集めて、川平について記した四年前の捜査ノートを読み上げる。

「太一、よく資料を取ってたばー？」

「一応、俺にとっては未解決事件ですからね。なかなか捨てがたくて」

「はぁや……そんなもの全部取ってたら、うちは蔵がいくつあっても足りんさ」

「琉銀の施設で内部監査を受けている西銘にも聴取しました。やはり彼にハーバービュークラブでサザンクロスを紹介した建設業者は糸数慶泰でした」

「マッチポンプやあらんね！」

玉城が呆れたように声を上げる。

座間味本部長と喜屋武刑事部長には、玉城からこれまでの捜査経緯を伝えた。イケザワが加わったことと、宮里の背後に川平がいる可能性の二点は伏せてあるが、宮里の確保については決裁が下りた。

裁判所の令状発給なしの家宅捜索は、表向きは巡回中の捜査員による職務質問ということで処理される予定だ。普天間警察署の署長には「渉外案件の大捕物があるかもしれない」と本部長直々に言い含めたという。周辺区域には所轄管内の全警邏車五台が配置される。

だが万一、ガサで誰かを取り逃がしたら――。

「銃を持っているか知らんが、射殺してでも処理しなけりゃならん、とのことやさ」

「おやっさん、まさかカービン銃のことは」

「言ってないさ！　言ってないが、そう仄(ほの)めかされたんね」

「玉城さん、そりゃ面倒事はやれ、けど面倒はみない、ってことばー？」

「そうなる、だがなあ(やしがよー)……」

「やるしかないでしょう、おやっさん。我々に退路はないです」

そう言うと、玉城、与那覇、イケザワの視線が真栄田に集まる。

「予定通り、明日九時に中城天空ホテルをガサ入れします。それと同時に、川平朝雄に任意同行をかけます。川平の方はおやっさんと新里さんに任せます」

「川平朝雄を引っ張る罪状はどうするば？」

「不動産登記の虚偽記載による公正証書原本不実記載の容疑を主に、あとは特飲店組合名簿に実体のない経営者を置いていることについて聞くという体でいきましょう。裁判所から当然令状は下りませんが、彼の身柄を一時拘束している間に、宮里らに自供させるほかない」

「わかった。そっちの連絡が来次第、朝雄はこちらでどうにか捕まえるさ」

「イケザワ大尉もよろしいですね」

「私はＯＫです。ヨナハ警部補、よろしくお願いします」

「アメリカーに足引っ張られなければな」

時刻は夜八時。あと十三時間を切った。


「私はヨナハ警部補には嫌われているようですね」

東の空が白み始めた頃、運転席に座るイケザワが、助手席の真栄田に取り留めのない会話を振ってきた。

一日を三等分し、八時間ごとの張り込みを中城天空ホテルで続けて三日。その前段であった八重島特飲街から含めると、六日にもなる。

「与那覇をこの車に乗せてやったら、彼も多少は心を開いてくれるんでは？」

イケザワが沖縄で購入した最新の日産フェアレディZは、内地で売り出されたばかりの最新鋭スポーツカーだ。車に詳しい新里は白い車体を見て「沖縄にもうフェアレディあったんですね?!」と興奮し、比嘉も少年のように目を輝かせていた。

「ヨナハ警部補はあまりご興味なさそうでしたし、できれば新里さんのようなチャーミングな方を乗せたいですね」

「奥様もおられるのに、これでガールハントするつもりなんですか？」

「妻には内緒ですよ」

五月八日の早朝。あと数時間で中城天空ホテルに突入する。大捕物直前の緊張と高昂がイケザワ、そして真栄田の口も、自然と軽くする。

「与那覇は自分からは言いたがりませんが、コザで先月、Aサインバーに勤める大島人の女が殺された事件、あれを貴方がたに横槍を入れられて、捜査本部を畳む羽目になったと疑って恨んでいるんですよ」

「コザで殺人？　そんな事案は耳にしていません」

イケザワのその言い草は、知っていながらはぐらかすような様子ではなかった。

「本当ですか？」

「海兵隊CIDなどの軍捜査機関が琉球警察の事件捜査に、圧力をかけることがないわけではないです。ただ、その件については本当に何も耳に挟んでいません」

「空軍や陸軍など他の軍捜査機関でもですか？」

「我々は陸海空それに海兵隊で、重要案件の情報共有は随時行っています。もちろんCIA（中央情報局）やNSA（国家安全保障局）など情報機関の連中は秘密主義ですが、佐官級の上層部で把握していないということはあり得ない」

「ですが、この地で他に圧力をかけられるような存在が、アメリカ以外にいますか？さすがにソ連や中共の手先ということはないでしょう」

イケザワがふっと笑う。

「トーキョーに派遣されていたあなたなら、本土警察を疑うべきではないですか？」

「それは……」

その可能性は、真栄田の脳裏によぎらなかったわけではない。

警備部や公安部といった「国事」に関わる領域で、有形無形の影響力を及ぼしているのは、警察関係者の間では公然の事実だ。将来的な本土復帰を見据えて、本土の警察庁は十年ほど前から、琉球警察の公安捜査員を内地の講習会に参加させるなど、人材交流を通じた一体化を図ってきた。

左翼運動摘発を進める米軍との思惑が合致したからこそ、琉球警察警備部は、警察庁の指揮系統のなかに次第に組み込まれてきた。そして、警察庁から琉球警察警備部に活動資金が流れている、警視庁公安部が那覇市内に情報収集拠点を置いている、という噂も囁かれるほどに、確実に本土警察の影響力は沖縄に及ぶようになってきている。

「いかなる圧力も、私は何も知りません」

イケザワの言葉からは嘘やごまかしを一切感じられなかった。それが喉に突き刺さった骨のように、妙に胸のなかをざわつかせる。

「……この捜査が終わったあとに、ぜひ解決したい謎ですね」

「お手柔らかに。ただし、我々からは何も出てこないことを保証しますよ」

今さら調べても詮ないことに気を揉んでも仕方ない。今は目の前の捕物に集中する他ない。そうして会話が途絶え、やがて強烈な眠気が襲ってきた。三十代に差しかかり、前ほど無理が利かなくなってきた。

「私が起きていますから、少し休んでください」

視界が狭まるなかで、イケザワのその言葉に安堵して、意識を手放した。

# 第四章　新緑の暴発

タケオ兄貴の我慢が限界に達したのは、現金を奪取した直後だ。

――ふざけるな！　ろくに指示したこともできないのか！

この「監視役」のアメリカーの態度が横柄なのは、今に始まったことではなかった。

そもそも、この計画の準備は「あの方」が差配してきたことだ。監視役は、あの方に企画立案を発注してきた「組織」から送り込まれてきたわけだが、開口一番、

――貴様らジャップは我々の指示に従っていればいい。余計なことは考えるなと言ってのけるのだから、兄貴の癇に障らないよう訳すのに苦慮した。

そして指示に従えと言いながら、具体的な方針を示すわけでも、こちらに金や資材を寄越すわけでもなく、酒臭い息を吐いて不平を漏らすことしかしなかった。

全てはあの方が作り上げた計画だ。あの方が組織の連中にどういう思惑で協力しているのかは知らないが、あの方から仕事を受けた兄貴のために、俺たちは従うまでだ。

こちらが段取りどおり進めていれば監視役も文句は言わないだろう。

だが、奪取の際に運転手が通報するという予想外の事態が起き、内通していた銀行

員を連れ去ったことで、監視役はよほど頭にきたらしい。急に唾を飛ばして怒鳴りだした。

　俺が通訳しなくとも、兄貴には伝わったようだ。

　言い終わる前に兄貴の拳が出て、監視役は壁際まで吹っ飛んだ。

「この野郎に従うのはもう止めだ、ジョー」

　兄貴の気性の荒さを知っている俺らからすれば、よく我慢したものだと思う。兄貴だけでなく、その場にいる他の四人——俺も含めて——思いは一致していた。

　無論、ここで下手を打てば、計画が破綻することも知っている。連中は計画の破綻を外部に知られるくらいなら、俺たちを殺しにかかるだろう。

　だが——。

「俺は、こいつらの計画なんて知ったこっちゃない」

　何ひとつ曇りのない瞳で、真っ直ぐに射すくめられた。あの方の計画を知らされた後、兄貴が俺たちに「本当の計画」を打ち明けてくれたときと同じ言葉を口にした。

「お前らも、一緒に死んでくれ」

　兄貴にそう言われて、断れる奴はこの場にいなかった。

　そうだ。叩っ殺すんだ。

　何もかも、俺たちを馬鹿にしてきた奴らを、まとめて叩っ殺してやるんだ。

　こいつも、あいつらも、アメリカーはみんな道連れだ。

ひたすらに殴り、蹴った。監視役が酒臭い息を吐かなくなるまで。

†

午前六時半。比嘉の運転するコルベアが、フェアレディの隣に静かに停まる。助手席から降りた与那覇が後部扉を開ける。

「機動隊から拝借してきたカービン銃二丁、あとガバメントも四丁」

座席には、琉球警察の正式装備であるコルトM1911、通称ガバメントと、M1カービンが寝かされていた。

任官直後の射撃訓練でガバメントを、そして真栄田は警視庁派遣中に本土の標準装備であるニューナンブを手にしたことはあるが、カービン銃は初めてだ。木製の銃身はよく使いこまれて滑らかで、だが所々に歪な傷も残っている。払い下げられる前に戦場でついた傷だろうか。

「ついでといっちゃなんだが、これも拝借してきたさ」

与那覇が取り出したのは、黒い金属製の箱に丸いスピーカーと長いアンテナの付いた無線機がふたつ。そのフォルムには見覚えがあった。

「あさま山荘で使ったやつか」

「そうやさ、本土警察のUW－4。機動隊の連中、いいもん持ってやがったから、ちょいとばかり色つけさせてやったさ」

三か月前に発生したばかりの連合赤軍のあさま山荘事件の実況中継の際に、ブラウン管の向こうで機動隊員が用いていた最新無線だ。

「玉城さんにもこれを渡している。いざとなったら刑事部長にもこれで連絡が取れる。こっちが検挙したらすぐに動くはずやさ」

スイッチを点けて周波数を合わせる。

「こちら真栄田。おやっさん、聞こえますか」

ノイズを挟んで、玉城のだみ声が流れてくるかと思ったら、新里の声が聞こえてきた。

『新里です。玉城室長は今外していますが、川平朝雄の自宅の正面近くにいます』

「了解。おやっさんが戻ったら、こちらの合図と共に任意同行を求めてくれ」

玉城と新里は那覇市の中心部、松山(まつやま)にある川平の邸宅の近くに待機している。昨日、登記で川平の住所を事前に把握していたので下見はしているが、繁華街に近い松山にあって、コンクリートブロックの高い塀に覆われた広大な敷地を居宅としている。こちらで検挙した被疑者の誰かが川平の名を口にすれば、すぐに任意同行をかける手はずになっている。

比嘉が配ってきたスパムの握り飯を頰張りながら、腕時計に目をやる。午前七時十分。突入まで二時間を切った。

「コルトは各員装備、カービンは与那覇とイケザワ大尉が持ってくれ。身の危険を感じたら撃ってもいいが、なるべく穏便にいきたい」

「カービンは懐かしいですね。私も士官学校の教練で使ったきりです」

フェアレディの運転席から降りてきたイケザワは、そう言いながら手慣れた様子で動作確認をして銃弾を装塡する。与那覇も負けじと続くが、やはりイケザワの方が一歩先に装塡を終え、銃口を遥か向こうの中城天空ホテルに向ける。映画の撮影のように現実離れした光景のなかで、小鳥のさえずりだけが響く。

臨時休園している中城公園は、午前中だけ職員も立ち入り禁止とした。園内に今いるのはこの四人と、そしてあのホテル内にいると思われる犯人グループだけだ。

真栄田とイケザワ、与那覇と比嘉、この二人一組でそれぞれ正面と裏側に回ることになる。今車を停めている駐車場からホテルに近づくまでは、なるべく建物や樹木を遮蔽物にするために遠回りする必要がある。地図を開いて進路を確認しているうちに、予定の時刻まであと一時間になったそのとき――。

近くの木の枝から、鳥が飛び立った。

ガン、ガン、と狂暴な破裂音。

「Gunfire（銃声）⁉」

真っ先に気づいたイケザワが、フェアレディの車体を陰にして身を隠す。慌てて他の三人も続く。銃声は止むどころかますます激しくなる。

何が起きたんだ。

「気づかれたばー?!」

与那覇が叫ぶ声は、銃声に掻き消されて辛うじて聞こえた。

「いや、これは……」

イケザワが胸ポケットから手鏡を取り出し、それを車体の外に向けて様子を窺う。

「銃は外から撃たれています！」

「宮里らじゃないのか?!」

「誰だか分からないですが、そうです！」

イケザワはしばらく耳を澄まし、そして引きつった顔を上げる。

「この銃声は……Ｍ16!?」

「米軍ですか?!」

「はぁや！　やっぱりアメリカーが一枚嚙んでたわけさ!!」

「ＮＯ！　ＣＩＤは確かに、この動きは把握していなかった！　それは事実です！」

「じゃあ、他にＭ16なんて撃てるのはどこのどいつね！　日本（やまと）の警察も自衛隊もＭ16なんて持ってないさ！」

「分かりません！」

大声で言いあう与那覇とイケザワを余所に、恐る恐る顔を車体から出して様子を窺う。確かにホテルの外、森の茂みのなかから銃声が轟き、壁や窓を次々と破壊している。ホテル内から怒号が聞こえ、散発的に応戦する銃声がするが、外に向けて一発撃つと、外からは数十発撃ち返される。真栄田たちには気づいていないようだが、時折流れ弾がこちらに飛んでくる。

襲撃した側もされた側も何者か見えないまま、ひたすら銃弾だけが飛び交う時間が、どれだけ過ぎただろう。ホテルのなかからの抵抗が落ち着いたのを見計らい、外からの銃声も止んだ。

茂みのなかから男たちが五人現れた。目出し帽で覆面をし、軍服のような緑色の上下に身を包んでいる。M16だけでなく、銃身を短くした短機関銃を持った男もいる。垣間見える肌から判断するにいずれも白人のようだ。

「おい、真栄田。あいつらどうするね！」

「どうもこうも、こちらの手勢と武装で何とかなる相手か⁉」

「だがな、放っておくわけにもいかんば⁈」

男たちは駆け足で正面玄関に近寄り、建物のなかに入ろうとしている。このままでは宮里らを取り逃がしてしまう。

建物の裏の方から金属の破壊音が、続いてエンジンをフル回転させる音が響いた。建物の正面を向いて左手の奥から、フォルクスワーゲンのバンが猛スピードで飛び出した。武装集団もバンに向けて発砲するが、追撃を振り切る。

――通用口はシャッターになっていて、トラックやバンで出入りできます公園事務所の職員の言葉を思い出す。

バンは駐車場のすぐ横を走り去っていった。

「追いかけるぞ！」

与那覇の声を待たずに全員が車に乗り込む。

真栄田がフェアレディの助手席に乗り込むと、ドアを閉めるのを待たずにイケザワが急発進し、比嘉のコルベアが続く。

「おやっさん！　ガサは失敗だ！」

無線で玉城に顚末を話すと、玉城は声を張り上げる。

「普天間署の車を全てこちらに向かわせてください！」

『分かった！　だが発砲は避けてくれ！』

『あきさびよ！』

「ひとまず、こちらからまた連絡します！　普天間署をお願いします！」

無線の受信を叩き切る。

バンは中城公園の丘を猛スピードで駆け下り、本島東海岸沿いに走る政府道十三号線を那覇方面に疾走した。

道は中城村の農村地帯を通り、右手は中城から続く丘陵地帯、左手はすぐ先の海までの狭い平地に青々としたサトウキビ畑が広がり、民家や商店が点在する。時折、対向車線の軍用トラックとすれ違う。

完全舗装された政府道を時速一〇〇キロで疾走するバンに、イケザワと比嘉の車は三十メートルほどの距離を保って追走する。バンのなかには五人の人影が見える。

「時速二〇〇キロまでは余裕で飛ばせます。横までつけますか？」

「いざとなれば、ですね」

「それよりマエダさん、カービンはどこですか？」

「ああ、今は後部座席に……」

「すぐ撃てるよう手元に置いておいてください」

「ちょっとイケザワさん、あんたまさか」

「我々は常に最悪の事態に備えるべきです」

「しかし、ここは一般の道路ですよ！」

もしここで銃撃戦にでもなろうものなら、極秘捜査はご破算になるだけでなく、犠牲も覚悟しなければならない。だが――。

「彼らが犠牲をいとわないかどうかは分からないんです。常に備えるべきだ」

その言葉には一切の迷いがない。

彼は軍人だ。常に引き金を引く覚悟を持っているだろう。それを俺も持たなければならないのか。警察官としてそんな局面に出くわしたことなどないが、しかし今もし迷えば本土復帰に大きな傷を残してしまう。

迷っている暇はない。振り切るように後ろを振り向いたとき。

コルベアの遥か後方から、猛追してくる黒い影が見えた。

「ジープ……！」

目を凝らすと、ジープに武装した男たちが乗り込んでいた。

バックミラーで確認したイケザワが低い声で呟く。

「あれも米軍のM151です」

「放出品ではないんですか？」

「あの車種は民間払い下げが禁じられているんです」

「じゃあ、やはり米軍が……！」

「分かりません、分かりませんが……！」

イケザワの困惑をよそに、ジープはコルベアを追い越し、やがてフェアレディにも近づいてきた。すぐ横を走る車内から覆面の男たちの姿が五人見える。

男たちはこちらを気にも留めずに、銃を手に身を乗り出した。

『あきさびよ！』

無線機から与那覇の絶叫が聞こえると同時に、乾いた破裂音があたりに響きわたる。

運転手以外の四人が一斉にバンに向けて銃弾を撃ち込み始めた。イケザワが急ブレーキをかけ、後続の比嘉も慌てて急停止した。

バンのバックドアのガラスが割れ、運転席で誰かが倒れたように見えた。

無線が入る。

『太一、こっちで動きが……どうした？　何があった！』

『自宅のガレージから車が出てきました！　運転手がいます！』

『引っ張るばー?!　引っ張らんばー?!』

玉城と新里の声が、ぐるぐると頭のなかで回って理解できない。

「おやっさん！　任意同行（にんどう）は無理です！」

辛うじてそれだけを叫んで無線を叩き切る。

目の前でバンが大きく蛇行し始め、左側車線に乗り出す。対向車線を走る民間トラックが急停車すると、バンはその鼻先を大きくカーブしてサトウキビ畑に突っ込んで、車体が畑のなかにのめり込む形で停車した。

獲物を仕留めたとばかりに、ジープが悠々と対向車線に侵入し、停止したままのトラックの前で止まった。顔を引きつらせているトラック運転手の目の前で、M16を構えた男たちが続々と降車して、銃を水平に構えながらバンに近寄る。

「マエダ！」

イケザワの呼びかけに、我に返る。

「行きましょう」

ドアを開け、カービン銃をイケザワに渡しながらガバメントの銃把（グリップ）を握る。スライドを引き、銃把に左手を添えて腕を上げると、金属の重さをずっしりと感じる。

カービン銃を手にしたイケザワが、銃口を武装集団に向けて叫ぶ。

――リューキューポリスと海兵隊ＣＩＤだ！　その場を動くな！

武装集団が一斉にこちらに視線を送る。対向車線に乗り出した後ろのコルベアからもカービン銃を構えた与那覇と、ガバメントを恐る恐る手に取る比嘉が降りてくる。バンを背に振り返った男たちは銃を手放さず、その場で困惑した様子で早口の英語でやり取りをし始める。

――警察とＭＰだと⁈

――だから警察も抱き込んでおけって言ったんだ！

その部分だけは辛うじて聞き取れた。

やはり米軍なのか。

――ＣＩＤのジャック・シンスケ・イケザワ大尉だ。姓名、所属、階級を答えよ
イケザワの問いかけに、男たちが気の抜けた戸惑いを見せた。まるで見当違いの質問を受けた教師のような、馬鹿にするような空気がその場に漂い始める。

――俺たちはもうＧＩ（米兵）じゃねえよ。ＭＰの指図は受けねえよ
――どういう意味だ！　武器を捨てろ！

――自分のビジネスだけ気にしときな
覆面をしていても分かる。連中は笑いながら、イケザワの問いをはぐらかしている。

銃を手放す素振りも見せない。

「お、おい、どういうことね」

銃を構えたままの与那覇がこちらに困惑の表情を向ける。

「分からん」

「連中、英語を喋っとるから、アメリカーやあらんね」

「アメリカーだ、と思うが、米軍じゃないのかも知れない」

「はぁや？　じゃあ、連中何者ね？」

「分からん……」

一体何がこの場で起きているんだ。

真栄田らと武装集団が膠着状態に陥っている隙に、トラックの運転手は転がり落ちるように逃走した。後続の車両も異変を感じ取って、停止するか引き返し始めた。

脱走米兵の摘発や暴力団の抗争だと思われているのかも知れないが、このままではいずれ通報されるだろう。極秘捜査は破綻だ。

どうする。

風が吹き、周囲のサトウキビ畑がさわさわと、緑の海のように波打つ。

視界の片隅で、何かが動いた。

上背のある男が、バンのなかから飛び出してきた。

「又吉！」

比嘉が叫ぶ。決死の表情の又吉キヨシが覆面の集団のひとりに飛びかかり、顎に掌底を打ち付けた。

「兄貴！　行け！」

「ここは俺らが！」

又吉に呼応するように、バンから知花ケンと照屋ジョーが叫びながら飛び出し、カービン銃を武装集団に向けた。

その後ろで、ひとりの人影がサトウキビ畑のなかを走り出す。その両腕に抱えられた銀色の塊がほんの一瞬、鈍く光った。

鋭い眼光を捉えた。

宮里だ。

──ジャップが！　油断した！

──殺せ！

色めき立った男たちが一斉に銃撃を始めた。二人も反撃するが、自動小銃であるM16の圧倒的な火力を前に、知花と照屋のカービン銃では歯が立たなかった。

照屋は胸にいくつも銃弾が浴びせかけられて崩れ落ちる。

知花は眉間を撃ち抜かれると、バンにもたれかかるように突っ伏した。

目の前で、スローモーションのように倒れていく。

──やめろ！

イケザワの叫びが銃声に掻き消される。

「ひゃあ！」

「馬鹿野郎、警官が情けない声出すな！　この臆病者が！」

コルベアの影に転がり込んだ与那覇が、比嘉をビンタする。その与那覇にしても声が震えている。

そして、ひとり素手で戦っていた又吉も、腹部から血を飛び散らして横転する。倒れる又吉の顔はしかし、不敵な笑みを湛えていた。

ズボンのポケットから、ふたつの黒い塊を取り出していた。

「Grenade（手榴弾）！」

イケザワが叫ぶや否やこちらに覆いかぶさってきた。サトウキビ畑に背中から転がり込んだその瞬間――。

轟音。熱風と衝撃が顔面に襲いくる。

恐る恐る目を開けると、黒煙が辺りに立ち込め、バンの側面が黒く焦げている。覆面の男たちは地面に倒れ、悲鳴を上げて暴れる者もいれば、動かない者もいる。

そしてその中心に、黒焦げになった遺体が転がっていた。

遠くからサイレン音が聞こえてきた。普天間署のパトカーが駆け付けたようだ。

――撤収だ。負傷者を回収しろ
武装集団の誰かが叫ぶ。

辛うじて動ける者が三人、地面に倒れたままのふたりを肩で背負ってジープに乗り込む。イケザワはカービン銃を向けて牽制するが、男たちは目もくれず、サイレンが近づいてくる方角と反対側に走っていった。

「普天間署おせぇぞ!」

与那覇のどこか空回りした怒鳴り声が響いた。

サトウキビ畑を波打たせる風は、いつの間にか止んでいた。


駆け付けた普天間署の署員は、すでに何かしらを言い含められているようだった。

「お疲れ様です、本部刑事部、本土復帰特別対策室の……」

「ああ、あんたがエリートさんの真栄田班長ね。普天間署捜査課班長の東江警部補です。いいよ、どいてくれんね」

「あの、本件は……」

「逃走中の泡瀬派崩れが報復受けて殺されただけ、ということだと、偉い方からは聞いとります。あとで遺体の顔だけ確認してもらえますかね」

四十絡みの東江は気だるそうに署員に命じて、黒焦げになった道路上に規制線を張る。煙草を咥えてジッポーで火を点けて、真栄田らから離れていった。救急車やレッカー車も到着し、東江が彼らにも指示を出していた。

与那覇が小声で耳打ちする。

「おい真栄田、連中、なんか妙だ」

「玉城さんを通じて刑事部長から何かしらの指示を受けているはずだが……」

「俺も嘉手納署時代の後輩がいたが、声をかけたら目を逸らされて無視された」

彼だけでなく、その場に出てきた警官は真栄田ら四人と目も合わせずに、事務処理的に現場検証を始めた。事件解決を急ぐ雰囲気は感じられず、むしろ隠すように、見つけ次第すぐにビニール袋のなかに収納していく。遺体も、現場保全などお構いなしに、さっさと担ぎ出して路上に並べる。

「おい真栄田さん、来てもらっていいかい。こいつらの名前、分かるかい？」

並べられた遺体の横に立つ東江に呼ばれる。与那覇と比嘉の三人で向かう。

「ええ……照屋ジョーと知花ケンです」

「はあ、話にあった泡瀬派崩れって奴ね、はいはい。こっちの黒焦げのは？」

「又吉キヨシです。自分で手榴弾を炸裂させて……」

あたりの路面にこびりついている赤黒いものが何か、意識しないようにした。

「残るふたりのうち、ひとりは走って逃走したのを視認しました。あとは運転席にいると思われますが……」

「なるほど、おーい、車内も確認しといてくれや」

東江が捜査員に指示を出すのをよそに、三人をじっと見下ろす。

貫通銃創で胸部が蜂の巣のようになった照屋、顔面から脳天にかけてぽっかりと穴の開いた知花、そして自ら手榴弾を炸裂させた又吉。三人とも即死だったろう。

思わず手を合わせたとき、横を普天間署の捜査員がふたり、通りかかった。

——アイツら、見殺しにしたくせに
——泡瀬派崩れの不良とは言え、惨いことしやがる
小声だが、しかしハッキリと、聞こえよがしに言い捨てていった。

「おいテメェ今何つった。もういっぺん言ってみろや、あぁ？」

与那覇がひとりの首元を摑む。三十代と思しき捜査員は一瞬怯むが、せせら笑う。

「本部長だか刑事部長だかの特命か何か知らんが、こっちに手を出すなとお達ししといて、挙句に所轄のシマ荒らして犯人取り逃がして、アメリカー気取りかね？」

「っ……」与那覇が歯を食いしばる。

「おい、絡むのもそのくらいに」

東江が煙草を捨てて踏みつぶし、面倒くさそうに静止に入ったとき、

「運転席の男、息があるぞ！」

バンのなかを捜索していた捜査員が声を上げる。

その場にいた捜査員らが運転席へ殺到する。真栄田らも駆け付けると、バンの運転席でハンドルに突っ伏した稲嶺が、意識こそないものの微かに息をしていた。

「救急車に運ぶから手を貸してくれ！」

捜査員らが三人がかりで、運転席から何とか稲嶺を担ぎ出し、サトウキビを踏み倒しながら表に連れ出す。

「東江さん、うちの人間を同行させてもらいたい」

「どうぞお好きにしてください。私らはもう、面倒事に関わりたくないんで」

新しい煙草を咥えた東江は、真栄田の申し出に一切の関心を示さなかった。

稲嶺を救急車に乗せ終わり、救急隊員が「同乗者は誰ですか?」と問いかけてくる。

普天間署の捜査員らの白い目がこちらに集中する。

「比嘉くん、すまんが頼む。搬送先と状況が分かったら本部に連絡を」

「は、はい」

捜査員らの間を、上背のある体を気まずそうに縮こまらせながら、救急車に乗り込む。救急隊員がテキパキと後部ドアを閉めるとすぐにサイレンを鳴らして走り去った。

救急車を見送ると、東江が近寄ってきた。

「じゃあ、こちらはこれで御役御免で。トラックとそこのコルベアはハチの巣ですからレッカーですな。ひとまずうちの署の駐車場に置いておくんで、後日引き取りとトラックの持ち主への連絡を頼みます」

言われてから比嘉のコルベアを見ると、確かにボディ全体に弾痕が残っている。嵐のような銃撃戦のあと、取るものも取りあえず救急車に乗り込んだ比嘉が、この事実を把握しているとは思えない。あとで嘆くことになるだろう。

「ありがとうございます、色々と」

「給料分の仕事ですわ」

東江はふうっと紫煙を吐き出し、背を向けながら目を細めてこちらを睨んで来た。

「あんたらの事情は知らんがね、こっちも手下共がバカ見てるわけさ。そのへんは踏まえといてくれよ」

与那覇もイケザワも、真栄田自身も何も言い返せなかった。


『暴力団の抗争か、軍道で四人死傷　中城村の政府道で銃撃』

沖縄タイムスと琉球新報に、小さい見出しが躍ったのは、翌九日付の朝刊だった。社会面の一番下を這うベタ記事に、琉球警察普天間署の発表として、中城村で逃走中だった暴力団員の乗った車が銃撃され、三人が死亡し一人が重体で発見されたことなどが、淡々と記載されていた。

日本政府の立法措置や米軍施設縮小後の経済対策、安全保障をめぐる日米交渉、そして沖縄全土で進む通貨交換への準備進捗や地元商工業者の対応……新聞紙面が一面から社会面まで、本土復帰に伴う内外の情勢で埋め尽くされているなかで、沖縄の戦後が産み落とした恥を見て見ぬふりでもするように、小さく隅に追いやられている。

代わって、琉球警察内には、徐々に中城での噂が広まっていた。

「顔見知りの女子職員から何度も聞かれました。対策室が本部長の命で暴力団事件をもみ消そうとしているのか、って……」

新里はそう言いながら、申し訳なさそうに俯く。

新聞で報じられてから四日たった十三日の夕方六時。夕焼けで赤く染まる本土復帰特別対策室の狭い一室で、一堂に会した比嘉以外の五人の表情は硬かった。

「宮里、どこに逃げおおせたんでしょうね……」

新里が消え入りそうな声で呟く。

逃走した宮里の足取りは杳として摑めない。車内には宮里も、そして一〇〇万ドルの入ったジュラルミンケースもなく、行先を示すような手がかりもなかった。

「宮里だけじゃなく、川平も情婦の伊波正美も足取りが摑めない」

あの襲撃があった朝に家を発った後、川平は所在不明になった。経営する川平興業にも問い合わせたが、数日間出張に出ると連絡があっただけで、行き先などは一切知らされていないという。

「もう俺らの手に負えんところまで広がっとる」

与那覇が机の上に叩きつけた紙には、宮里の眼光鋭い特徴的な顔写真が印刷されていた。

「一課の連中から分捕ってきた。全土の警戒要員に手配書が配布されとる。『本土に逃亡していた暴力団員が戻ってきている』と説明されとるようやが、もう中城の顚末が普天間署の連中から漏れ出とるし、そもそも、アメリカーのホトケさんがひとつ出ている。警察のなかじゃ隠しようがない」

中城天空ホテルには唯一、殴り殺されたと思しき白人男性の遺体が放置されていた。

イケザワが肩をすくめる。

「我が軍で所在不明ないし逃亡が認定された兵士のリストを確認しましたが、例の遺体はそのどれでもありませんでした」

「CIDには黙っとるんか？」

「もちろん。この状況で共有すれば、蜂の巣をつついたような騒ぎになるでしょう」

「お前も結構なワルになったさ」

「それはどうも」

イケザワと与那覇は顔を見合わせ、悪童のようにニヤリと笑った。

「アメリカーのホトケさんの件は伏せて、暴力団事件の発生ってことで、肝心の現金強奪は隠しおおせているってわけか」

「小さな事実を隠さず伝えることで、かえって大きな事実を隠せることがありますが、まさにそれですね」

与那覇の問いかけに、イケザワは腕を組んで頷く。

なぜ殺された白人が宮里らと同じ場所にいたのか、どういう関係だったのか、そもそも彼らはこのホテルでどのように潜伏していたのか、現時点では分からない。

「幸勇さんの描いた絵図の通り、暴力団の事案として発表して、警察庁やマスコミにも関心を持たれないうちに片付けるつもりやさ。もちろん、期日までに片を付けるのは全部こっちの仕事、失敗してもこっちに押し付けるに決まっとる」

玉城が琉球煙草の「うるま」を吸いながら、顔の傷を引きつらせるように笑った。

返還当日の十五日までに、もしも宮里と一〇〇万ドルが見つからなければ——。

「ま、俺もここを花道に引退する予定やさ。熨斗つけて雁首差し出すには手ごろな重さよ」

玉城はからからと笑いながら煙を吐く。

「最後の大仕事やさ。十五日までに何としてでも——」

玉城の言葉を遮るように黒電話がけたたましいベル音を発した。

ワンコールで受け取った新里が表情を一変させる。

「赤十字の比嘉さんから、稲嶺が意識を回復したそうです!」

「あきさびよ!」

沖縄赤十字病院は那覇市役所の向かい、久茂地にある。新里の車を出すまでもなく、走って数分で駆け付けられる距離だ。

全員で対策室を出て階段に向かうと、階段を挟んだ反対側の廊下から、捜査二課時代の同僚がふたり、こちらへ歩いてくるのが見えた。

今日は土曜日だが、この日だけは庁内に人が多く賑やかだ。琉球政府庁舎と琉球警察本部で、それぞれの閉庁式が行われたからだ。

向こうはこちらに気づくと、通りすがりに聞こえよがしに口にした。

「内地(やまとう)のスパイやさ」

「玉城さんまで巻き込みやがって、二課の面汚しが」

交錯した視線は、好奇心と恐れと驚きとそして敵意がない交ぜになっていた。

後ろからついてくる玉城にも聞こえたのだろうか。できれば聞こえないでほしい。

いつものことだ。内地のスパイ、占領地からの留学生、島人……どこへ行っても白い目で見られるのには慣れている。

立ち去る元同僚の口元には、言ってやったという下卑た笑みが浮かんでいた。

いつものように聞かなかったことにして、俺の胸の内だけで留めておこう。

不意に、元同僚の体勢が崩れた。

「おい、お前(やー)今何つった」

与那覇がひとりの首根っこを掴んでいた。

「よ、与那覇……お前(やー)こそ、なんで内地人(ないちゃー)の肩を……」

「黙れ(あびらんけ)叩(た)っ潰(ぴらか)すぞ！」

与那覇が凄みを利かせて詰め寄ると、二人は怖気づいたか与那覇の手を振り切って、そそくさと逃げていく。与那覇は最後まで二人の背中を睨んでいたが、舌打ちしてこちらに向き直ると顔を赤くして詰め寄ってくる。

「お前(やー)は馬鹿(ふらー)か？　なんであそこまで言われて殴らん！」

「いや、その……まあ、聞き流しておけばいいかと……」

「はぁや？　もっと怒れ！　くぬ臆病者が！」

ますます与那覇は顔を赤くするが、我がごとのように怒りを剝き出しにする与那覇を見ていると、むしろ自分の気持ちが落ち着いてしまい、笑いが込み上げてきた。

「何がおかしい！」

「お前だって、俺のこと、内地面呼ばわりしていたのに」

「おう、俺は自分が卑怯なことをしたから、なおさら許せん！」

与那覇は真正面から、臆面もなくそう言ってのけるので、聞いているこちらが恥ずかしくなってきた。やがて与那覇は自分も恥ずかしくなったのか、顔を背ける。

「はぁや！　もういい！　早く病院に行くぞ！」

与那覇が恥ずかしさを紛らわすように、背中を強く叩いてきた。

閉庁式も終えた今、琉球警察でも沖縄県警でもない、ただの「警察官」として、与那覇もイケザワも、そして玉城も新里も比嘉も、自分の側に立ってくれている。

背中に感じる圧と温もりが、少しだけ肩を軽くしてくれた気がした。


五階建ての沖縄赤十字病院の四階、廊下の一番奥の個室の前に、警備の制服警官が二人立っている。その前で比嘉が、黒眼鏡をかけた白衣の男と立ち話をしていた。

「警察本部の者です。執刀医の先生ですか」

「赤十字病院救急部の渡久地です。患者は手術から丸五日意識不明でしたが、先程十七時半ごろに意識が回復したようです。まだ後遺症などは調べきれていないので予断は禁物ですが、命の危機は脱したと言えるでしょう」

「先生、これから少しでいいんです、聴取をさせていただきたい」

渡久地医師の黒眼鏡の奥の目が迷惑そうに細まる。

「患者は意識が回復したとしても、そもそも頭部に銃弾を受けて急性硬膜下血腫を患っていたのですから、脳に過度の負担は禁物です。一週間は絶対安静ですよ」

「暴力団抗争に関わる緊急事態なんです、一刻の猶予もないんです」

渡久地医師は渋い顔をして口をつぐむが、

「聴取はひとりだけ。私が立ち会って、私が止めるまでという条件でなら」

「立ち会いは避けていただけませんか。極秘事項なんです」

「駄目です、患者の容体に変化があった場合――」

「先生」

与那覇が割り込む。

「あんた、本当に首突っ込む覚悟があるのか？　あれは泡瀬派崩れさ。話を聞いたら命狙われるかも知れん。あんた、そこまでの覚悟があって言ってるんかね」

「それは……」

「連中も命懸けてきてるし、こっちも命懸けてるわけ。あいつが死のうが生きようが、こっちも知ったこっちゃないし、あいつ自身も望んじゃいない。一世一代の大博打だ。それでもまだあんたは立ち会うってのか？」

与那覇の、怒鳴るでもなく、しかし力強く畳みかける口調に、渡久地医師は口をつぐみ、そして小さく溜息をつく。

「十分でお願いします。それ以上は医師としては認められません」

「分かりました」

自分が行く、と他の五人に目配せし、全員が黙って頷く。

扉を開けると、四畳半ほどの病室が、電気こそついていないが西日で橙色に染まっていた。一台だけ据え置かれたベッドの上に、頭髪を全て刈り込んで包帯を巻かれた稲嶺が、ぼんやりした顔つきで横たわっていた。

足音に気づいたか、稲嶺が頭を動かさずに、薄く開いた目を微かにこちらに向けた。

「稲嶺コウジ、聞こえるか。警察本部の真栄田だ。お前らの盗んだ一〇〇万ドルを追っている」

稲嶺の口から、諦観とも安堵ともつかぬ溜息が漏れ出て、か細いながらも声を紡ぐ。

「タケオ兄貴は」

「その宮里武男を追っている。例の武装集団に殺されるかも知れん」

「殺される……」

「中城でお前らを襲撃した連中だ。お前が銃撃された後、又吉、照屋、知花は射殺された」

稲嶺の目が段々見開かれてくる。何が起きたのか思い出したか。

「兄貴は……兄貴は騙されたんさ……あのアメリカー！　監視だ何だと言って最初から俺らに指図しやがって気に食わんかったんさ……挙句にジョーもキヨシもケンもやられたば?!　あいつら叩っ殺さりんど！」

「落ち着け、お前もまだ絶対安静だ！」

声を震わせ、興奮して起き上がろうとする稲嶺を、何とか押さえる。

「お前らの言うアメリカーとは誰だ。米軍のどの部署だ、答えろ」

「米軍？」

稲嶺が怪訝な顔をし、やがて「はっ」と吹き出す。

「アメリカーはなにも米軍だけじゃないさ……警察のくせにそんなことも知らんわけ？」

「あんな重武装を民間人が持てるわけないだろう！」

「連中はＧメンやさ」

「は？」

稲嶺は、しかしそこまで言うと目の焦点が合わなくなり、瞼が段々閉じてくる。

「おい、どういうことだ！　おい！」

稲嶺が意識を手放す直前、微かに口を動かした。

「えすわい」

そう聞こえた。

問い返す前に、声を聞きつけた渡久地医師が部屋のなかに入り、稲嶺の脈などを測って首を振る。

「これ以上は無理です！　命に関わります」

「しかし……！」

「もうあと一週間、一週間して落ち着けば存分に聴取できますから」

「それじゃあ間に合わないんだ！」

「おい、真栄田」

後から入ってきた与那覇が真栄田と渡久地の間に割って入る。

「稲嶺は何て言ったば？　お前（やー）しか聞いとらんわけ、何て言った？　落ち着け！」

「あ、ああ、それが……」

「外で聞く」

与那覇に引っ張られ、渡久地医師を残して部屋の外に出て、その場にいる与那覇以外にも聞き出した内容を伝える。

「最後に、えすわい、と言い残したんだが……」

「えすわい……」

「ちょっと待ってください、本当にイナミネはそう言ったんですか」

イケザワが顔を強張らせる。

「ええ、えすわい、と聞こえたと思いますが、どういう意味かは」

「それは恐らく、ＳＹ、オフィス・オブ・セキュリティのことです」

「オフィス……？　どこの部隊ですか」

イケザワがベンチに腰掛け、拳に額を乗せる。

「ＳＹは軍ではなく、ステイト・デパートメント、国務省の秘密保安部門です」


二十世紀にアメリカ合衆国が国際社会での存在感をいや増すようになると、国際外交の最前線に立つ外交官や在外公館がスパイによる破壊工作や情報収集の危険に晒されるようになった。自衛の必要に迫られた国務省は、第一次世界大戦中の一九一六年に保安部門を設立し、第二次大戦が終結して米ソ冷戦が激化するなかでOffice of Security、通称ＳＹと呼ばれる専門部局を発足させた。

病室から離れ、階段を下りながらイケザワが解説する。

「ＳＹ職員は在外公館にも駐留し、我々ＣＩＤと同じ連邦捜査官として、警察官と同等の捜査権限を持ちます。即ちGovernment Men、Ｇメンです。ＳＹは発足当初から海兵隊から武装や人員の面で協力を受け、軍と同じ武器や車両を使っています」

——神戸港から、軍艦で沖縄に帰った、と言っているんですよ藤井の言葉が脳裏に蘇る。

「米軍と同じ武装だったのはそういうことだったか」

「そうです。ただ彼らの任務は、在外公館や米国市民の警備・保護にとどまります。リューキューは高等弁務官も米国民政府（ユースカー）も陸軍将校が牛耳るように国防総省が支配する島と言っても過言ではありません。国務省の出先機関であるナハの総領事館は、民間人のビザ発給以上の役割は果たしていません」

　沖縄の住民としても「アメリカー」と言えば米国民政府（ユースカー）もライカム（在琉球米軍司令部）も、すべて米軍のことを指していた。沖縄戦以来、軍による占領統治が二十七年間続いてきたのだから、その構図に疑問を持つこともなかった。

「じゃあ、なぜ国務省のＳＹとやらが沖縄で宮里一味を銃撃するんですか」

「それが分かりません……大統領直属のＣＩＡや国防総省のＮＳＡのような対外工作、まして米軍占領地であるリューキューで白昼堂々射殺できるような権限などあるはずがありません」

　イケザワも腕組みをするが、不意に顔を上げる。

「もし……もしリューキュー全土のドル回収が遅れれば、日本側が約束した返還の条件が満たされなくなります。そうなれば、日米間の外交交渉で日本に対して有利な条件を突きつけることができるのでは……例えば」

　丁度、階段を下りきって一階のロビーに辿り着いたときに、イケザワが指を立てる。

「リューキューでドル回収が遅れていることから、米政権が引き続き金融システムに介入する、などでしょうか」

「はぁや！　そんなこと許されるか！」

「あくまで可能性です」

与那覇がイケザワに摑みかかるが、イケザワがそれをいなす。

「だがよ(やしがよ)、日米交渉を有利に進めるためにわざわざこんなことを……」

「ベトナムを巡っては我が国が外交的にも軍事的にも劣勢に立たされています。ワシントンではどのような政治的な駆け引きをしているかは分かりませんが、リューキューをこの時世に手放すことを、よく思わない勢力は、軍(ミリタリー)であれ文民(シビリアン)であれ多いのです。そのためになりふり構わぬ手に出ているのかも……」

「おいアメリカー、お前(やー)はさっきから他人事のように」

与那覇とイケザワの間の空気がまた険悪になりそうだったが、ふと新里がロビーの一角を見て声を上げる。

「あれ、室長さん、なんでこんなところにいるんですか？」

ロビーの長椅子に、玉城がひとりで座っていた。そのとき初めて、玉城が途中で別行動をとっていたことに気づいた。玉城もこちらに気づいて顔を上げた。

「愛子ちゃん、すまんね、ちょっと母ちゃんの病室に抜けさせてもらったさ」

「あ、ああ、そうだったんですね」

そう言えば玉城の妻は赤十字に入院していると言っていたことを、今更思い出す。

「おやっさん、おばさんの様子はいかがでしたか」

「ああ、ラジオの民謡聴いて、踊りたそうにしてたさ、だながあ（やしがよー）……」

「どうかしたんですか」

「いやあ、ちょっと、治療に時間と金がかかりそうでな」

玉城は小さく溜息をついたが、よいしょと立ち上がる。

「ま、なるようになる、なんくるないさぁ」

どこか無理して笑っているように見えた。


その晩、玉城が妻の看病で病院に泊まり込むというので、稲嶺の監視を任せた。

与那覇はコザの不良（あしばー）を再び当たるといい、その相棒に比嘉ではなく新里を指名した。

「コザはお前（やー）の街だろう。詳しいんやあらんね」というと、新里は「はい！」と得意満面に頷いた。所在なげに比嘉が「あの清徳さん、俺（わー）は……」と呟くと、与那覇は「雄二、お前（やー）はまず車を調達しないと話にならん」と切り捨て、ますます比嘉が巨体を小さくした。

イケザワはＣＩＤに一度戻り、ＳＹについての情報を探るという。与那覇は「やっぱりアメリカー同士でつるんどるんやあらんね」と疑念を捨てきらないが、イケザワは「ぜひ暴いてください」と与那覇を挑発する口振りだ。与那覇も「おう、いつでもワッパをかけてやるさ」とどこか楽し気だ。

真栄田はひとり、対策室に戻った。これまで本部の連中に動きを知られたくないからと玉城邸を裏の捜査本部としてきたが、これだけ噂が広まってしまった今、周囲の目を気遣う必要は最早ない。本土のマスコミに感づかれるのは厄介だが、いずれにしてもあと数日の話だ。事態がここまで動いている今、何かがあったときにすぐに動ける司令塔としてあの対策室を使わない手はない。

刑事部屋を避けて、対策室に戻る。電気を点けて、これまでにノートに書き溜めた捜査情報と、コピーなどで入手した書類を全て、机の上に広げる。

一枚一枚に目を通しながら、現状をまとめてノートに書き込む。

『宮里武男と川平朝雄は逃亡。どこへ』

『SY。国務省の武装組織。外交交渉の材料として介入？　宮里らに指図？』

『一〇〇万ドルの行方は』

『なぜSYが宮里を？』

何かヒントはないか。宮里の行方を、犯行の動機を、国務省が関与してくる理由を、少しでも示す情報はないか。

だが、どれだけ紙の上を見つめても、答えは出てこない。

急に黒電話が鳴り出す。

「はい本土復帰特別対策室……」

『交換台です。真栄田警部補に外線電話です』

通信課の夜勤交換手の、抑揚のない事務的な声。

「私ですが……」

『繋ぎますね』

有無を言わさずにベル音に切り替わる。こんな時間に一体誰が――。

『太一さん？　こっちにいたのね』

まったく予想しなかった人物からの電話だった。

「お義母さん、どうして」

『真弓から職場の番号も聞いていました』

自分との結婚を内心快く思っていなかった義母が、わざわざこんな時間に電話をかけてきたことがどういうことか――。

義母は抑揚のない声で淡々と用件を話す。

『それより、真弓に陣痛がついさっき来ました』

「陣痛？　だって予定日はもっと先じゃ……」

『一か月早く生まれることだってあります』

義母の落ち着きぶりがいやに不気味だ。

『予定していた産院に先ほど入院しました。あなたはお仕事があるでしょうし、沖縄からじゃすぐに戻ってくることは無理でしょう。沖縄なんて遠いところに行くから……こちらで全部やっておきます』

「あのお義母さん、真弓さんは……」

『今は痛い痛いって叫んでます。お産は危険なものだし、それにやっぱり予定より相当早いから、先生も覚悟はしておいてほしいとのことでした』

「分かりました……」

義母の溜息が受話器越しに聞こえる。

『あなたのご実家も遠くで頼れないのだから、この先子供が病気になったりしたら、またこういうことがあるかも知れないのよ。あなたは警察官だからなおさら真弓がひとりにならざるをえないの。そこまで分かって沖縄に連れて行ったんでしょうね』

「それは……」

『まあ、今言っても仕方ないわね。とにかく、また連絡します』

「あ、あの、入院先の産院の電話番号は……」

『あなた、そんなことも真弓から聞いていないの？』

呆れるような義母の声に、何も言い返せなかった。予定日はまだひと月先だ。この事件が片付いてから聞けばいいと思っていた。

溜息交じりの義母から産院の電話番号を聞き、何度も頭を下げながらノートにメモして電話を切る。

通常の初産は陣痛や破水が来てから十二時間、あるいはそれ以上はかかるという。だが、真弓の場合は予定日よりも一か月も早い。通常のお産になるとは限らない。目の前の事件だけでなく、東京の妻の様子も気になってしまう。胃が痛くなる。

ノートの隅に、半ば自棄になりながら走り書きをする。

『残り一日』

明日で五月十四日になる。十五日の復帰日がタイムリミットだ。

稲嶺の容体が急変したと連絡があったのは、十四日早朝の四時過ぎだった。

『さっき医者が病室に駆け込んで行った！』

受話器の向こうで玉城が言い終わる前に、受話器を置いて駆け出した。赤十字病院までの距離は変わらないはずなのに、あまりに遠く感じた。

昨日の病室に駆け上がろうとすると、渡久地医師と看護婦らが駆け足でストレッチャーを運んできて、その後に玉城が駆け足で続いていた。

ストレッチャーの上に寝かされた稲嶺は、心拍に合わせるように口から泡を吐いていた。虚ろな目は辛うじて開かれていたが、意識があるのかは定かではない。

「先生、容体は」

「分かりませんが危険な状況です。これから緊急手術に入ります、どいてください」

「万一の場合があるかもしれません。意識のあるうちに聴取させてください！」

「そんな状況ではないでしょう！　どいて！」

渡久地医師がぴしゃりと言いのけて駆け抜けようとする。医師と看護婦は最早こちらを無視して処置についてやり取りしている。

ここでようやく摑んだ手がかりを逃してしまえば、もうあとはない。

ストレッチャーの一群に追いすがりながら、稲嶺に声をかける。

「おい稲嶺、お前の兄貴分はどこへ行った！　お前らの盗んだ金はどこだ！　ＳＹの連中は何でお前らを襲ったんだ！」

「刑事さん！　いい加減にしてください！」

「うるせえ！　いいから答えろ稲嶺！　無駄死にする気か！　お前もこのクソみたいな島で生き残ったんだろう！　大暴れするだけして、ここで死んで終わりにする気か！　ふざけんじゃねえぞ！」

「刑事さん！」

そのとき、よだれと泡に塗(まみ)れた稲嶺の口が、小さく動いた。

看護婦が止めるのを振り切って、口元に耳を寄せる。

――あひぃ、ねぇねぇのかたき、とってくれ
「手術室です！　いい加減にしてください！」

渡久地ら複数の医師に突き飛ばされ、冷たいリノリウムの床に尻もちを付く。

目の前の扉にストレッチャーが運ばれていき、上の「手術中」という電灯が点る。

姉貴の仇。

稲嶺が残した言葉が、静まり返った廊下に反響するように、耳元から離れなかった。

稲嶺コウジは二時間後に死亡した。


「一〇〇万ドルはまだ見つからんのか！」

喜屋武刑事部長が、ごま塩頭に脂汗を浮かべて詰め寄ってくる。後ろの執務席に座る座間味本部長も、机の上に腕を組んで険しい表情でこちらを睨みつけてくる。

定時の九時を待って、喜屋武刑事部長に「現状を本部長に直接報告したい」と直談判したところ、喜屋武は何も答えず本部長室へ向かった。

普段なら玉城がこの二人に報告するのだが、これは報告ではない。捜査だ。

「残念ながら、実行犯と思しき宮里武男らの一派のうち、三人は先日射殺され、そして生き残ったひとりも今朝方、容体が急変して亡くなりました。手がかりを全力で捜索しているところですが」

「言い訳は要らん。君らには一〇〇万ドルを回収する以外の成果は求めていない。もし無理なのであれば、君らも辞表を出す覚悟でいてもらわねば困る！」

「我々も全力を尽くしておりますが、しかしご協力いただかねばならないことがいくつかあります」

「何をだ！　すでに君らが捜査を秘匿できなかった尻拭いを普天間署にさせ、沖縄全土で実質的に非常線を張っているというのに、これ以上何を――」

「宮里武男には、宮里シズという姉がいたそうです」

「っ！」

喜屋武の表情が固まる。

やはりだ。

稲嶺の残した言葉を頼りに、複写した五人の戸籍をもう一度読み直した。

与那覇も調べた通り、宮里一派の五人のなかで姉がいたのは宮里だけだ。

宮里シズ。一九三四年（昭和九）生まれで、終戦の年に生まれた宮里武男の十一歳上の姉になる。戸籍は戦後に孤児院で作られたもので、両親とそのほかの兄弟は沖縄戦で亡くなっており、武男にとっては唯一の肉親だ。

「この姉は一九五三年四月にコザで殺されたそうです。資料室で当時の新聞記事を漁ってみたら、この記事が出てきました」

ゼロックスで複写した新聞縮刷版を机の上に広げる。

見出しにはおどろおどろしく、こう書かれていた。

『娼婦、またも首絞め殺害　コザAサインで三件目』

「性行為のさなかに首を絞めて殺される事件が、この年の二月から四月にかけて三件もあったとあります。記事によると犯人は捕まっていないようですが、十九年後のつい先月に、同じコザで同じ手口の殺しがありました。その捜査は上からの指示で突然打ち切られました。私はてっきり米軍からの横槍があったのかと思っていましたが、米軍側にそのような様子はないです」

「君は一体急に何を――」

「玉城室長に聞きました。十九年前の連続絞殺事件当時の刑事課長は座間味本部長で、そして現場入りした強力班長は喜屋武刑事部長だったそうですね」

何も答えない二人の眉間に刻まれた皺が、答えを示していた。

「現金強奪の実行犯であるとされる宮里武男の姉も、その十九年前の事件の犠牲者だそうです。我々は宮里の名前をそちらにはお伝えしているはずですが、もしかすると心当たりがあったのでは？」

「……それは、ない。事前には知らなかった」

「分かりました。急死した宮里一派の生き残りに、昨日辛うじて聴取できた結果、彼らを襲ったのはアメリカ国務省のＳＹと呼ばれる武装組織の可能性が高いと分かりました。そして、宮里一派は実行犯として国務省、この場合だと那覇の総領事館でしょうが、彼らに雇われたものの、何かしらの原因で仲間割れしたと見られます」

喜屋武だけでなく、座間味も目を見開いた。

「本部長も刑事部長も、すでに薄々ご存じだったのではないですか？　今回の現金強奪の裏に、アメリカ国務省の関与があったことを」

喜屋武は目をキッとつぶって応接ソファに腰を下ろす。座間味は眉間の皺を一層深くし、やがて長い溜息を吐く。

「言い訳になるだろうが、我々も確証があったわけではない。ただ、心当たりがあった」

「と、言いますと」

座間味は一言一言、反芻するようにゆっくり発していく。

十九年前、座間味はまだまだ小所帯だった琉球警察で、唯一の捜査部門である刑事課の課長であり、その下で喜屋武が殺人や強盗を捜査する強力班長であった。

戦後のどん底の混乱からようやく抜け出そうという頃で、琉球警察も本土並みとは言わずとも、何とか田舎警察の体裁は整えつつあった。現場の人手も予算も資機材も、すべてがないない尽くしながらも、新生沖縄の治安の番人として精力的に捜査に向き合おうとしていた。

朝鮮戦争の終盤で、沖縄駐留の米兵の風紀は今に負けず劣らず乱れており、不良米兵による凶悪な渉外事件は増加の一途を辿っていた。

そんななか、コザで二か月の間に三件、性行為の最中に首を絞められて殺されたとみられる遺体が立て続けに見つかった。どれも十代後半の、戦争で両親を失って娼婦になった若い女性ばかりだった。

「喜屋武君も私も、戦争を生き残った若い娘さんが殺されたんだって、涙を流しながら気合を入れて捜査に臨んだが、ある日警察隊長に捜査中止を言い渡された」

当時は、今以上に米軍が警察への捜査介入を平然と行った。

だから、座間味も喜屋武も、またいつもの横槍かと憤ったという。

――またGIがらみですか

座間味が尋ねると、警察隊長は意外なことを口にしたという。

――それがなあ、MPの連中も訝しんどる。軍の者じゃないらしい

米兵の犯行でなければ犯人は何者なのか。座間味も喜屋武も、刑事としての追及心に火が点き、米軍内部で捜査中断に批判的だった捜査官とも結託し、米軍の情報を集めるなどしたという。

「だが、答えが分かったのは、その六月に発令された那覇総領事館の異動人事を知ったときだった」

「異動人事……？」

「半年前に那覇の総領事館に赴任したばかりの若手事務官が、急遽本国に召還された」

「それはまさか、その事務官が」

「確証はなかった。だが、ふと気になって調べてみると、確かにその事務官は三件の事件現場に、遺体発見前後に出入りしていたことが分かった」

「令状請求は」

「取れるはずがない。現場には確かに精液も残されていたし、ドル札には指紋もあったかもしれん。だが、その事務官のものかどうか照合することなどできず、事務官は季節外れの異動で我々の前から姿を消した」

「それが、今回の事件とどう関係が――」

「順を追って話す。落ち着いて聞きたまえ」

凶悪事件を起こした米兵が急に前線勤務や本国送還となって、罪を償うことなく琉球警察の手の届かないところへ逃げおおせることなど、日常のように起きていた。だから、そういった理不尽のうちのひとつとして、その事件は社会からも、そして警察内部からも忘れ去られていった。

「だが今年の三月、本土復帰する直前というこの時期に、急な異動人事が那覇の総領事館で発令された。たまたま新任の事務官のリストを眺めていて、目を疑ったよ」

オーガスト・ミラー二等書記官。

それが、十九年前に疑惑を抱えたまま沖縄を去った事務官の、現在の肩書だという。

喜屋武が応接机に写真を置く。古びたモノクロ写真で、黒縁眼鏡をかけた二十代と思しき若い白人男性の履歴書用の顔写真だ。写真の裏には「ミラー書記官」と鉛筆で書かれていた。十九年前に入手した当時のミラーの写真か。

「ミラーが、かつて疑惑を残して去った沖縄に、それも返還間近のこの時期に急遽赴任してきたその意図が読めなかった。付き合いの長い領事館職員や米軍幹部にも聞いたら、三月から八月末までの半年というこれまた異例の人事で、どうやら国務省中央の意向で何を命じられているかはトップシークレットだという。だから――」

「だから、またコザで大島人の女が殺されても、あえて泳がしたと」

座間味も喜屋武も、表情を動かさない。

「喜屋武から報告を受けて、ミラーの手口だと確信した」

「で、与那覇の捜査を妨害してまで、泳がせた結果が、今回の強奪ですか。捜査を中断させられた刑事の悔しさを一番知っているのは、あなた方じゃないですか。その思いを与那覇にも味わわせたということですか！　もし事件発生時点で与那覇らにミラーを挙げさせれば、今回の強奪事件は起きなかったかも――」

「一回一ドル」

「は？」

突然、喜屋武が口を挟んできた。深い溜息を吐いて肩を落とし、床に視線を落としながら低い声で語り始めた。

「体をＧＩに売る値段ね。あの頃はまだＢ円経済やったが、米兵はドル払いを好んだし、もらう側はもっと喜んだ。月曜日以外の昼三時から朝の五時まで、土日やアメリカーの祝日は稼ぎどきってんで一日中出ずっぱりのときもあった。一日で多いときには二十人のGIを、自分の住む四畳半に連れ込んで相手しとったらしいが、地回りの不良（あしばー）にほとんど吸い上げられて、手取りは月々十ドルそこそこやった。それでもそれなりにいい稼ぎやさ」

「それは……」

「宮里シズの身上さ。収容所にいた頃に脱走日本兵か何かに強姦されたこともあって、孤児院を出ても稼ぐたつきは売春婦だけさ。身寄りは弟ひとりだけで、その弟のためにいい稼ぎとなると尚更ね。その弟は、客を取る夜間はひとりで押し入れで息をひそめて寝るのが常で、その日も押し入れでひとりで姉の邪魔をしないように寝ていた。匿名での通報があって、最初に俺（わん）の班が臨場して押し入れを開けたとき、なかの布団にくるまって寝ていたんさ」

　部屋の押し入れで目を覚ました弟——宮里武男は、喜屋武らに肩を抱かれながら、唯一の肉親である姉の変わり果てた姿を目にした。その絶望を百も承知の上で、喜屋武はその場で身元確認をさせた。

「記事には首を絞めてとしか書かれとらんが、実際は首を絞めて絶命させた上で、鋭利な刃物で腹を刺されていた。だから、現場は血で真っ赤に染まっとった」

——首を絞められて、腹も刺されてる。多分、犯しながらよ与那覇がコザで駆け付けた現場もまったく同じ手口だったのだろう。

「本当ならそんな場面は見せたくなかったが、何せ押し入れから急に見つかった。隠す間もなかった。あんな思いを八歳の子供にさせておいて、警察官が犯人捕まえられないではすまんさ。同じアパートの住民やコザの街娼仲間に片っ端から当たって、不良殴(あしばー)ってでも聞き出した。昨日のことのように覚えとる。ほかの二件で殺された娘らも皆似たような境遇さ。あの頃は今以上にああいう娘が多かった」

解決できた事件と、未解決に終わった事件、どちらの方が記憶に残っているか。

警視庁に出向していたときに義父に尋ねたら、義父は迷うことなく「未解決事件だね」と答えた。捜査員は解決した事件にずっと関わっている暇も覚えている余裕もない。未解決事件も継続捜査でない限り関わり続けることはできないが、忘れられないという。

「十九年経って、目の前にあの犯人を挙げる好機が訪れて、俺ら(わったー)が何も思わなかったと思うか？　相手はアメリカーの外交官、それもこんな時期に送り込まれてくるだけあって、何か裏があるはずね。それを確実に押さえるためには、一課に表立って動かれると叶うものも叶わんようになる。だから(やくとう)大島人殺しの捜査を止めさせた」

喜屋武が顔を上げ、まっすぐこちらを見据えた。

「俺ら(わったー)は、刑事(デカ)として間違っとるか？」

その顔は、今まで喜屋武を見たなかで最も刑事らしい、飾らない表情だった。

だが、いやだからこそ、言わねばならない。

「もし、事前に多少なりとも十九年前の事情を聞かされていたら、もっと早く宮里らに辿り着いたかもしれません。それだけでなく、ミラーらの動きを警戒して素早く確保に動いて、強奪グループの犠牲は防げたかもしれません。真相を詳らかにする道筋がひとつ失われたのは、本部長と刑事部長が過去の未解決事件にこだわりすぎたが故の、判断ミスだと思います」

「それは結果論やさ。事態は複雑ね」

「そうです。あくまで結果論ですし、こんな複雑な事件で何が正解か分かりません。でも我々刑事は日々の、目の前の事件を追う存在でなければならない。だから——」

座間味とも喜屋武とも、目を逸らしてはいけない。

「警察幹部としては正しいかもしれませんが、刑事として間違っています」

座間味と喜屋武は俯いたまま顔を上げなかった。


対策室に戻ると玉城と新里が待ち構えており、ちょうど新里が受話器を取っていた。

「あ、たった今、戻ってきました！　真栄田さん、与那覇さんからです」

受話器を受け取ると、与那覇が息せき切って話し始めた。

『おい真栄田！　どうやった？』

「今、本部長と刑事部長と話してきた。さっき話した通りだった」

『そう、か……』

「宮里の姉の殺害に、アメリカの総領事館員が関与している可能性が高い。だが、それならなぜ宮里が国務省に協力し、そして仲間割れしたのか。そこに川平がどう関与しているのか――まだわからないことは多い」

黙り込む与那覇。明け方、新里と共に本部に戻ってきたときに真栄田の推論を伝えると「あいつら刑事の風上にも置けん！」と息巻いて自分で殴り込まんばかりの勢いだった。それを何とか引き留めて、与那覇には別の指示を出していた。

「で、与那覇の方はどうだった」

『ああ……宮里シズの過去の知り合いを、コザのAサインの古参に、比嘉と虱潰し（しらみ）に聞いて当たったたら、何人か見つかったんやが……』

「本当か！　早かったな」

『それが聞いて驚け。当時の知り合いに伊波正美がおった』

「伊波……カリホルニヤのママか！」

『おうさ。あのママは中学を出てすぐに、コザでシズと一緒に街娼をしとった。宮里武男とはその頃からの知り合いで、シズ殺害後に孤児院に戻された宮里の面倒を見てやっているうちに、情を通じるようになったらしい！』

「ってことは」

『娘共々、行方をくらませているが、もしかすると宮里と一緒に逃げ出したか、どこか別の場所に匿ってるのかもしれん。コザで正美の立ち回り先を片っ端から潰す』

「分かった。そっちは任せる」

通話が切れる。

「清徳は見つけたか？」

「それが――」

正美の経緯を話すと、玉城は溜息をつく。

「あとちょっとなんやがなあ……」

「それよりおやっさん、例の十九年前の事件ですが、やはりコザの大島人殺しと同じ被疑者みたいです。総領事館にいるようです」

「あきさびよー……そりゃ一体全体どういうわけね……」

「詳細はあとでお伝えします。俺も行ってきます」

「え？　正美のとこか？」

「いえ、そちらは与那覇と比嘉の二人で大丈夫でしょう。正美に関してもうひとつ、立ち回り先を思いついたんです」

「どこね？」

「確証はありませんが……」

手元にある警察電話を手繰り寄せ、交換台につなぐ。

六日前、ＳＹと思しき武装集団とカーチェイスを繰り広げた政府道十三号線を、今度は新里のフェアレーン５００に乗って北上する。

襲撃現場を過ぎる際に速度を落としてもらい、周辺に視線を巡らせたが、サトウキビが不自然に倒れているほかは、銃撃戦の痕跡は見当たらない。

「本当にここだったんですか？」

「ああ」

米軍のトラックや那覇からコザ方面に向かう長距離バス、そのほかの民間車両が何事もなかったかのように行きかう。

「何度聞いても何だか嘘みたいですね……あっ、皆さんが嘘ついてるとかそういうことじゃなくって……」

新里が口ごもる。

「私、ついこの間まで普通に事務職員をしてたのに、ある日急に一〇〇万ドル盗まれて、その捜査に私も加わって潜入捜査みたいなこともして、ＣＩＤが横槍入れようとしてきたりして、それで真栄田さんたちが犯人を捕まえようとしたら、まるで狙ったみたいに別のアメリカーが割り込んできて、カーチェイスして殺し合いして……これ、たった二週間の話ですよ？」

「……そうだね。確かに嘘みたいだ」

きょう、十四日は日曜日だ。休日のどこか長閑な気配が流れるサトウキビ畑の上、遠くに見える黒い雨雲の手前を、戦闘機が轟音と共に通り過ぎる。その向かう先の道路沿いに立つ、コカ・コーラの看板を掲げた商店は、壁に「祖国復帰歓迎」とポスターを貼っている。

この島は、嘘みたいなことばかりだ。

日本の言葉を使い、米国の文化や経済の恩恵を受け、しかしそのどちらでもないと言われる。ままごとのような独自の政府——そして独自の警察を持ちながら、何ひとつ自らで決められず、日本と米国に振り回され、日本でも米国でもないような扱いを受ける。

欺瞞に満ち溢れた「祖国復帰」。

それを邪魔しようとする川平や宮里、そして国務省の真意は何ひとつ分からない。彼らの目論見を阻止しようとする警察も、虚偽を通そうとしている。

何もかもが嘘のようだ。もはや、一〇〇万ドルが盗まれたのかすら分からない。

唯一確かなのは、目の前で四人が死んだということだけだ。

又吉キヨシは手榴弾で自爆して真っ黒焦げの焼死体になった。照屋ジョーは浅黒い肌を蜂の巣のように穴だらけにされた。知花ケンは眉間を、女性を散々泣かせた甘い顔ごと撃ち抜かれた。そして生き延びたはずの稲嶺コウジも——。

「俺たちは何を信じて、何を守ればいいんだろう」

新里は何も答えない。

道路横のサトウキビ畑が開け、巨大な石造の亀甲墓(きっこう)がいくつも現れる。

その前で家族連れが、ビニールシートの上に弁当箱を広げ、墓の前で火を焚いている。

「清明節(しーみー)ですかね。ちょっと遅いですけど」

二十四節気の清明の時期にあたる旧暦三月、今だと四月上旬に行う先祖供養だ。墓の前で飲み食いをしつつ、先祖があの世で金に困らないよう、紙銭(うちかび)と呼ばれる紙幣を模した紙を燃やすのだ。

「こんなに面倒なことになるんだったら、いっそのこと、最初からドル札を清明節で紙銭の代わりに燃やしてしまえばよかったんですよ」

新里が冗談めかして口を尖らせる。

「アメリカ世(ゆー)への決別に、ドル札を燃やすのか」

「ちょっとはスカッとするんじゃないですかね」

「日銀に掛け合ってみてくれよ。あそこにはたんまりとドル札があるはずだ」

ダッシュボードから、ノイズが聞こえる。積み込んでいた無線だ。捜査班の間で連絡を取るために、与那覇とイケザワにそれぞれ渡していた。

『真栄田、聞こえるか?』

『あれ、お前、本部におったんやあらんね？　電話が繋がらんかったから無線にかけたが、今どこね？』

「与那覇か」

「おやっさんもいなかったか？　今新里さんと勝連の方に向かっている」

『勝連？』

「伊波正美の実家がある平敷屋だよ。駐在所に問い合わせてみたら、数日前から娘と一緒に帰って来ていると言っていた」

『はぁや！　正美は勘当されとったばー？』

「宮里を匿うのに、この期に及んで頼れる先がそこしかなかったんじゃないか」

『それなら俺らが行っても良かったんやあらんね』

「あくまで可能性のひとつだからな。本部はおやっさんに任せて、そっちはそっちでコザで宮里の居場所を探してほしい」

『わかった。何かあればすぐ呼べよ』

　与那覇はぶっきらぼうに無線を切った。ふと、横で新里が頬を緩ませた。

「ふふ、与那覇さんと随分仲良くなりましたね」

「何だい急に」

「だって最初は殴り合いになりそうだったじゃないですか」

「別に、今だって仲良しこよしじゃないさ」

それでも、与那覇とこれほど率直に話すなかで、かつて警視庁に派遣されたときに二課捜査員との間で微かに感じた、いやむしろそれよりもよほど濃厚な仲間意識が、自分のなかにも、与那覇の言葉の端々にも感じられた。

今この瞬間、自分は初めて「琉球警察」の一捜査員で、「沖縄」の一員だと、ためらいなく言える気がした。

無線が再び響く。

『こちらイケザワ。マエダさん、よろしいですか』

「イケザワさん。どうしましたか」

『ナハ総領事館の駐在武官経由で動きを探ったところ、ナハでSYなどの情報収集や保安を所管する二等書記官が、三月に急に赴任したものの四月中旬から領事館に姿を見せず、公務にも一切、従事していないそうです』

「――それはもしかして、オーガスト・ミラーですか？」

「なぜその名前を」

数十分前の本部長とのやり取りを説明すると、イケザワは絶句した。

『以前のナハ勤務も不自然に解任されていたのですが、そういうことでしたか……』

イケザワが無線の向こうでしばし沈黙する。

『十九年前の事件と今回の強奪がどう関係するかは分かりませんが、SYが何かしらの作戦行動に出ている可能性、そして中核にミラーがいる可能性は極めて高いです』

「分かりました。それだけ分かれば十分です。これ以上は無理を——」

『あと、もうひとつ』

真栄田を遮ったイケザワが、声を一段低くする。

『ナカグスクでの襲撃と、カビラの逃走。そしてイナミネの容体急変。どれも妙にタイミングがよすぎると思いました』

「タイミング——？」

『我々の捜査をまるで目前で妨害するようなタイミングだということです』

イケザワの言わんとすることが、ようやく理解できた。

『我々しか知らないはずの捜査情報が、ＳＹやミラー、カビラの側に流出している可能性はないでしょうか』

# 第五章　瑠璃の清算

現地協力者から持ちかけられた提案は、国防総省（ペンタゴン）の牙城に風穴を開けるという意味で我々にとっては、そして私自身の実績作りとしても、非常に魅力的だった。

現地駐留軍に支配されているリューキューに関する政策は、ワシントン中央では完全に国防総省が主導権を有する。そのリューキューは、我が国の極東政策の要でありながら、駐留軍への現地住民の反発があまりに大きいことから、日本への返還を余儀なくされた。私自身、第二次大戦で太平洋戦線に従軍し、戦後に日本占領軍の一士官として戦後政策の末端を担った身として、戦友たちの血で獲得した地を手放すことに腹立たしさを感じる。

ここで、リューキューにおける日本の施政権に対して疑義を差し挟めるような「外交カード」を我々が獲得できれば、今後のリューキュー政策の主導権（ヘゲモニー）を取り戻せるのではないか。チョーユー・カビラはそう持ちかけてきた。

ナハの総領事館は、現地の政財界にわずかだが協力者を有する。なかでもカビラは、成功した経営者として社会的地位を持ちつつ、かつて駐留軍への略奪行為に関わった経験からアンダーグラウンドにも精通し、何よりクレバーだった。前任者は様々な方法で彼を活用し、特に娼館を用いた情報収集は非常に有益だったと語っていた。

私が現地に赴任してしばらく経って、カビラは就任祝いの提案だと持ちかけてきた。

――ミスター・ミラー、あなたのようにリューキューを愛してくださる方に、この地に長くいてほしいのです

驚きつつも、最後にそう付け加えられて、悪い気はしなかった。

二十年近く前、私はナハの総領事館に新人書記官として赴任したが、そのときにリューキューという土地の素晴らしさを痛感した。年間を通じて温暖で、美しいサンゴ礁の海やハイビスカスの咲く野山、そして快活で慈悲深い女性たち――何もかもが素晴らしい土地だった。

残念ながら不幸な事故があって離任したが、リューキューへの思いは絶ち難かった。私ほど現地情勢に精通し、愛している人間は国務省内にもいないというのに、十数年間冷遇されてきた。

その後派遣されたソウルやサイゴンも、素晴らしい伝統文化や慎ましい女性たちのいる土地で、それなりに満喫はできた。いずれも共産主義陣営との戦いの最前線で、私の表に出せないキャリアを磨き、私への評価を高めることには貢献してくれた。

だが、女性はやはりナハに限る。各地で様々な経験をして、私は再認識した。

ワシントン中央からの不当な評価にも屈せず十数年、苦難の期間を経てようやく愛

するリューキューに戻ってきた私にとって、これは為すに値するべき大事業だ。

カビラは私の求めるものをすぐ提供してくれた。計画の実行手段や実行役、そしてそれ以外の面でも。我々側からは監視役を派遣するだけでことは足りた。

だが、現金を奪取したあと、計画が狂い始めた。

実行役としてカビラが手配したギャングスタが、現金と監視役を人質に取って逃走したのだ。監視役として送り込んだSY職員は、彼らと軋轢を生んだ結果、殺されたようだ。

もし本件が表沙汰になってしまえば、日米交渉に大きな悪影響が出る。リューキュー住民の対米感情も、大きく傷つけられる。さらには、ワシントン中央での国務省の政治的立ち位置にも――。それだけは避けなければならなかった。

逃走したギャングスタの足取りは何とか部下たちが掴み、明るみに出る前に処理を試みた。

だが、ここでもまた、地元警察が捜査で介入しようとしてきたことで、計画は大きく狂った。川平からの情報で検挙の期日は判明したので、SYを事前に襲撃に向かわせることには成功した。SYは三人を殺害したが、自爆テロに遭って大きなダメージを受けた。ギャングスタの一人は警察に保護され、そして首魁は取り逃がして肝心の現金を取り返すことができなかった。

地元警察が事態を詳らかにすることは何としても止めなければならない。そのためには、今逃亡しているタケオとかいう首魁を捕まえて現金を取り戻すこと、そして同時に今警察の手のうちにいるギャングスタからの発覚を防ぐ必要がある。
ここでも、頼りになったのはカビラだ。
——お任せください。私の手の内の者が警察にもおりますので、上手く処理します
そして彼は、言葉通りに実行した。

†

新里の車は泡瀬の通信施設近くに差しかかる。このまま道に沿って北上すればコザに着くが、東に逸れる。

「コザじゃなくて本当にいいんですね？」

「ああ。平敷屋に向かってくれ」

海岸沿いに車道を走り、真栄田たちは本島東岸から海に突き出た勝連半島を東に進む。勝連半島の最東端には米軍の港湾設備やミサイル基地が集中するホワイトビーチ地区があり、車道を米軍のタンクローリーが行き交う。一部区域は返還に合わせて自衛隊の施設に移管する計画らしいが、金網に時折「日本軍は出ていけ」と書かれた布が掲げられている。

平敷屋の集落は、ホワイトビーチ地区のすぐそばで、米兵や漁師向けに多少の飲食

店やスナックがあるほかは静かな漁港だ。

宮里武男の情婦である伊波正美の実家は、集落の外れの浜辺近くにポツンと立っている。漁師の父も数年前に亡くなり、母だけが暮らす粗末な木造家屋だ。

「あっ」

新里が声を上げる。視線の先には、家から出てきた正美とその娘がいた。

こちらが車から降りると、正美が気づいて棒立ちになる。

「伊波正美だな」

正美は何も答えず、娘を右の小脇に抱きかかえて、くるりと反対方向に走り出す。

真栄田より早く、新里が飛び出し、正美にあっという間に追いつく。新里が正美の右腕を摑むと正美は抵抗するが、その隙に真栄田が追い付き、反対の腕を抱え込む。

「大人しくしろ。犯人隠避容疑の現行犯だ。自首すれば実刑は免れる。娘がいるんだろう」

完全にハッタリだ。犯人隠避に現行犯はないし、自首すれば実刑を免れるという確証もない。そもそもこの捜査に令状など発給されるはずもない。だが司法知識の薄い正美は娘のことを口にした瞬間、抵抗をやめた。

「……あなた、この前のお客さん」

「内偵していたんだ。お前が宮里を中城天空ホテルで匿っていたことも知っている」

「警察(じゅんさー)……騙したんだね」

正美はきっと睨んでくるが、すでに観念したようで腕に力は入っていない。

「娘の前で、まして地元でこれ以上揉めたくないだろう」

正美は目を落として、抱きかかえていた娘を下ろす。娘はキョトンとした表情を浮かべて、日本人離れした色素の薄い大きな瞳で正美を見つめる。

「宮里シズを知ってるな?」

正美の肩がびくりと震える。

「どうして……」

「宮里武男がシズの敵討ちをしようとしているのは分かっている。お前も昔、シズと仲が良かったんだってな」

「私……シズ姐さんに……」

正美の肩が今度は小刻みに震えはじめる。肩の震えはやがて嗚咽になり、正美の瞳から涙があふれだす。

「あの子が、タケオが可哀そうで……シズ姐さんがあんな目に遭って……」

正美は、元々は殺されたシズの弟への憐憫で、宮里の面倒を見てやっていたのではないだろうか。宮里が沖縄に舞い戻ってこの強奪計画を企てたときにも、宮里は再びその憐憫の情を利用して、正美を協力者に仕立て上げたのだろう。

正美と宮里は、男女の仲だったのだろうか。あるいは、もっと別の感情を共有していたのかも知れない。だが、今はそれに構っている余裕はない。

「宮里はどこだ」

「……タケオは――」


平敷屋の漁港とフェリー乗り場のほど近くに、海辺に面したコンクリート造二階建ての商店が一軒立っている。「青龍軒」という暖簾を掲げているその店の扉には「準備中」の札が掛かっている。

背広の上着を羽織り直して、引き戸を開けると、カウンターの前に丸椅子が並ぶ狭い店内は、香辛料の香りが充満していた。

「まだやってない」

カウンター越しに、白い服を着た大柄な男が、背を向けたまま中国訛りの日本語で怒鳴ってきた。厨房で仕込みでもしているのだろう。

「あんた、陳さんかい？」

「そう、あんたは何？」

「琉球警察だ。宮里武男を出してもらおう」

陳は手の動きを止めずに、淡々と作業を続ける。

「知らない」

「正美はもう白状したぞ」

「知らない」

「犯人隠避容疑で家宅捜索してもいいが、そうすると密貿易の余罪も出てくるんじゃないか?」

陳の動きが止まる。

「戦後すぐの密貿易じゃないぞ。今の話をしてもいいんだぞ」

終戦直後、焦土と化した沖縄は極度の物資不足にあえいだ上に、日本本土や台湾との交流は米軍によって制限されたため、密貿易が盛んになった。数年で米軍が摘発を強化し、また正規の貿易も復活したことから、密貿易時代は数年で終息した。

その頃、勝連半島には連合国の占領軍として、中国国民党軍が進駐していた。大陸で共産党との内戦の最中にあった国民党軍は、勝連を通じて建築資材や軍用車両を米軍から調達していた。早い話が貿易拠点だったのだ。

勝連の国民党軍は、一時は大阪や鹿児島から勝連を経て与那国島、そして香港や上海や基隆(キールン)に至る一大密輸ネットワークを築いたという。そして国民党軍が引き揚げたあとも居残った元軍人らは勝連半島で中華料理店を営むなどし、米兵や地元漁師向けに商売を続けていた。青龍軒を営む陳もそのうちのひとりだった。

――陳さん、今でもこっそり密貿易してるのは地元じゃみんな知ってたわ

正美はその陳に宮里の逃亡を助けるよう依頼していた。

「宮里を逃亡させれば、米軍も必死であんたを追う。逃亡前ならまだ間に合う」

背中を向けたまま動かなかった陳が、こちらを向く。額には厨房の熱気によるものか、それとも内心の焦りを表してか、汗が滲んでいた。

「本当に警察、私見逃す?」

「琉球警察は宮里を確保さえできればいいんだ。それ以外はどうとでもなる」

沖縄県警察になってからは話が違うかもしれないが――という言葉は呑みこんだ。

「――分かった」

陳は大きく溜息をつくと、上背のある体を窮屈そうに厨房から出して、店の外に人通りがないことを確かめると扉に鍵をかける。

閉じ込められた――体中が強張る。

外で待機する新里には、もし三十分経っても出てこなければ駐在を呼ぶことと、無線を使って与那覇らに連絡するように言い伝えてある。

そして、いざとなれば――懐に手を伸ばす。

が、杞憂だった。陳はこちらに何をするでもなく、店の奥に引き返すと勝手口を開けて「こっち」と手招きしてきた。

恐る恐るあとに続くと、勝手口の先には砂浜が広がっていた。勝手口からコンクリートの階段を五、六段下りる。砂浜は店の建物だけでなく周囲の樹木や草むらに覆われて、車が入れるほどの扉がある以外は、外から隔離されている。奥にコンクリート製の倉庫が二棟並ぶ。海に向けては木製の桟橋が延びており、その先にモーター付きの小舟が止まっている。

陳は砂浜の先にある倉庫のひとつを指さした。

「あそこ。いる。鍵ない」

「宮里武男、ひとりか？」

「そう。私は何も知らない。あなた勝手にして。店、もう入らないで」

「……やけに大人しく引き渡すな」

「あなた、鉄砲持ってる。逆らうべきでない」

気づかれていたか。

背広の内側には、コルトM１９１１を差し込んであった。その膨らみは、陳のように密貿易に携わる人間にとっては、一目瞭然だったのだろう。

「殺し合いしないで。銃声困る」

そう言い残すと、陳はそそくさと店に戻って行った。

ひとり残された砂浜で、指し示された倉庫へ一歩ずつ進んでいく。

沖縄らしい鮮やかな海から、浜辺に穏やかな波が押し寄せる。その音で足音が消えていることを願いながら、懐からガバメントを取り出して銃把を握る。

一歩ずつ近づき、倉庫の鉄製のスライド式扉に左手を伸ばす。

全体重をかけて一気に引き開ける。

轟音と共に鉄の扉は開き、なかに光が差し込む。

サトウキビ畑での襲撃で見た鋭い眼光が、こちらを射すくめてきた。

「宮里武男か」

壁に背中を押しあてた男に銃口を向ける。

機械油で汚れた作業着姿で、顔は脂じみて、浅黒い顔面には無精髭が伸びている。

それでも、ぎょろりとしたふたつの眼は、相手を圧倒しようという気迫に満ちていた。

足元にジュラルミンのケースが無造作に置かれていた。

「何者や？」

「琉球警察本部刑事部本土復帰特別対策室だ。強盗容疑で逮捕する」

「はぁや？　逮捕状はあるんか？」

怪訝な表情を浮かべ、仄かに交ざった関西の訛りを口にする。やはりこの男が。

「そんなものはない」

「違法捜査やあらんね」

「関係ない。盗んだ一〇〇万ドルはそれか」

宮里はふっと笑う。

「警察は、こんなもののために来たんか」

「こんなものとは――」

そのとき、表から砂浜を進むタイヤの音とエンジン音が響いてきた。

車のドアを閉める音と共に、聞き慣れた声が耳に入ってきた。

「はぁや、間に合ったか」

「おやっさん！」

「愛子ちゃんから連絡受けて飛んできたんね」

倉庫の表には、玉城が運転して来たであろうピックアップトラックが停車していた。

玉城がポケットから手錠を取り出した。

「主犯のワッパは、班長がかけんね。ガバメントは預かっといてやるさ」

玉城が銃を手渡すように促してきた。

「おやっさん――」

だが、そのガバメントを渡すことなく、玉城に銃口を向ける。

「太一、こっちに向けるな、危な――」

「おやっさんがなぜ、ここにいるんですか」

逃げる素振りを見せない宮里からも意識を逸らさず、ふたりと対峙する。

「はぁや？　そりゃ愛子ちゃんに――」

「俺が青龍軒に来たことは、新里さんには他の誰にも言わないように指示しました。青龍軒に入ってから三十分待つようにとも。この倉庫の存在は誰も知る由はないです。なぜ、おやっさんが、ここにひとりで来たんですか」

玉城の顔から表情が消える。その視線はこちらに向けられながら、こちらを見ていない。

あなたは一体、何を見ているんだ。

「答えてください」

玉城が、視線を落として口を開いた。

「タケオ、お前の兄貴に手土産を持って帰らんね」

しまった。

宮里に視線を戻すが、手遅れだった。

飛びかかってきた宮里がガバメントを掴む。必死で抗うが、今度は玉城が背後から襲い掛かってきて、太い腕で首を締めてくる。

「すまんな、太一」

意識が飛ぶ直前に、玉城の声が辛うじて聞こえた。


「起きろ」

男の低い声が、恐らく部屋のなかなのだろう、あたりに響く。

目を開けると、そこは白い壁で覆われたホールだった。片隅にはグランドピアノのほか、使われていない椅子が積まれている。窓は厚いカーテンで隠され、天井近くの天窓から、外がもう夜だと分かる。天井の蛍光灯が、ひとつだけ灯っていた。

どこかで見たことがあるような気がする——。

体を起こすと、明かりが灯った下に椅子とテーブルが置かれ、男が足を組んで座っていた。

つい半月前に見た、底知れない暗さを湛えた瞳が、こちらをまっすぐに見つめる。

「川平朝雄――！」

あの日と同じ、青いシャツに白いスーツを着こなしている。まるでハリウッドの映画俳優のようだ。テーブルの上には銀色のジュラルミンケースが置かれている。

この事件の鍵を握るはずの男が、すぐ目の前にいる。宮里の姿はない。

川平は眉一つ動かさず、冷たい表情のまま話しかけてきた。

「この現金を探していたんだろう？」

手元のジュラルミンケースを開く。そこには使い古された一〇〇ドル札の束が詰め込まれていた。

この半月の間、自分たちが血眼になって探してきた一〇〇万ドル。それをいともたやすく、この場で見せたとは、一体何を企んでいるのか――。

「君に聞きたいことがある」

「……何だ」

「君は、十九年前の事件の被疑者について、情報を持っているそうだな」

「何？」

「ミラーという男を知っているか」

あまりに急だった。咄嗟に取り繕うことができなかった。

川平はすべてを察したように、大きく息をつく。

「そこにいる男に、君が何かを知っているようだと聞いてね」

川平の視線の先を振り返ると、ホールの壁際に、玉城がガバメントを手にして立っていた。

「おやっさん、どういうことですか」

玉城は気まずそうに俯いて目を逸らす。

「インフォーマーだったんですか？」

「……」

「いつから俺たちを裏切ってたんですか」

「……」

「そいつは、最初から君たちを裏切っていた」

「やめてくれ……」

「おやっさん、こいつ何を――」

「違う、違う……」

「何が違うというんだ」

川平が視線を玉城からこちらに向ける。

「収容所のＣＰ（民警察）には、囚人が任命されていたと、君は知っているかね」

琉球警察では有名な話だ。

沖縄戦のさなか、米軍に真っ先に投降したのは、監獄から逃げ出した囚人たちだった。ガマや防空壕にも入れてもらえず仕方なく投降した彼らを、米兵は無邪気に親米的と見なし、収容所の治安管理を担うCPに任命したという。最後まで抵抗していた警察官が投降すると、自分がかつて捕らえた囚人に問い質される——混乱期を象徴するような笑うに笑えない話もあったという。

「それが一体——」

「琉球警察はあの頃から変わっていないようだ」

俯く玉城を横目で見て、川平は微かに鼻で笑う。

「収容所を襲撃して民間人を殺していた兵隊崩れが、いっぱしの警察官になっているとは、私もさすがに驚いたよ」

「どういうことだ……？」

「そのままの通りさ。事実を突きつけたら、そいつはあっさりと認めたよ」

川平がアメリカ人のように肩をすくめる。玉城はがくりと肩を落とし、手に持つガバメントの銃口を下げた。

「おやっさん、嘘でしょう……何とか言ってくださいよ」

「その男は、自分の秘密を守ることと、もうひとつ、妻の入院代を条件に、我々への協力を約束したよ」

――いやあ、ちょっと、治療に時間と金がかかりそうでな
昨日の、赤十字病院での玉城の言葉が蘇る。

「私への嫌疑についても、宮里らの居場所も、病院にコウジが収容されたことも、全部教えてくれたよ」

「おやっさん！　答えてください！」

信じたくなかった。

琉球警察で、周りから「大卒のくせに警察に来た変人」「本土のスパイ」と白い目で見られる自分に対しても、玉城は分け隔てなく面倒を見てくれた、数少ない信頼できる上司だった。

ひとたび捜査が大詰めを迎えると、玉城の家で泊まり込んで資料を読み込んだ。合間に奥さんの出してくれる素麵（ソーメン）のチャンプルーをつまみにビールで酒盛りをした。狡猾な知能犯たちの嘘を見破ってきた丁々発止のやり取りや、設立当初の琉球警察の苦労話は、空が明るくなるまで聞いた。

未だに「故郷」と言い切れないこの地で、父親代わりと信じてきた玉城の、あの戦争での「罪」が本当だとすれば――。

「おやっさん！」

「……さい」

「おやっ――」

「うるさい！　俺が……俺が真っ当な道を歩んじゃ、いかんのか⁉」

今までに聞いたことのないような情けない叫び声。玉城が全身を震わせ、手に持ったガバメントの銃口をこちらに向ける。

「生きるためやあらんね‼　最後までお国のために戦っとったんね、食い物も水も何もないなかで……それの何がいかんかったば⁉　警官になって、どれだけの犯罪者を捕まえてきたと思っとるね⁉　俺が犯した罪はちゃんと償ったはずさ！　それを今更ほじくり返すんか‼　ふざけるな‼　なぁ、太一！　俺は間違っとるか？　これまで散々面倒見てきてやったろう？　黙っといてくれんね？　なぁ？　こんなことが知れたら俺は、俺は、警察官じゃおれんようになる――それだけは、それだけは」

自分に向けられた銃口から、目が離せない。

脅している？　玉城のおやっさんが俺を？　何のために？　自分の嘘を暴くなと、みっともなく懇願するために？

「惨めだな。その男の口も封じるのか。コウジのように」

川平が、短くかつ鋭く、玉城を突き刺す。

「病院でコウジの容体が急変したのは、お前が細工をしたんじゃないか」

「――っ」

「コウジに黙秘するよう口裏合わせをしろと私は頼んだが、殺せと言ったつもりはない」

辛うじて銃口をこちらに向けているが、もはや銃把を握る玉城の掌に力は入っていなかった。

「コウジを殺したのは、お前の裏切りのことを喋るのを恐れたからだろう」

玉城の絶句が、川平の推論が正しいことを示していた。

川平がふんと溜息をつく。

「お前が二十七年前、収容所を襲撃した際に、女を襲ったことは覚えているか？」

「襲った女……？」

玉城は虚ろな目線を落とし、弱々しく首を振る。

「知らん……何も知らん……覚えとらん」

「そうか」

川平が懐からリボルバー型の拳銃を取り出すや、二発の銃声が鳴り響いた。

理解する間もなく、玉城の左胸から鮮血が飛び散る。

「おやっさん！」

「ああっ」

玉城は気の抜けた悲鳴を上げて崩れ落ちた。駆け寄ると玉城が顔を向けてきた。

「太一」

心拍に合わせて血が噴き出る。両手で傷口を塞ごうにも、出血は止まらない。

「おやっさん！　喋らないでください！」

「俺は……警察官やさ」

喉元にどす黒いものが込み上げる。

そこまでして警察官でありたかった、その原動力は一体何なのだ。何のために俺たちを裏切ったのか。被疑者を平気で殺したのか。

それは貴方がなりたかった警察官なのか。俺が憧れた貴方なのか。

「おやっさん、おやっさんは……」

警察官じゃない。そう言い切りたかった。

言い切れなかった。

「嘘じゃな――」

もう一発の銃声が響く。

いつの間にかそばに立っていた川平が、玉城の額にもう一発撃ちこんだ。

「おやっさん！」

脈を測るまでもなかった。

大きな痙攣と共に血や脳漿が飛び散る。

言い残した「い」の形で口が固まった、許しを請う哀れな表情の死に顔。

俺の信じてきたおやっさんは、こんなに情けない存在だったのか――琉球警察で信じてきた、数少ない拠り所が今、目の前で崩れ去った。

「なぜ、私が彼の過去を知っていると思う？」

言葉にしがたい感情が渦巻くなかで、川平の低い声が、冷水を浴びせかけたように現実に引き戻してくる。

横に立つ川平を見上げると、切れ長で冷徹な瞳がこちらを射すくめてきた。

「その男の顔の傷は、二十七年前に私がつけたんだ」

川平は、平然と言ってのけた。

「米軍の収容所に収容された住民から食糧を奪うだけでなく、女を犯すという、あの地獄のなかでもとびきり汚らわしい行為を働いていた男に、私が砲弾の欠片で斬りつけた傷だ。この前、久しぶりにその傷をここで見たとき、思い出したよ」

その言葉で、自分も思い出した。

このホールは、沖縄デーに琉米経済交流協会の琉球返還記念祝賀会が行われた、若狭のクラブハウスだ。玉城を迎えに来たときにちらっと見えた、あのホールだ。

あの日、駐車場で川平と目が合ったような気がした。

それは自分ではなく、同じ車に乗っていた玉城を見ていた——。

あの日、あの瞬間から、川平は玉城の正体に気づいていた。

「ひとつ聞きたい。君は警官か?」

そうだ、警察官だ——たったそれだけの回答が、喉の奥で引っかかっている。

「それとも、この男のようにニセ警官だったか」

未だに硝煙が燻る銃口を、今度はこちらに向けてくる。

恐怖よりも、迷うことなく「警察官だ」と名乗れない葛藤が、自分の身体を強張らせる。心拍と息だけが跳ねあがり、自分の吐息がいやにうるさい。

数秒なのか、数分なのか、あるいはもっと長い時間が経ったのか。

川平が銃口を下げた。

「恥知らずではなかったようだな」

車のエンジン音が外から聞こえた。

川平が顔を上げた。

「ちょうどいい頃合いだ。君は英語はわかるか？」

突然のことに理解が追い付かない。

「多少は……それが一体……」

「君が警官かどうか、見定めさせてもらうよ」

「どういうことだ」

「十九年前の事件の犯人を、君が暴いてくれ」


ホールに靴音が響く。ゆったりとした足どりで入ってきた相手は、川平に英語で話しかけてきた。

——逃げ出した飼い犬がようやく捕まったと聞いたよ

——不始末について、心からお詫びいたします

——オペレーションにイレギュラーは付き物だ。それより現金はどうなった

——無事に回収しております。ご覧ください

川平がテーブルの上のケースを開ける。

——欠損はありません

——そいつは上出来だ

ゆっくりとテーブルに歩み寄る男は、川平とさほど変わらない背丈で、白人にしては小柄だ。開襟シャツにジャケットを羽織り、眼鏡をかけている。

——ん？　あれは？

男がこちらを見て、ようやくその正体に気づいた。

オーガスト・ミラー。

写真に写っていた二十代の頃から多少老けてはいたし、豊かな口髭を蓄えていたが、四十代にしては妙に老成していなさ——若々しさとは違う——を感じさせた。

——現地警察の虫がついていたんで捕らえました。抵抗はしないのでご安心を

——その奥にある死体はなんだ

——こちらのスパイですが、射殺しました

——困るじゃないか。現地当局との軋轢は事態を複雑にしかねない

——問題ありません

——まあ上手くやってくれればいい。それより現金を早く渡してくれ。明日から忙しくなる

ミラーは川平にケースを渡すよう手を伸ばすが、川平は微動だにしない。

——ミスター・ミラー。貴方はシズ・ミヤザトという女性を知っていますか？

ミラーは何のことか分からないのか首を傾げ、やがて合点がいったというように手を叩いて、懐かしむように遠くに視線をやる。

——シズ！　前回の赴任時に私が知り合った、とびきり素晴らしい女性だった。不幸な事件でお亡くなりになったことは知っているよ

——不幸な事件、ですか？

——ああ。暴漢に刺されて殺されたと聞いたよ。痛ましいことだ

ミラーは心の奥底から悼むように手を胸に当てて目を閉じる。

その白々しさに、喉の奥から「ふざけるな」と叫びたくなる衝動がこみ上げてきたが、ふと、何かが引っかかった。

「あっ」

その違和感の正体に気づいたとき、思わず叫んでしまった。

俺は警察官じゃないか。俺がすべきは——。

自供した被疑者の逮捕だ。

「ミスター・ミラー」

「何デスカ？」

すでにこちらへの関心を失っていたミラーが、つまらなそうに振り向く。

「あなたは、十九年前の娼婦殺害を自供しましたね？」

「What?!　何モ知ラナイ！」

心外だとばかりに大仰に戸惑いの表情を浮かべる。

だが、つい先程、ミラーは自分自身で口にした。

「なぜ、宮里シズが刃物で殺されたと知っているんですか？　首を絞められて殺されたとしか報じられていないのに」

それまで紳士然としていたミラーの顔が、その瞬間に醜くゆがむ。

「宮里シズが刺されたことは、現場で目撃した宮里シズの弟と、捜査関係者しか知り得ない事実なのに、なぜあなたが知っているんですか」

秘密の暴露だ。

――チョーユー、この男を殺しておこう

ミラーがこちらに歩んでくる。

そのとき。

「叩っ殺さりんど！」

ホールに雄叫びが響く。

宮里が、手にナイフを持ってホールに駆け込んできた。川平の指示で隠れていたのではなかったのか——。

「武男！」

川平が叫ぶ。その表情が初めて、驚愕で歪んでいた。

「兄貴（あひい）！　俺（わー）はこいつが許せん！」

「馬鹿野郎！」

川平の静止も聞かず、宮里が獣のように歯を剥いて、ミラーめがけて駆け寄る。

——貴様！

ミラーは慌てながらも、懐からリボルバー式の拳銃を取り出し、宮里めがけて乱射する。

五発外したが六発目が宮里の右胸に当たる。命中した瞬間、宮里がびくりと大きく痙攣して動きが止まる。その場で膝から崩れ落ち、血だまりが広がる。

「ち……くしょう……ちくしょう……」

右胸からどくどくと血を流す宮里は、歯を食いしばって苦痛に悶えながら、瞳から涙をこぼし始めた。

「ねぇねぇの仇……ねぇねぇ……！」

宮里は、壊れたおもちゃのように、「ちくしょう」「ねぇねぇ」を繰り返す。

——これが例の手下か。なぜ拘束しておかない！

川平は動かない。

——チョーユー！
苛立ったミラーが声を荒らげると、川平が懐から銃を取り出す。
——ミスター・ミラー、その男の推理にひとつ欠けている要素があります
——!?
川平は急に何を言い出すんだ。
——もうひとり、遺体を発見して通報した者がいるはずなんですよ
——……はっ、なんだ、そうか、そうじゃないか
ミラーの表情がほころぶ。川平の言う通り、確かに通報者がいるはずだ。喜屋武の説明にもあった。
だが今の反応でミラーが犯人なのは明らかだ。今さら覆すことなど——。
——第一発見者にして匿名の通報者は、今ここにいます
——チョーユー、どういうことだい？
川平は銃口をミラーに向けた。
三発の銃声が鳴り響く。
「殺されたシズを見つけたのは、俺だったんだよ」

# 最終章　螢火の渚

シズが殺される三日前のことだった。

「首を絞めさせてくれって何度も言い寄ってくる嫌なアメリカーがいるわけ。見て朝雄、こんなところが痣になって」

早朝にふたりで布団で横になっていると、シズがうんざりした様子で溜息をついて、細い首筋を見せてきたことがあった。

兵隊や将校ではない、ホワイトカラー風の小柄な男で、日本や沖縄についての蘊蓄（うんちく）をやたらと語りたがり、そして女を見る目がほかの客と違って不気味だという。

そんな奴は俺が叩（た）っ殺（くる）してやるから安心しろ、と髪を撫でて慰めてやった。

それが最後になってしまった。

色彩が消えたコザの路地裏（すーじぐわー）で何日も何日も泣いて、抜け殻のようになってふと、精神の奥底に虚ろに開いた洞窟（ガマ）が、崩れ落ちるように広がっていくことに気づいた。そのさらに奥から呪いのような問いかけが無限に湧いてくる。

なぜ、どうして、誰が、どうやって、何のために。

それは俺の声なのか、シズの声なのか。

身体を動かしている間は聞こえない呪詛に、ひとりで横になると苛まれ、意識が落ちるまで精神が蝕まれた。

道端で誰かを殴っても、金で女を買っても、薬に手を出しても、ひと時は忘れられても直後にその倍にも三倍にもなって跳ね返ってくる。

洞窟は広がり続け、ある夜ついにその奥底に湧き出る漆黒の泉が見えた。

この禍々しい泉の正体が、俺の復讐心だと気づいたとき、残りの人生はすべて、このエネルギーを糧に動くことを決めた。

首を絞めさせてくれと迫ってきたアメリカーが殺したに違いない。コザ中で聞き込みもしたし、目を皿にして新聞も読んだ。同じ時期に似たような娼婦殺しがほかにもいくつか起きていたが、それも未解決に終わっていることも知った。

半年経っても手がかりは摑めず、新聞に犯人を逮捕したという記事も載らなかった。

警察にはアメリカーを捕まえる能力も意志もないと、このとき悟った。

シズはアメリカーに嬲られ殺された。沖縄も日本も見て見ぬふりを決め込んだ。

この島に関わるすべてが、自らの欲望と利益のためにあいつを死に追いやった。

そのすべてに俺は復讐する、己のすべてを注ぎ込んで——そう決意した。

路地裏のツテを使って何とか手に入れたパスポートで本土に渡航した。岩国、神戸、大阪、横須賀、銀座……工事現場の土方も港湾ドライバーもキャバレーのボーイも、とにかくできる商売はなんだってやった。現地でヤクザ者とも知り合って、米軍放出の武器弾薬の密輸も手伝った。一日十五時間働いて、泥のようになって宿舎で寝るだけの生活でも、カネさえ稼げるのであれば何だって耐えられた。

五年である程度の元手を蓄えて沖縄に戻った。中古車一台からタクシー事業を始めて事業を拡大し、何年もしないうちに沖縄ではそれなりの実業家になった。運送業や不動産業にも手を出して、資産はさらに膨らんだ。

財界の人間として政治家にも近づいて、ハーバービュークラブの一員になり、アメリカーとも人脈を作った。保有するホテルやゴルフ場、そして裏の社交場としての娼館を活用して、政治家や財界人や米軍将校が好むものはなんでも提供した。そして、

――総領事館の連中のせいで、後始末が大変だったよ

米軍の憲兵（ＭＰ）将校からその一言を引き出し、ミラーの存在を知るまでに、十五年が経っていた。

東洋人女性に対する異様な性愛を見せ、赴任する先々で婦女暴行の疑惑を持たれながらも、外交筋の謀略を各地で手掛けるエキスパート。国務省が手放さずに各地の在外公館を転々としているその男が、あの事件の直後に不自然に那覇の総領事館から離任していたことも知った。

その男が本当に犯人なのか、沖縄に舞い戻るかも分からなかったが、接点を増やすために、総領事館に近づいた。彼らの要求に応えるうちに、絶大な信頼を得た。

そして、ミラーという男が再び沖縄に来ると聞き、全てを終わらせるための計画を彼に持ちかけるまで、さらに四年の月日を費やした。

†

「確証は持てなかった。だから最後に直接問いただすつもりだった」

川平は、目を見開いたまま息絶えたミラーの遺体を、冷たく見下ろす。

「長かったよ」

一言、そう呟くと、意識が混濁して虫の息になった宮里に視線を向けた。

「武男、お前は馬鹿だ。俺が復讐の場を用意してやると言ったのに、勝手に暴走して、アメリカーだけじゃなく手下も全員死なせちまったが――」

川平が膝をついて宮里の身体に掌を乗せ、爬虫類を思わせる冷たい切れ長の目を微かに細めた。宮里は涙とよだれに塗れた口を微かに動かしている。

――にぃにぃ、ねぇねぇ
その口は確かにそう言っていた。

「――よくやったな、タケ坊」

川平は掌で、虚ろになった宮里の瞼を閉じてやる。蒼白になりながらも、どこか安堵したような表情だった。

宮里とミラー、そして玉城の三人が横たわる床を、川平はしばらく見下ろしていたが、やがて視線は真栄田に向けられる。

「君はこの金を追っていたんだろう」

川平は微かに笑うと、机の上に置かれたジュラルミンケースを無造作に取り上げ、そして真栄田の前に置いた。

「真相を解いたのは君だ。報酬として持っていき――」

「ふざけるな」

考える前に言葉が口を突いて出た。

「俺の警官としての務めは、この現金強奪事件の証拠物件を押収し、被疑者であるお前の身柄を拘束することだ。お前に報酬をもらう謂れはない」

川平はほう、と感嘆の声を上げた。

「ニセ警官じゃなかったようだな」

「当たり前だ」

「好きにすればいい」

川平はこちらに背を向けて壁際に歩いていき、無造作に積んであった一斗缶をおもむろにふたつ持ち上げる。

「……何をするつもりだ」

「終わったんだ。武男と私の復讐は。あの男に対しても、アメリカにも、日本にも、この沖縄にも」

一斗缶から液体を床に撒き散らす。ツンとガソリン臭が漂う。

「おい、お前まさか――」

川平はお構いなしに一斗缶を空にして、懐からライターを取り出す。

川平は身動きを取れずにいるこちらとの間に、まるで境界線を引くように油を撒き散らした。いつ着火するかわからず踏み越えることもできない。

「その一〇〇万ドルは、押収品として持って帰ればいい。だが、私のことは諦めてくれないか」

川平は空にしたふたつの一斗缶を放り投げる。鈍い金属音がホール全体に響く。

「十九年間、色のない世界を生きてきたんだ。武男が生きていればまた違ったかもしれないが、あいつもいなければこれ以上生きる意味もない」

「お前はこの事件の被疑者だ。司直に裁かれる義務が――」

「俺を裁くのは誰なんだ？　日本か？　アメリカか？」

一九七二年五月十四日。

腕時計を見ると、今は二十三時三十五分。

日付が変われば日本国沖縄県になるが、あと三十分弱は米軍占領下の琉球――アメリカ世からやまとぅ世への移り変わりの合間を突くように、この男は宮里とふたりで、ひとりの女の復讐劇を果たした。